BuchTraumKüsse
Verliebt in Silver Creek

ELLEN McCOY

Buch Traum Küsse

VERLIEBT IN SILVER CREEK

1. Auflage
Copyright © 2019 Ellen McCoy
Lektorat: M. Grundmann
Korrektorat: Claudia Heinen, www.sks-heinen.de

Herstellung und Verlag:
BoD – Books on Demand
In de Tarpen 42
22848 Norderstedt

ISBN: 978-3-7481-9307-4

Umschlaggestaltung: BENISA WERBUNG, Sabine Albrecht,
www.benisa-werbung.de
Bildmaterialien:
Buchladen: ©shutterstock.com / Kaissa
Frau: ©shutterstock.com / Volhah
Mann: Freepik.com
Ornamente: pixabay.com

*Bibliografische Information der Deutschen Nationalbibliothek: Die Deutsche
Nationalbibliothek verzeichnet diese Publikation in der Deutschen Natio-
nalbibliografie; detaillierte bibliografische Daten sind im Internet über
http://dnb.dnb.de abrufbar.*

Kapitel 1

Oh, Gott! Was hatte sie nur getan? Annies Hände zitterten so stark, dass sie den Schlüssel nicht ins Zündschloss bekam. Das Blut rauschte in ihren Ohren und Panik senkte sich als eisiger Klumpen in ihren Magen. Sie schluckte krampfhaft.

Das Bedürfnis zurückzurennen, wurde so übermächtig, dass sie die Hände um das Lenkrad krallte, um dem nicht nachzugeben.

Sie hatte es versaut. So gründlich wie bisher kaum etwas in ihrem Leben.

Sie sollte zu Mark zurückgehen, sich entschuldigen, ihn bitten, die letzte Stunde einfach aus seinem Gedächtnis zu streichen. Er hatte so überrascht und verletzt ausgesehen, so unglaublich verletzt. Sie konnte seinen Schmerz noch immer wie ihren eigenen spüren.

Dennoch hatte er nichts getan, um sie aufzuhalten, hatte nicht einmal versucht, um sie zu kämpfen. Hatte nur schmollend und mit versteinerter Miene zugeschaut, wie sie ihre Sachen packte.

Annies Blick glitt zu dem Finger, der ohne den Verlobungsring so einsam und leer wirkte.

Vielleicht erwartete sie auch zu viel. Vielleicht gab es nicht mehr als das, was sie mit Mark verband. Immerhin waren sie sieben Jahre zusammen gewesen. Er war ihr erster richtiger Freund, ihre erste Liebe. Sie kannte ihn wie keinen anderen. Und er kannte sie.

Verzweifelt ließ Annie ihre Stirn gegen das Lenkrad sinken. So etwas warf man nicht einfach weg.

Oder?

Auch wenn Mark es so darzustellen versuchte, war dieser Schritt keine Kurzschlussreaktion von ihr. Seit Monaten, wenn nicht schon Jahren grübelte sie darüber nach. Trotzdem wusste sie noch immer nicht, welche Entscheidung die richtige wäre.

Mark zu verlassen, fühlte sich an, als würde sie ein Stück von sich selbst aufgeben. Es war erschreckend und befreiend zugleich.

Annie schaute auf die Reisetasche auf dem Beifahrersitz. Erst nach und nach wurden ihr die Konsequenzen ihrer Entscheidung bewusst. Sie hatte keine Wohnung mehr, keinen Platz, an den sie gehörte, keinen Menschen, auf den sie sich jederzeit und überall verlassen konnte. Mark war nicht nur ihr Verlobter gewesen, er war auch ihr bester Freund.

Seufzend klappte Annie den Autoschlüssel wieder ein. Sie sollte zurückgehen. Das wäre die richtige, die vernünftige Entscheidung.

Aber wieso fühlte es sich dann an, als würde sich allein bei dem Gedanken ein zentnerschweres Gewicht auf ihre Brust senken? Als hätte sie versagt?

Sie war zu jung, um jetzt schon keine Lust auf den Rest ihres Lebens zu haben.

Annie holte ihr Handy hervor und wählte die Nummer ihrer Schwester. Wenn sie jemand verstehen konnte, dann Beth.

»Annie!«

Sie hatte die Haustür noch nicht einmal erreicht, da wurde diese schon aufgerissen und Beth stürmte hinaus. Sorge stand im Gesicht ihrer Schwester geschrieben.

»Wie geht es dir?« Beth musterte sie so gründlich, als fürchtete sie, dass Annie jederzeit zusammenbrechen könnte.

»Keine Ahnung«, murmelte Annie schwach und zuckte mit den Schultern.

»Was hat er getan?«, fragte Beth erbost. Sie schlang einen Arm um ihre Schwester und nahm ihr die Tasche ab.

»Nichts«, versicherte Annie hastig und mit einem Anflug von Schuldgefühl. Mark war hier nicht das Problem. Sie selbst war es.

»Das verstehe ich nicht.« Verwirrt blieb Beth stehen.

Annie konnte es ihr nicht verübeln. Sie selbst verstand es ja kaum. Außerdem hatte sie ihrer Schwester vorhin am Telefon lediglich erzählt, dass sie sich von Mark getrennt hatte und nicht wusste, wo sie nun hin sollte. Auf der dreistündigen Fahrt hatte sie sich den Kopf darüber zermartert, wie sie es Beth erklären sollte, und wusste es immer noch nicht. Vielleicht konnte man es gar nicht erklären. Vielleicht warf sie gerade ihr Leben wegen eines Hirngespinstes weg.

»Komm erst mal rein«, sagte Beth sanft und führte sie an blühenden Blumenbeeten vorbei zum Haus. »Möchtest du einen Tee?«

»Hast du denn welchen da?«, erkundigte sich Annie skeptisch. Sie wusste, dass ihre Schwester im Gegensatz zu ihr Kaffee bevorzugte. Annie war die Einzige in ihrer Familie, die die wohltuende Wirkung einer frisch aufgebrühten Tasse Tee zu schätzen wusste, die für jede Stimmung das passende Aroma bot. Jetzt könnte sie einen blumigen Seelentröster sehr gut gebrauchen. Leider standen die Chancen dafür eher schlecht. Aber auch ein schwarzer Teebeutel war besser als nichts.

»Welchen möchtest du denn?« Beth hielt zwei Packungen in die Höhe.

Annies Augenbrauen fuhren überrascht nach oben. Das sah ganz nach ihren Lieblingssorten aus. »Wo hast du die her?«

Beth grinste zufrieden. »Ich war vorhin extra einkaufen.« Sie wurde wieder ernst. »Du hattest dich angehört, als hättest du das dringend nötig.«

»Danke«, raunte Annie und konnte ihre Tränen nun nicht mehr zurückhalten. All die Unsicherheit, die Angst und der Schmerz brachen sich in ihr Bahn. Sie presste die Hände vors Gesicht und schluchzte laut auf.

Gleich darauf spürte sie Arme, die sie tröstend umschlossen. Beth sagte nichts, streichelte nur sanft Annies Rücken, hielt sie fest, bis ihre Tränen versiegten.

»Es tut mir leid«, sagte Annie schniefend und wischte sich über die Wangen. »Sonst bin ich nicht so eine Heulsuse.«

»Ich weiß.« Beth lächelte zaghaft. »Also, was ist passiert?«

Annie zuckte mit den Schultern und stand auf, um Wasser für den Tee aufzusetzen. »Ich habe Mark verlassen.«

»Das sagtest du bereits. Aber wieso? Hat er dich betrogen?«

»Nein.« Annie schüttete Teeblätter in ein Sieb.

»Hast du einen anderen?«

»Nein.«

»Was ist es dann?«

»Wir haben die Gästeliste für die Hochzeit besprochen und ich hatte plötzlich das Gefühl, ich würde ersticken.«

Beth schmunzelte. »Du hast bestimmt nur kalte Füße gekriegt. So etwas soll völlig normal sein, habe ich gehört.«

»Hast du mit Richard schon mal übers Heiraten gesprochen?«

Eine feine Röte schoss Beth in die Wangen. »Nein.« Sie räusperte sich. »Wir sind doch erst seit einigen Monaten zusammen.«

Annie setzte sich zu ihr auf die Couch. »Aber stell dir vor, ihr würdet es tun. Er würde dich heute noch fragen. Was fühlst du bei diesem Gedanken?«

Die Röte auf Beths Wangen vertiefte sich, ihre Augen begannen zu glänzen und ihr Mund verzog sich zu einem breiten Lächeln. »Glück«, gestand sie leise.

Annie sah ihre große Schwester liebevoll an. Das glaubte sie ihr sofort. So glücklich wie in den letzten Monaten hatte sie

Beth schon lange nicht mehr erlebt. »Genau so sollte es sein, wenn man einen Heiratsantrag bekommt.«

»Bei dir war es nicht so?«, folgerte Beth erstaunt.

»Nein.« Annie schüttelte den Kopf. »Ich war eher erschrocken als erfreut. Und dann hat sich meine Vernunft eingeschaltet. Etwas im Sinne von: Wer A sagt, muss auch B sagen. Wenn ich schon so lange mit Mark zusammen war, sollte ich ihn auch heiraten. Sonst hätte das alles gar keinen Sinn.« Annie verstummte und schnappte zitternd nach Luft. »Aber muss ich nur deswegen jetzt das ganze verdammte Alphabet aufsagen?«

»Nein, das musst du nicht.« Beth streichelte tröstend ihre Wange.

Es bedeutete Annie viel, dass ihre Schwester sie weder verurteilte noch auslachte. »Dann ergibt das für dich tatsächlich einen Sinn?«

»Das tut es.« Beth nickte. »Du hast dich richtig entschieden.«

»Aber ich habe Mark damit so wehgetan, er sah regelrecht zerschmettert aus.« Allein die Erinnerung daran quetschte Annies Herz schmerzhaft zusammen.

Beth verengte die Augen. »Er bedeutet dir trotzdem sehr viel, nicht wahr?«

»Ja.« Annie nickte. »Er wird für immer ein Teil meines Lebens sein, wir haben gemeinsam so unglaublich viel Schönes erlebt.«

»Vielleicht brauchst du nur etwas Abstand?«, fragte Beth zögernd.

»Kann sein«, stimmte Annie ihr zu. Beth konnte sich nicht vorstellen, wie sehr sie sich wünschte, Mark wäre der Eine für sie. Es würde so vieles so viel einfacher machen. »Kann ich ein paar Tage bei euch bleiben? Ich weiß nicht, wo ich sonst hin soll.« Ihre Eltern waren vor zwei Tagen in den Urlaub gefahren und Annie graute es davor, allein in dem Haus zu sein, ganz egal, wie gut bestückt Dads Bibliothek auch war. Ihre Gedanken würden sich nur endlos im Kreis drehen.

»Aber sicher.« Beth hauchte ihr einen Kuss auf die Stirn.

»Musst du das nicht erst mit Richard besprechen?«

»Ach was, der hat bestimmt nichts dagegen. Und wenn doch«, Beth lächelte verschmitzt, »finde ich schon Mittel und Wege, um ihn gnädig zu stimmen.«

Wider Willen musste Annie grinsen. »Wenn *das* deine übliche Verhandlungstaktik ist, wette ich, dass er sich absichtlich querstellen wird.«

»Hey!« Lachend stupste Beth sie gegen die Schulter, dann stand sie auf und füllte das kochende Wasser in die Teekanne.

Wehmütig schaute Annie ihr dabei zu. Noch vor knapp fünf Monaten hätte sie nie gedacht, dass sie ihre Schwester bald so gelöst und zufrieden sehen würde. Richard tat ihr wirklich gut. Obwohl sie äußerlich überhaupt nicht zusammenpassten. Beth war eine klassische Schönheit, Richard hingegen erinnerte Annie stark an Mr. Rochester aus ihrem Lieblingsroman Jane Eyre – dunkle Haare, ein kantiges, nicht gerade schönes Gesicht und eine Narbe auf der Wange. Doch ebenso wie bei dem Romanhelden schien sich auch hinter Richards eher grimmigen Zügen ein sehr liebevoller Mann zu verbergen.

»Hallo Annie.« Wie auf Kommando betrat dieser nun den Raum, lächelte grüßend und ging zu Beth, um sie in seine Arme zu ziehen.

Das Gesicht ihrer Schwester erstrahlte. Die Liebe, die sie für ihn empfand, war so offensichtlich, dass Annie die Augen abwandte, um ihnen einen privaten Moment zu gönnen.

»Bist du fertig für heute?«, fragte Beth.

»Ja. Aber keine Sorge, ich will euch nicht lange stören. Ich dreh gleich 'ne Runde, um den Kopf freizukriegen, und dann ziehe ich mich mit dem Laptop zurück.«

»Ich denke, du hast Feierabend?« Beth legte die Stirn in Falten.

»Habe ich auch. Ich möchte noch ein bisschen an einer neuen Idee arbeiten, die mir durch den Kopf schwirrt.«

Annie horchte auf. »Du schreibst noch ein Buch?« Sie hatte es kaum glauben können, als Beth ihr erzählte, Richard hätte zusätzlich zu seiner Tätigkeit als Anwalt bereits einen ganzen Roman geschrieben.

»Ja. Irgendwie macht das Spaß.« Er klang, als konnte er es selbst kaum glauben.

»Wow.« Ehrfürchtig schaute Annie ihn an. Seit sie lesen gelernt hatte, liebte sie Bücher über alles. Es gab nichts Schöneres für sie, als in einer neuen – oder alt bekannten – Geschichte zu versinken. Dennoch hatte sie nie den Ehrgeiz gehabt, es selbst zu versuchen. Deshalb bewunderte sie Richard umso mehr und fand den Gedanken irgendwie cool, dass sie vielleicht einmal einen berühmten Autor zum Schwager haben würde.

»Na ja, noch ist es bloß eine Idee«, winkte Richard ab und gab Beth einen schnellen Kuss auf die Lippen. »Ich bin dann weg.«

»Um sieben gibt es Abendessen«, erinnerte sie ihn.

»Wenn ihr lieber unter euch bleiben wollt ...«, setzte er zögernd an. Richard schien nicht genau zu wissen, wie er mit Annies plötzlichem Auftauchen und ihrem mit Sicherheit verheulten Gesicht umgehen sollte.

»Nein!«, sagte Annie schnell. Sie hasste es, wenn sich andere ihretwegen zu viele Umstände machten. »Ich möchte bei euch nichts durcheinanderbringen.«

»Das tust du nicht«, beschwichtigte Beth. »Und du auch nicht«, fügte sie an Richard gewandt nachdrücklich hinzu.

»Gut, wir sehen uns nachher.« Er lächelte Annie aufmunternd zu und verließ die Küche.

Beth reichte Annie eine Tasse Tee, schenkte sich selbst einen Kaffee ein und setzte sich zu ihr. »Geht es dir ein wenig besser?«

Annie atmete den lieblichen Teeduft tief ein und horchte in sich hinein. »Etwas«, gab sie zu. »Ich bin erleichtert, dass du mich nicht für vollkommen verrückt erklärst.«

»Das bist du nicht, nicht im Geringsten. Du möchtest nur glücklich sein.«

»Ja.« Annie nippte vorsichtig an ihrem Tee. »Aber manchmal frage ich mich, ob ich nicht zu viel vom Leben erwarte. Meine Vorstellung von Glück - oder Männern - wurde von unzähligen erfundenen Geschichten geprägt, die eher Sehnsüchte widerspiegeln als die Realität. Ich meine, wo gibt es schon einen d'Artagnan, der keine Gefahr, kein Abenteuer scheut, um der Herzensdame seine Liebe zu beweisen? Oder einen Joffrey de Peyrac - den stets souveränen, starken Anführer und zugleich so romantischen Geliebten?« Sie lächelte selbstironisch. »Und wer sagt uns, dass wir mit diesen Helden überhaupt glücklich werden würden, falls wir sie treffen? Nicht umsonst enden die meisten Geschichten mit einem Happy End, das Jahrzehnte vor dem eigentlichen Ende liegt.«

Nachdenklich schaute Beth sie an. »Ich kann dir diese Frage nicht beantworten.« Sie prustete leicht. »Ich habe diese Bücher nie gelesen. Aber ich weiß, dass es die Liebe gibt. Und auch das Glück.«

»Woher weißt du, dass du Richard wirklich liebst? So richtig, meine ich? Wie kannst du dir sicher sein?«

Beth legte ihren Arm um Annies Schultern und zog sie fest an sich. »Wenn du das nicht weißt, war deine Entscheidung, die Verlobung zu lösen, die richtigste, die du in den letzten Jahren getroffen hast.«

Annie holte tief Luft. »Und warum fühle ich mich dann so mies?«

»Weil alles Zeit braucht. Und nur weil etwas richtig ist, heißt es noch lange nicht, dass es leichtfällt.«

Annie lächelte schief. »Wann bist du denn so weise geworden?«

»Nicht frech werden, Kleine.« Beth stupste sie liebevoll an. »Weißt du schon, wie es weitergeht?«, fragte sie nach einer kurzen Pause. »Wie lange hast du frei?«

»Gar nicht.« Annie schloss die Finger um ihre Tasse und presste die Lippen zusammen. Das war der zweite Punkt, der ihr schon viel zu lange auf der Seele brannte. Wenn sie die Brücken hinter sich abriss, dann gründlich. »Ich werde mir einen neuen Job suchen.«

»Was? Aber wieso ...?« Beth brach ab und schnappte verständnisvoll nach Luft. »Natürlich, du willst nicht mehr mit Mark zusammenarbeiten.«

»Das ist nicht der einzige Grund.« Wobei die Trennung von Mark ihr diesen Schritt deutlich leichter machte. Sie hatte schließlich kaum eine andere Wahl. »Ich weiß, dass es wirklich toll von Marks Dad war, mir diesen Job zu geben. Nach meinem Abschluss standen mir nicht gerade viele Türen offen.« Leider. Die Wahl des Studienfachs war eins der wenigen Dinge, die Annie vollkommen aus dem Bauch heraus entschieden hatte. »Aber ich habe nicht englische Literatur studiert, um mein Leben lang Versicherungen zu verkaufen.« Mark hatte sie dazu gedrängt, das Jobangebot in der Versicherungsagentur seines Vaters anzunehmen. Doch außer der anständigen Bezahlung hatte Annie dieser Tätigkeit noch nie viel abgewinnen können.

»Und was willst du stattdessen tun?«

»Ich weiß es nicht.« Annie seufzte. »Das Ganze war nicht wirklich geplant oder durchdacht. Ich habe einfach die Notbremse gezogen, verstehst du?« Und jetzt stand sie da, mitten im Nichts, und wusste nicht, wie es weitergehen sollte.

»Du kannst auf jeden Fall so lange hierbleiben, wie du magst«, sagte Beth.

»Danke.« Annie lächelte sie an, fest entschlossen, das Angebot nicht überzustrapazieren. Sollte sie noch immer keine Perspektive haben, wenn Mom und Dad aus dem Urlaub zurückkamen, würde sie zu ihnen ziehen, um alles ganz in Ruhe zu durchdenken. Zum Glück würden ihre Ersparnisse für ein paar Monate reichen. Trotzdem konnte es nicht schaden, wenn sie sich nach einem Nebenjob umsah. Allein schon, um nicht untätig herumzusitzen. Denn trotz des Zuspruchs ihrer Schwester drehten sich Annies Gedanken im Kreis.

Sie vermisste Mark und fragte sich, wie es ihm ging. Hoffnung, Panik, Zuversicht und Niedergeschlagenheit mischten sich in ihrem Kopf zu einem überaus zermürbenden Cocktail. Und nicht zum ersten Mal wünschte sich Annie, es gäbe auch im Leben eine Speichern-Taste wie in den Computerspielen, die Mark so gern mochte. Dann könnte man einen Weg einfach ausprobieren, um zu sehen, wohin er führte, um bei Nichtgefallen direkt an die Stelle zurückzukommen, an der man gestartet war. Ganz ohne Risiko oder Konsequenzen, dafür um eine Erfahrung klüger.

Annie nahm einen großen Schluck von ihrem inzwischen lauwarmen Tee. Nein, sie wollte kein Leben im abgesicherten Modus. Das hatte sie die letzten Jahre über geführt. Und vor ein paar Stunden hatte sie aus gutem Grund einen Schlussstrich darunter gezogen.

Sie würde keine Rückzieher mehr machen.

Kapitel 2

Gähnend schlurfte Annie den Flur zur Küche entlang. Obwohl es erst kurz nach sieben war, hatte sie einfach nicht länger liegen bleiben können. Die halbe Nacht hatte sie sich schlaflos herumgewälzt und wider jede Vernunft ständig auf das Handy gestarrt in Erwartung einer Nachricht von Mark. Die nicht gekommen war.

Annie war sich nicht sicher, ob sie darüber erleichtert oder ernüchtert sein sollte. Vermutlich konnte ihr gerade nichts und niemand etwas recht machen, so durcheinander, wie sie war.

Also hatte sie beschlossen, schon mal aufzustehen und Frühstück für Beth und Richard zu machen, die gestern so überaus freundlich und rücksichtsvoll zu ihr gewesen waren. Gerade Richard war richtiggehend süß gewesen und allmählich verstand Annie, was Beth an ihm fand.

So wie sie ihre Schwester kannte, würde sie nicht vor acht Uhr aus dem Bett kommen. Annie hatte also genügend Zeit, um ein paar Pancakes zu machen. Sich über die Augen reibend erreichte sie die Küche.

Ein leises Seufzen ließ sie ihre Hände erschrocken herunterreißen.

Das Erste, was Annie sah, war Richards breiter Rücken. Dann bemerkte sie Beths entblößte Beine rechts und links neben ihm. Beth hatte ihre Hände in seinem Haar vergraben und Annie wollte lieber nicht wissen, wo seine Finger gerade waren. Die beiden waren doch nicht etwa dabei ...?

Nein! Dankenswerterweise hatte Richard seine Hose noch an. Oh Gott! Annie wünschte sich, der Boden würde sich auftun und sie verschlingen.

Zum Glück hatten die beiden sie noch nicht bemerkt. So vorsichtig wie möglich trat sie den Rückzug an.

Eine Diele knarrte laut unter ihrem Fuß. Natürlich! Annie blieb ertappt stehen.

Richard und Beth fuhren herum.

Annie spürte, wie ihr das Blut in die Wangen schoss. Hastig riss sie sich eine Hand vor die Augen. »Ich bin schon weg! Lasst euch von mir nicht stören!« Sie machte auf dem Absatz kehrt.

»Annie, warte!«, rief Beth ihr nach. Sie hörte, wie ihre Schwester von der Arbeitsplatte hüpfte und ihr hinterher eilte.

»Wir haben noch nicht mit dir gerechnet«, gestand Beth zerknirscht und strich hastig ihren Rock glatt.

»Und ich nicht mit euch. Seit wann bist du so eine Frühaufsteherin?«

»Seit ich mit Richard arbeite.« Beth warf dem Mann, der sich daran machte, die Kaffeemaschine zu befüllen, einen verliebten Blick zu.

Annie bemühte sich um eine neutrale Miene. Die beiden standen extra früher auf, um in der Küche über einander herzufallen?

»Nicht, was du schon wieder denkst.« Beth schüttelte tadelnd den Kopf. Offenbar war Annies Pokerface nicht ganz so gut, wie sie gehofft hatte. »Wir haben festgestellt, dass wir morgens vor den ganzen Mandanten- und Gerichtsterminen sehr viel abarbeiten können. Und so haben wir abends mehr Zeit für uns.«

»Das klingt gut.«

»Das finde ich auch.«

»Dann seid ihr beide gleich im Büro?«

»Ja. Das ist direkt nebenan, im Anbau. Wenn du was brauchst, bin ich also sofort für dich da. Ansonsten fühle dich hier einfach wie zu Hause.«

Leider war das leichter gesagt als getan. Auch beim Frühstück kam sich Annie mehr und mehr wie ein Eindringling vor. Beth und Richard waren ein eingespieltes Team, sie selbst war dabei nur das fünfte Rad am Wagen.

»Wisst ihr vielleicht, ob jemand im Ort einen Job zu vergeben hätte?«, fragte sie.

»Welcher Art Job?« Richard musterte sie aufmerksam.

»Oh, nichts Besonderes, nur ein paar Stunden am Tag, ich bin nicht wählerisch.«

»Brauchst du Geld?«, erkundigte Beth sich besorgt.

Annie bemühte sich um ein Lächeln. »Es schadet jedenfalls nie. Aber das ist nicht der Hauptgrund«, setzte sie hastig hinzu, als Beth den Mund aufmachte. »Ich bin es einfach nicht gewohnt, untätig herumzusitzen. Ich fürchte, spätestens heute Abend fällt mir die Decke auf den Kopf.«

»Du brauchst Zeit, um zu dir zu kommen«, ermahnte Beth sie sanft.

Annie zuckte unsicher mit den Schultern. »Ich brauche eher etwas, das mich ablenkt.« Deshalb war sie auch hierhergekommen, anstatt in das leere Haus ihrer Eltern zu fahren. Sie hatte allerdings nicht bedacht, dass Beth ihr eigenes - und, wie es aussah, ziemlich erfülltes - Leben führte.

»Wir sollten mit Dorothy reden«, sagte Richard nachdenklich. »Wenn jemand Bescheid weiß, dann sie.«

»Dorothy?« Fragend schaute Annie ihn an.

»Ihr gehört eine kleine Pension im Zentrum von Silver Creek und sie ist ziemlich gut vernetzt. Hier geschieht kaum etwas, ohne dass Dorothy davon Wind bekommt.«

Annie zog die Nase kraus. Das hörte sich nach einer sehr neugierigen und penetranten Person an.

»Keine Sorge, sie ist wirklich nett«, sagte Beth, als hätte sie ihre Gedanken gelesen. »Außerdem ist sie Richards Patentante und gehört gewissermaßen zur Familie.« Beth verstummte und streckte ihre Hand nach Annie aus. »Ich denke trotzdem, du solltest es etwas langsamer angehen.«

»Das werde ich«, versprach sie. »Aber fragen kostet ja nichts. Und es bedeutet auch nicht, dass ich direkt etwas Passendes finde.«

»Du solltest tatsächlich nicht zu viel erwarten«, stimmte Richard ihr zu. »Silver Creek ist ein kleiner Ort und ich nehme nicht an, dass du als Farmhelferin auf einem Feld arbeiten möchtest.«

Annie schaute auf ihre nicht auffällig, dafür sorgfältig manikürten Fingernägel hinab. »Nein, nicht unbedingt«, bestätigte sie ertappt. »Wo finde ich denn diese Dorothy?«

»Das ist im Grunde ganz einfach«, erklärte Richard und holte das Smartphone hervor. Nachdem er Annie den Weg auf der Karte gezeigt hatte, leerte er seine Tasse und stand auf. »Ich fürchte, wir müssen los.«

»Ja.« Beth erhob sich ebenfalls und drückte Annie an sich. »Genieße den Tag, tu dir was Gutes, in Ordnung? Ich mache heute früher Schluss, so gegen drei.« Sie warf Richard einen fragenden Blick zu, den dieser mit einem freundlichen Nicken quittierte. »Und dann haben wir den Nachmittag nur für uns. Wir stopfen uns mit Süßkram voll und schauen Gilmore Girls, wie wär's?«

»Klingt verlockend.« Annie grinste, konnte einen Seitenblick zu Richard aber nicht vermeiden. Mark wäre es mit Sicherheit nicht recht gewesen, wenn sie den Nachmittag mit ihrer Schwester verbrachte, während er auf sich allein gestellt war.

Richard wirkte allerdings völlig entspannt. »Ich habe ohnehin noch im Gericht zu tun. Und danach kann ich mich ohne schlechtes Gewissen meiner Geschichte widmen. Was für ein Glück, dass du hier bist.« Er zwinkerte ihr verschwörerisch zu.

»Danke.« Annie erwiderte aus vollem Herzen sein Lächeln.

»Also, bis später.« Beth gab ihr einen Kuss auf die Stirn und streckte den Arm nach Richard aus. Hand in Hand verließen sie den Raum.

Annie trank langsam ihren Tee und genoss jeden einzelnen

Schluck, versuchte mit aller Macht, Ruhe und Wohlbefinden in sich aufsteigen zu lassen, was ihr leider nur mäßig gelang. Dann kramte sie widerwillig ihr Handy hervor. Marks Vater wusste bestimmt, was zwischen ihr und seinem Sohn vorgefallen war. Doch er war nicht nur der Vater ihres Exverlobten – Annie unterdrückte ein Seufzen –, er war auch ihr Boss. Und als solcher hatte er ein Recht darauf, dass sie sich bei ihm meldete.

Annie zögerte. Sie traute sich nicht, ihn anzurufen, ihm persönlich ihre Kündigung mitzuteilen, wollte die Vorwürfe nicht hören, mit denen er sie mit Sicherheit überhäufen würde. Wie undankbar sie war. Wie sehr sie Mark verletzt hatte. Wie unvernünftig, ja fast schon selbstzerstörerisch sie sich benahm. Das wusste sie alles selbst, trotzdem konnte sie nichts dagegen tun.

Die Minuten vergingen, während Annie unschlüssig auf den inzwischen dunklen Bildschirm ihres Handys starrte, dann öffnete sie schließlich den E-Mail-Dienst. Es war feige, aber es war ihr egal.

In knappen Worten formulierte sie ihre Kündigung und setzte immerhin den Satz hinzu, dass sie das unter den gegebenen Umständen für das Beste hielt. Dann schickte sie sie ab und schaltete das Handy aus.

Es war getan, sie war frei. Das Leben steckte voller Möglichkeiten, die sie berauschten und zugleich erschreckten. Sie fühlte sich, als befände sie sich mitten auf dem unendlichen Ozean – ohne Kompass, ohne Orientierung. Jede Richtung könnte die richtige sein oder sie ins Verderben führen.

Annie schüttelte den Kopf und stand energisch auf. So melodramatisch kannte sie sich gar nicht. Sie hatte lediglich eine Beziehung beendet und einen Job gekündigt. Beides mochte für sie selbst zwar eine Premiere sein, aber Millionen anderer Menschen taten jeden Tag das Gleiche, ohne dass die Welt aus den Fugen geriet. Und ganz orientierungslos war sie schließlich nicht. Richard hatte ihr empfohlen, mit Dorothy zu sprechen, und genau das würde sie jetzt tun.

Nach einer ausgiebigen Dusche machte Annie sich auf den Weg. Mit Richards Beschreibung war es nicht schwer, Dorothys Pension zu finden. Die Luft war für Ende April angenehm mild und Annie ertappte sich dabei, dass sie den kleinen Spaziergang wirklich genoss.

Sie ging an blühenden Rosensträuchern, die einen betörend süßen Duft verströmten, vorbei zur Eingangstür der Pension. Dort blieb sie noch einen Moment stehen und streckte ihr Gesicht der Sonne entgegen. Das hatte sie viel zu lange nicht mehr getan.

Annies Blick fiel auf eine verschnörkelte weiße Sitzbank, die halb versteckt in diesem hübschen Rosengarten stand. Wie gern hätte sie sich jetzt mit einem guten Buch dorthin gesetzt, die sanfte Brise auf ihrer Haut gespürt, dem Zwitschern der Vögel gelauscht, während sie in einer ihrer Lieblingsgeschichten versank. Annie lächelte. Vielleicht könnte sie nachher noch einmal hierher zurückkommen.

Eine Familie mit zwei quengelnden Kindern tauchte am Tor zum Vorgarten auf. Die Mutter schimpfte halblaut, während das Kind auf ihrem Arm wutentbrannt an ihren Haaren zog.

Annie beeilte sich, aus dem Weg zu gehen. Offenbar war dieser Ort doch nicht ganz so ideal, um der Realität zu entfliehen. Sie schmunzelte und ließ der lärmenden Familie ein paar Minuten Vorsprung, dann ging sie ebenfalls hinein.

Annie fand sich in einem gemütlichen Empfangsraum wieder. An einem Fenster neben der Tür standen ein kleiner Tisch mit zwei Stühlen und gegenüber eine glatt polierte Theke mit dem obligatorischen Klingelknopf. Da gerade niemand zu sehen war, trat Annie näher und betätigte die Klingel.

Es dauerte ein paar Herzschläge, dann tauchte eine ältere, sehr adrette Frau mit kurzem Silberhaarschnitt, einer modischen Jeans und einem dünnen Pulli mit Dreiviertelärmeln auf. »Hallo, ich bin Dorothy. Wie kann ich Ihnen helfen?«

»Hi, mein Name ist Annie Andrews«, setzte Annie an.

»Oh, richtig, Beths Schwester! Schön, dass du endlich da bist«, sagte die Frau überschwänglich und musterte Annie mit neugierigem Blick.

»Sie haben mich erwartet?«, entfuhr es Annie verdutzt.

»Ja, Richard hat vorhin angerufen.« Die Frau kam um den Tresen herum. »Und du kannst ruhig du zu mir sagen, wir sind hier nicht so förmlich.«

»Gern.« Etwas überrumpelt ließ Annie es zu, dass Dorothy ihre Hände nahm.

»Kann ich dir etwas anbieten? Einen Kaffee vielleicht?«

»Tee wäre mir lieber, wenn das geht. Aber ich will keine Umstände machen.« Und eigentlich wollte sie gar nicht lange bleiben, auch wenn die Pension sehr einladend wirkte.

»Papperlapapp. Das macht keine Umstände. Ich habe einen sehr feinen English Breakfast Tea. Ich muss ihn nur kurz aufbrühen.« Dorothy schaute sich prüfend um. »Ich werde noch in der Küche gebraucht. Magst du mir Gesellschaft leisten?«

»Ähm, sicher.« Dorothy hatte eine so offene und einnehmende Art, dass Annie sich ihr einfach nicht entziehen konnte.

»Derzeit habe ich zwar nicht viele Übernachtungsgäste, aber die Bewohner von Silver Creek wissen mein Frühstück zu schätzen«, erklärte Dorothy. »So habe ich immer etwas zu tun.«

Annie folgte ihr in einen großen hellen Raum, in dem eine junge Frau vor einem Herd zeitgleich mit drei Pfannen hantierte. Annie roch Speck, Rührei und Pancakes.

»Danke, Stacy.« Dorothy löste die Frau ab. »Hast du Hunger?«, wandte sie sich dann an Annie.

»Nein, danke. Ich möchte auch nicht lange stören. Ich kann später wiederkommen ...«

Dorothy hielt inne und bedachte Annie mit einem tadelnden Blick. »Die Schönheit scheint bei Beth und dir in der Familie zu liegen, vom Selbstbewusstsein hat sie jedoch eine deutlich größere Scheibe abbekommen.«

»Bitte?« Verdattert starrte Annie die ältere Frau an.

»Du brauchst nicht so zurückhaltend aufzutreten. Das hast du wirklich nicht nötig.« Dorothy schichtete ein paar Pancakes auf einen Teller und goss einen großzügigen Schuss Ahornsirup darauf, bevor sie den Teller in die Durchreiche stellte.

Annie runzelte irritiert die Stirn. Gab Dorothy ihr gerade ganz nebenbei Ratschläge zur Persönlichkeitsentwicklung? Dabei kannte die Frau sie gar nicht. Und sie war bestimmt nicht deshalb hergekommen. Sie wollte nur einen Job.

»Ich komme später wieder«, entgegnete sie fest. Falls überhaupt.

Dorothy hielt inne. »Es tut mir leid, das kam wohl ein bisschen falsch rüber. Ich wollte dich nicht verstimmen.« Sie richtete in Windeseile zwei weitere Teller an, dann putzte sie sich die Hände ab und wandte ihre ganze Aufmerksamkeit Annie zu. »Ich glaube, der größte Ansturm ist vorüber. Mit dem Rest kommt Stacy allein zurecht. Wieso setzt du dich nicht in den Speisesaal und ich komme in ein paar Minuten mit deinem Tee und meinen berühmten Blaubeermuffins vorbei?«

»Okay«, sagte Annie so selbstbewusst wie möglich, bevor ihr ein weiteres »*Ist doch nicht nötig*« herausschlüpfen konnte.

Annie suchte sich einen Fensterplatz in dem recht geräumigen Speisesaal, der etwa zwanzig Tische beherbergte. Ungefähr die Hälfte von ihnen war belegt. In einer Ecke entdeckte sie auch die Familie, die kurz vor ihr gekommen war. Offensichtlich hatte Dorothy nicht übertrieben. Nur zwei oder drei Tische schienen von Touristen besetzt.

Sie lehnte sich in ihrem Stuhl zurück und schaute aus dem Fenster, das zu einer Straße hinausging. Die hübschen Fassaden der ansässigen Geschäfte säumten den Weg und machten einen sehr einladenden und sympathischen Eindruck.

Silver Creek war ganz anders als Detroit oder gar Chicago, trotzdem konnte Annie verstehen, dass Beth sich hier wohlfühlte. Alles schien friedlicher, freundlicher und entspannter zu sein.

Nachher würde sie auf jeden Fall einen ausgedehnten Spaziergang durch dieses Städtchen machen.

»Da bin ich auch schon.« Dorothy stellte eine dampfende Teekanne und ein Tablett mit einer Auswahl an Muffins und Donuts vor Annie ab.

»Danke.« Wider Willen griff Annie zu, die süßen Teilchen sahen einfach unwiderstehlich aus.

Lächelnd setzte Dorothy sich zu ihr. »Richard meinte, du wärst auf der Suche nach einem Aushilfsjob«, sagte sie und machte sich nicht einmal die Mühe, ihre Neugier zu verbergen.

»Ja.« Annie biss enthusiastisch in ihren Muffin und schloss im nächsten Moment hingerissen die Augen. Der war *wirklich* gut.

»Freut mich, dass es dir schmeckt«, kommentierte Dorothy. »Doch ein bisschen mehr musst du mir schon sagen, wenn du meine Hilfe möchtest. Was verschlägt dich hierher? Wie lange willst du bleiben? Was hast du bisher getan? Was stellst du dir vor?«

Annie seufzte. Natürlich hatte Dorothy recht, trotzdem widerstrebte es ihr, ihr Privatleben vor einer völlig Fremden auszubreiten, auch wenn sie für Beth und Richard praktisch zur Familie gehörte. Sie war nun mal niemand, der das Herz auf der Zunge trug. Und sie wollte ganz gewiss nicht zum Gesprächsthema in dieser Stadt werden.

»Wieso ich hier bin, ist nicht so wichtig. Und ich weiß noch nicht, wie lange ich bleiben werde. Eine oder zwei Wochen, vielleicht auch länger.«

»Das klingt nicht gerade verlässlich für einen möglichen Arbeitgeber.« Dorothy verzog nachdenklich das Gesicht. »Im Supermarkt wurde letztens jemand fürs Lager gesucht, aber ich glaube, einer der Jungs hat die Stelle inzwischen bekommen. Ansonsten gibt es noch den Buchladen ...«

»Ein Buchladen?« Annie horchte begeistert auf.

»Oh. Habe ich da einen Nerv getroffen?«, fragte Dorothy überrascht.

»Ja! Ich liebe Bücher!«, versicherte Annie strahlend. »Ich habe sogar Literatur studiert.« Kribbelnde Aufregung machte sich in ihr breit. Ein Job im Buchladen wäre wirklich ein Traum.

»Tatsächlich?« Dorothy betrachtete sie interessiert. »Und was hast du nach dem Studium getan?«

»In einer Versicherungsagentur gearbeitet«, gab Annie betreten zu.

»Klingt nicht besonders spannend.«

»War es auch nicht. Wo ist denn dieser Laden?«, fügte Annie ungeduldig hinzu. Wen interessierte schon ihr alter Job?

»Ich würde an deiner Stelle nicht zu viel erwarten. Die Arbeit entspricht ganz sicher nicht deiner Qualifikation«, schränkte Dorothy vorsichtig ein.

»Das ist mir egal«, winkte Annie den Einwand ab. Es wäre allemal besser, als Regale einzuräumen - oder Versicherungen zu verkaufen.

Dorothy seufzte. »Du kannst es ja mal versuchen.« Sie wirkte nicht überzeugt.

Diese verhaltene Reaktion ließ Annie nun doch zögern. »Wieso sollte es nicht klappen?«, fragte sie misstrauisch.

»Hmm.« Dorothy suchte sichtlich nach Worten. »Der Buchhändler, Mr. Ward, ist etwas speziell.«

»Das bedeutet?«

»Er scheint sehr genaue Vorstellungen von seiner Aushilfe zu haben. Der Zettel hängt schon seit Wochen an seiner Tür und es hat nicht gerade wenig Interessentinnen gegeben. Trotzdem ist die Stelle noch vakant.« Sie zuckte mit den Schultern. »Vielleicht will er sie auch gar nicht besetzen und hat nur vergessen, die Ausschreibung wieder abzuhängen. Manchmal ist er etwas zerstreut.«

Annie lächelte unsicher. Vor ihrem inneren Auge sah sie einen grummeligen, älteren Herrn mit Tweed-Sakko und ledernen Aufnähern auf den Ellbogen, der erstaunliche Ähnlichkeit mit Herrn Koreander aus der 'Unendlichen Geschichte'« besaß. Allein, um dem zu begegnen, würde sich ein Besuch im Laden schon lohnen.

»Jetzt bin ich erst recht neugierig«, sagte sie. »Ich lasse es auf einen Versuch ankommen.« Zu verlieren hatte sie ohnehin nichts.

»Lass mich wissen, wie es gelaufen ist.«

»Das mache ich. Wenn du mir den Weg zum Laden erklärst.«

»Der ist nicht schwer zu finden. Geh einfach unsere kleine Einkaufsstraße entlang.« Dorothy deutete aus dem Fenster. »Der Laden ist auf der rechten Seite. Und es ist der einzige, der Bücher führt.«

»Dann bis später.« Annie stand auf und konnte das freudige Grinsen auf ihrem Gesicht kaum zurückhalten.

Keine fünf Minuten später stand sie vor der in einem warmen Braunton gestrichenen hölzernen Fassade des Ladens, die von großen Schaufenstern durchbrochen wurde und gleichzeitig elegant und einladend wirkte. Die Schaufenster waren so gut wie undekoriert, doch die Auswahl der präsentierten Bücher zeugte von Vielfalt und gutem Geschmack. Der Name des Ladens war in schlichten goldenen Buchstaben über der Tür geschrieben – Books'n'Dreams. Annies Herz schlug automatisch höher. Wenn das keine Fügung des Schicksals war ... Bücher und Träume, konnte es einen passenderen Namen für einen Buchladen geben?

Direkt neben dem Geöffnet-Schild an der Tür hing das von Dorothy erwähnte Stellengesuch.

Neugierig trat Annie näher, um es besser lesen können. Allerdings enthielt das Blatt kaum zusätzliche Informationen. Da stand nur etwas von flexiblen Arbeitszeiten und aufrichtigem Interesse für Bücher. Nun, damit konnte sie auf jeden Fall dienen.

Annie öffnete die Tür und trat ein. Über ihr bimmelte leise ein Glöckchen. Und dann noch einmal, als die Tür wieder ins Schloss fiel. Sofort umhüllte sie der unnachahmliche Duft, den alle Buchläden gemein hatten – zumindest wenn sie nicht zu den voll klimatisierten Handelsketten gehörten. Hingerissen atmete Annie tief ein, bevor sie den Blick schweifen ließ.

In einem schmalen Regal, ganz am Anfang, waren die aktuellen Bestseller ausgestellt, doch der runde Tisch mit den bunten Kinderbüchern zog das Auge sofort weiter und den Besucher tiefer in den Laden hinein. Es wirkte fast, als wäre das Regal mit den Bestsellern nur der Pflicht – oder dem Kundenverlangen – geschuldet, während der Besitzer etwas ganz anderes für viel wichtiger hielt.

Begeistert betrachtete Annie die sorgfältig zusammengestellte Kinderbuchauswahl, während sie um den Tisch herumging. Von den leuchtend bunten Titeln für die ganz Kleinen ging es weiter zu Vor- und Erstlesebüchern, gleich dahinter stand der nächste Tisch mit Jugendliteratur.

Während sie durch den Laden schlenderte, kam Annie nicht umhin, seine intuitive Struktur zu bewundern. Es war, als würde der Laden einen auf dem gesamten Lebensweg begleiten. Je tiefer man ins Innere vordrang, desto mehr Geheimnisse offenbarte er, desto vielfältiger und komplexer wurde das Angebot.

Zärtlich strichen Annies Fingerkuppen über eine Schmuckausgabe von 'Stolz und Vorurteil', die direkt neben einem modernen Liebesroman lag. Es wirkte, als bemühte sich Mr. Ward, den Horizont seiner Kunden zu erweitern.

»Kann ich Ihnen helfen?«

Annie war so in die Betrachtung der Bücher versunken, dass sie beim Klang der angenehmen, männlichen Stimme mit einem leichten britischen Akzent erschrocken zusammenzuckte.

Sie fuhr herum und erstarrte.

Es war kein Herr Koreander, sondern der attraktivste Mann, den sie jemals jenseits des Fernsehbildschirms gesehen hatte. Er hatte dunkelbraune, dichte Haare, eine gerade Nase und ein etwas eckiges Kinn mit einem kleinen Grübchen darauf. Der Bartschatten, der seine Kinnlinie und die untere Hälfte seiner Wangen zierte, wirkte gepflegt und genauso gewollt.

Annies Kopf war schlagartig wie leer gefegt, während seine blaugrünen Augen sie höflich und zurückhaltend musterten.

Wenn Richard ein Mr. Rochester war, dann war das hier Mr. Darcy.

»Interessieren Sie sich für ein Buch?«, setzte er nach, als von ihr keine Antwort kam. Sein Blick fiel auf das Cover, auf dem noch immer ihre Hand lag. »'Jane Eyre' kann ich Ihnen uneingeschränkt empfehlen, es ist einer der großen Klassiker der romantischen Literatur.«

»Ich weiß«, krächzte Annie und riss sich endlich zusammen. Hatte Dorothy sie nicht vorwarnen können? »Ich habe das Buch schon mehrmals gelesen.«

»Tatsächlich?« Seine Stimme klang unverändert höflich, doch er wirkte nicht, als würde er ihr das glauben.

»Ja. Es war lange Zeit mein absolutes Lieblingsbuch. Janes Integrität und Moral haben mich nachhaltig beeindruckt.«

Seine Miene wurde eine Spur weicher, interessiert glitt sein Blick über Annies Gesicht. Dann räusperte er sich. »Kann ich Ihnen in diesem Fall vielleicht etwas anderes empfehlen?«

»Das ist nicht nötig, danke.« Annie lächelte nervös. »Ich bin wegen der Aushilfsstelle hier.«

»Sie wohnen in Silver Creek?«, fragte er verwundert. »Ich habe Sie noch nie gesehen.«

Annie stutzte. War die Stadt wirklich so klein, dass jeder jeden kennen musste? »Ich bin erst gestern angekommen. Ich besuche meine Schwester für einige Zeit.«

»Und da suchen Sie sich als Erstes einen Job?«

Annie atmete tief durch. Wieso musste jeder darauf herumreiten? »Vielleicht bleibe ich auch länger«, erwiderte sie lapidar, um sich nicht auf weitere Erklärungen einlassen zu müssen.

Er schien darüber nachzudenken, dann schüttelte er bedauernd den Kopf. »Es tut mir leid, das reicht mir nicht.«

Enttäuscht schaute Annie ihn an. Das eben war das kürzeste Bewerbungsgespräch, das sie je geführt hatte. Es endete, bevor es überhaupt angefangen hatte.

»Und wieso nicht?«, fragte sie herausfordernd.

»Allein die Einarbeitung dauert mindestens zwei Wochen.«

»Ich bin sicher, ich schaffe das auch schneller.« So leicht ließ sie sich nicht abwimmeln, immerhin handelte es sich hier um Bücher, also quasi um ihr Lebenselixier. Außerdem war dieser Laden absolut traumhaft.

Der Mundwinkel des Mannes zuckte, während er abwartend die Arme verschränkte. »Und was veranlasst Sie zu dieser Annahme?«

»Mein Master in englischer Literatur«, erwiderte sie, ohne mit der Wimper zu zucken.

Seine Augenbrauen fuhren anerkennend nach oben, dann presste er die vollen Lippen zusammen und schien mit sich selbst zu ringen. »Und da möchten Sie ausgerechnet in meinem Laden arbeiten?«, fragte er und klang, als suchte er mit aller Macht nach einem Haken. Nun konnte Annie Dorothys Einschätzung durchaus nachvollziehen. Dieser Mann wirkte wirklich nicht so, als wollte er die Stelle unbedingt besetzen.

Möglichst lässig zuckte sie mit den Schultern. »Es ist die derzeit interessanteste Alternative. Und es ist ja nicht für immer.«

Er zögerte noch immer.

»Was haben Sie denn zu verlieren?«, fragte Annie mutig. »Wir können es einfach versuchen. Und wenn wir nach einigen Tagen merken, dass es nicht klappt, höre ich einfach auf.«

»Haben Sie denn Erfahrung im Buchhandel?«

»Nein. Aber ich habe einige Jahre in einer Versicherungsagentur gearbeitet. Daher kenne ich mich mit Buchhaltung und administrativen Aufgaben ein wenig aus.«

»Eine Versicherungsagentur?« Er verengte die Augen und schaute Annie abschätzend an.

»Ja.« Sie erwiderte offen seinen Blick. »Mit meinem Abschluss standen mir nicht gerade viele Türen offen. Und ein ... Bekannter bot mir direkt nach dem Studium diesen Job an, zumindest übergangsweise. Also griff ich zu und bin irgendwie dabei geblieben.«

Er nickte verständnisvoll und Annie fragte sich, wieso sie ihm all das erzählte. Und wieso sie das Gefühl bekam, sich bei ihm für ihre Arbeit rechtfertigen zu müssen. Die meisten Menschen würden eher mit Unverständnis reagieren, wenn sie hörten, dass sie diesen sicheren Job aufgegeben hatte.

Sein nächster Satz bestätigte den Eindruck, dass er das anders sah. »Sie hätten es doch auch bei Bibliotheken, Verlagen oder Buchhandlungen versuchen können.«

Der leichte Tadel in seiner Stimme versetzte Annie einen Stich. Dann straffte sie ihre Schultern. Ihr Lebenslauf ging ihn nicht das Geringste an, nichts gab ihm das Recht, darüber zu urteilen, wieso sie etwas getan oder nicht getan hatte. Sie reckte das Kinn und schaute ihm fest in die Augen. »Jetzt gerade versuche ich es in einem Buchladen.«

Ein leichtes Lächeln schlich sich auf seine Lippen. »Touché.« Dann wurde er wieder ernst. »Ich kann Ihnen natürlich nicht zu viel versprechen, es ist schließlich nur eine Aushilfsstelle. Und auch die Bezahlung ist entsprechend.«

»Das ist mir bewusst«, erklärte Annie. Schließlich machte sie das hier nicht wegen des Geldes, nicht ausschließlich zumindest, sondern um auf andere Gedanken zu kommen. Und sie konnte sich nichts vorstellen, das besser dazu geeignet wäre als dieser Laden – und sein außergewöhnlicher Besitzer.

»Gut.« Er holte tief Luft. »Dann habe ich nur noch eine Frage.«

Erleichtert schaute Annie ihn an. Die größte Hürde schien genommen zu sein.

»Es mag Ihnen vielleicht zu persönlich erscheinen«, fuhr er verlegen fort. »Und es tut mir leid, sie Ihnen so direkt zu stellen, doch ich finde einfach keine anderen Worte dafür.«

»O-kay«, erwiderte Annie nervös.

»Also gut.« Er atmete durch. »Sind Sie in einer festen Beziehung?«

»Was?«, entfuhr es ihr verdattert. Ein flaues Gefühl breitete sich in ihrem Bauch aus. Wollte er wissen, ob sie noch zu haben war? Versuchte er, sie anzumachen, obwohl sie sich erst zehn Minuten kannten? Waren an diese Aushilfsstelle bestimmte Bedingungen geknüpft und war sie deshalb noch immer nicht besetzt?

Der Mann räusperte sich. »Ich fürchte, das kam ein wenig falsch rüber.« Offenbar hatte er bemerkt, in welche Richtung Annies Gedanken davongaloppierten. Seine höflich distanzierte Stimme ließ Annie innehalten. Er wirkte ganz und gar nicht so, als hätte diese Frage für ihn einen persönlichen Hintergrund.

Eine Spur von Enttäuschung schlich sich in ihre Seele. Auch wenn sie nicht im Traum daran gedacht hätte, auf irgendwelche Avancen einzugehen, hätte es ihr gutgetan, wenn ein Mann wie Mr. Ward Interesse an ihr gezeigt hätte.

Entschieden drängte Annie derartige Gedanken zurück. »Wie haben Sie es dann gemeint?«, fragte sie so beherrscht wie möglich.

»Es hat in der Vergangenheit ein paar Schwierigkeiten gegeben«, gestand er zögernd. »Das würde ich in Zukunft gern vermeiden.« Er sah sie ernst an. »Haben Sie einen Freund?«, fragte er hoffnungsvoll.

Unwillkürlich glitt Annies Blick zu ihrem leeren Ringfinger. »Seit gestern nicht mehr«, raunte sie leise, auch wenn es ihn nichts anging.

Plötzlich spürte sie eine gewaltige Leere in ihrem Inneren an der Stelle, die Mark bisher ausgefüllt hatte. Er mochte nicht die große Liebe ihres Lebens gewesen sein, ihr nicht all das gegeben haben, wovon sie als kleines Mädchen geträumt hatte, aber er war *da* gewesen. Jetzt hatte sie nicht einmal mehr das.

»Das tut mir leid.« Die Stimme klang aufrichtig.

Annie schluckte tapfer. »Muss es nicht.«

»Waren Sie lange zusammen?«, fragte er behutsam.

»Sieben Jahre.«

»Oh.«

Annie zuckte mit den Schultern. Dem gab es nichts hinzuzufügen. »Bekomme ich jetzt die Stelle?«, fragte sie, obwohl ihr das mit einem Mal nicht mehr so wichtig war. Seine Frage hatte ihrer Stimmung einen deutlichen Dämpfer verpasst.

Sie war jetzt Single – und das hörte sich ziemlich einsam und beängstigend an. Sie war noch nie Single gewesen, hatte aus dem Teenager-Dasein direkt in eine feste Beziehung gewechselt. Sie hatte keine Ahnung von Dates oder anderen Männern und hatte nicht die geringste Lust, sich auf die Suche zu machen.

»Wir können es ja mal versuchen«, holte seine freundliche Stimme sie aus ihren trüben Gedanken. Er lächelte sie aufmunternd an.

Annie blinzelte, bevor sie das Lächeln zurückhaltend erwiderte. Es fiel ihr schwer, diesen Mann einzuschätzen. Er war höflich, nett, offensichtlich gebildet und sah unglaublich gut aus. Und er mochte Bücher. Gleichzeitig war er etwas verschroben, wie seine eigenartige Frage bewies. Außerdem spürte Annie eine Distanziertheit, die fast an Arroganz grenzte. Vielleicht lag es daran, dass er Engländer war, vielleicht war es einfach die natürliche Vornehmheit, die er ausstrahlte.

»Wie heißen Sie überhaupt?«, fragte er unvermittelt.

»Annie. Annie Andrews.« Sie streckte ihm automatisch die Hand entgegen.

»Oliver Ward.« Seine Finger schlossen sich angenehm fest und warm um die ihren. Noch bevor Annie die Berührung genießen konnte, ließ er sie los. »Es freut mich sehr, Annie.«

»Ja, mich auch.« Sie schaute sich schnell um, um ihre Verwirrung zu verbergen. »Also, wann fange ich an?«

»Am besten morgen. Dann habe ich genügend Zeit, mir über Ihre Aufgaben Gedanken zu machen. So gegen zehn?«

»Zehn passt mir perfekt.«

»Sehr schön, Annie, dann bis morgen.«

»Bis dann.« Sie wandte sich ab.

Gern hätte sie noch etwas länger in dem Laden gestöbert, doch seine Worte hatten sich nach einem sehr deutlichen Rausschmiss angehört.

Das Glöckchen bimmelte leise, als Annie durch die Tür nach draußen trat. Mit einer Mischung aus Vorfreude, Neugier und Beklemmung dachte sie daran, dass sie es schon morgen erneut hören würde.

Mit gemischten Gefühlen schaute Oliver der jungen Frau hinterher. Er war nicht sicher, was er von ihrem Auftauchen halten sollte. Sie wirkte wie ein Geschenk des Himmels, genau das, was seinem Laden gefehlt hatte – jemand mit echter Begeisterung für Bücher und hoffentlich einem gewissen Organisationstalent. Jemand, der ihm vielleicht helfen konnte, herauszufinden, warum sein Laden nicht so gut lief, wie er eigentlich sollte.

Und sie war schön, viel zu schön, auf eine natürliche, unaufdringliche Art. Eine Fülle langer hellbrauner Haare ergoss sich in lockeren Wellen auf ihre Schultern und Rücken, ein schräger Pony verdeckte halb die hohe Stirn. Die Lippen waren sanft geschwungen und die karamellfarbenen Augen groß und ausdrucksstark.

Beklommen schloss er die Lider und schüttelte den Kopf. Es war ein Fehler, sie einzustellen. Und hätte sie nicht so traurig und verloren gewirkt, als sie von ihrem Freund erzählte, hätte er es vermutlich auch nicht getan.

So aber war sein Helferinstinkt mit ihm durchgegangen. Nun war es zu spät.

Oliver atmete tief durch und ließ seinen Blick durch den Buchladen schweifen, der ihm so viel bedeutete. Annie würde dem Laden mit Sicherheit guttun, außerdem würde sie nur wenige Wochen bleiben.

So schwierig würde das schon nicht werden.

Kapitel 3

Nachdem sie den Buchladen verlassen hatte, bummelte Annie weiter durch die Innenstadt und ließ das Flair von Silver Creek auf sich wirken. Von Beth hatte sie bereits gehört, dass die Stadt so manch kleine Verrücktheit oder Überraschung auf Lager hatte.

Voller Staunen betrachtete sie die große grüne Eiche an einem Ende des Marktplatzes, neben der ein großes Schild prangte, das die Geschichte des »Entscheidungsbaumes« beschrieb. Beth hatte wirklich nicht übertrieben. Bei manchen Fragen verließ man sich in dieser Stadt offenbar noch immer auf das Gottesurteil eines Baumes. Kichernd ging Annie weiter.

Ein kleiner Laden, der frisches Eis anbot, fiel ihr ins Auge und Annie trat erwartungsvoll näher. Die Sonne schien warm vom Himmel und die Bank unter der Eiche lud förmlich dazu ein, eine kleine Pause einzulegen. Schade, dass sie nicht daran gedacht hatte, ein Buch mitzunehmen. Das hätte ihr perfekter Leseort werden können. Kurz spielte sich mit dem Gedanken, in das Books'n'Dreams zurückzugehen, um sich etwas Lesestoff zu besorgen, entschied sich aber dagegen. Sie wollte weder zu aufdringlich noch zu übereifrig wirken. Vorerst würde sie sich also mit dem Eis begnügen.

Leider erwies sich die Auswahl als ernüchternd gering. Annie bestellte eine Portion Erdbeereis und zog sich mit der geschwungenen Waffelschale in den Schatten der Eiche zurück. Gedankenverloren kostete sie von der cremigen Masse, während sie die wenigen Passanten beobachtete, die um diese Zeit unterwegs waren.

Eine Explosion aus Frucht, Säure und Süße breitete sich in ihrem Gaumen aus. Ein hingerissener Laut entwich ihrer Kehle. Annie schloss die Augen und spürte dem herrlichen Aroma nach, bestrebt, diese Geschmackssensation voll auszukosten. Dann erst nahm sie den nächsten Löffel, der fast noch besser war als der erste. Das war mit Abstand das leckerste Eis, das sie jemals probiert hatte.

Viel zu schnell war die Waffel leer, obwohl Annie sich wirklich Mühe gab, langsam zu essen. Sie stand auf und ging lächelnd zu der jungen Frau zurück, die hinter der gläsernen Verkaufstheke stand.

»Das war einfach wundervoll!«, sagte sie aus tiefstem Herzen.

Die Frau lächelte geschmeichelt, wobei zwei Grübchen an ihren Wangen sichtbar wurden. »Danke«, sagte sie. »Es ist ein altes Familienrezept. Mein Urgroßvater soll es persönlich aus Italien mitgebracht haben.«

»Das sollten Sie auf jeden Fall bewahren«, sagte Annie.

»Keine Sorge, das werde ich.«

»Sind denn die anderen Sorten auch so gut?«

Die Verkäuferin grinste stolz. »Na, das hoffe ich doch. Darf es noch etwas sein?«

Bedauernd hielt sich Annie die Hand vor den Bauch und schüttelte den Kopf. Die Mittagszeit war bereits vorüber und auf nüchternen Magen wollte sie lieber nicht noch mehr Eis essen. »Aber ich komme mit Sicherheit öfter hier vorbei.«

»Ich werde da sein«, versprach die Eisverkäuferin fröhlich.

»Dann bis demnächst.« Lächelnd wandte Annie sich ab, um ihren kleinen Stadtbummel fortzusetzen.

Nach einem ausgedehnten Spaziergang durch die Gassen von Silver Creek und einem leichten Mittagsimbiss in einem Diner machte sich Annie auf den Weg zurück zum Haus. Als sie am

Buchladen vorbeikam, verlangsamte sie ganz automatisch ihren Schritt und versuchte, durch das spiegelnde Schaufenster einen Blick ins Innere zu erhaschen. Tatsächlich sah sie ihren zukünftigen Chef, der in ein Gespräch mit einer Frau vertieft war. Annie trat an das Schaufenster heran und tat, als würde sie die Auslage studieren.

Mr. Ward deutete gerade auf ein Buch, dessen Titel Annie nicht erkennen konnte. Er schien aber auch keine Rolle zu spielen, denn die Frau schaute höchstens flüchtig darauf.

Annie war keine Expertin auf dem Gebiet, dennoch kam es ihr vor, als wäre die Dame viel mehr am Buchhändler als an dem Buch interessiert. Neugierig musterte Annie sie. Die Frau schien einigermaßen hübsch zu sein, hatte eine nette Figur und musste ungefähr Anfang dreißig sein. Und sie flirtete offensichtlich mit Mr. Ward.

Er allerdings tat, als würde er es überhaupt nicht bemerken. Freundlich redete er auf die Kundin ein und empfahl ihr ein anderes Buch. Entweder fehlte ihm diesbezüglich eine Antenne oder er war ein Meister der Selbstbeherrschung.

Annie wandte sich ab. Im Grunde ging sie das überhaupt nichts an. Sie sollte sich lieber beeilen, es war kurz vor drei und Beth würde schon bald auf sie warten.

»Ich habe einen Job!«, verkündete Annie grinsend auf Beths Frage nach ihrem Tag. Sie saßen auf der hübschen kleinen Terrasse, die hinter dem Haus in den Garten führte, und genossen den sonnigen Nachmittag.

»Wirklich? Wo denn?« Ihre Schwester musterte sie überrascht.

»Kennst du den Buchladen in der Einkaufsstraße? Das Books'n'Dreams?«

»Oliver Ward hat dir einen Job gegeben?«, entfuhr es Beth ungläubig. »Natürlich hat er das«, beantwortete sie im nächsten Moment selbst ihre Frage. »Wenn nicht dir, wem dann? Puh!« Sie schnaufte fassungslos.

»Du klingst nicht gerade begeistert«, stelle Annie verwundert fest. Ihre Schwester wirkte sogar regelrecht besorgt. »Stimmt etwas nicht?«

»Nein«, versicherte Beth hastig. »So würde ich das nicht sagen.« Sie räusperte sich, als wüsste sie nicht, wie sie fortfahren sollte. »Wie fandest du ihn?«, wechselte sie abrupt das Thema.

»Er scheint sehr nett zu sein.«

»Und ...?«

»Und dem Aufbau des Buchladens nach zu urteilen, steckt sein ganzes Herzblut darin. Er muss unglaublich belesen sein.«

Beth lachte erleichtert auf. »Komm her, Schwesterherz.« Sie zog Annie in ihre Arme. »Ich bin sicher, du bist die einzige Frau auf der Welt, die – nach Oliver Ward gefragt – als Erstes von seiner Liebe zu Büchern schwärmt.«

»Wovon sollte ich denn sonst schwärmen?« Kurz tauchten blaugrüne, forschende Augen in ihrem Geist auf und Annie drängte die Erinnerung entschieden beiseite.

»Na, von ihm!«, klärte Beth sie auf. »Ich bin sicher, mindestens die Hälfte aller Frauen in Silver Creek würden einiges dafür geben, an deiner Stelle zu sein. Viele haben es auch versucht.«

»Das hat Dorothy also gemeint«, murmelte Annie, als sie es verstand. Es hatte offenbar einige Bewerberinnen für die Aushilfsstelle gegeben, doch keine war Mr. Ward gut genug. Kein Wunder, wenn es ihnen allen nur um ihn ging.

»Dorothy hat dich zu ihm geschickt?« Beth seufzte. »Ich muss mal ein ernstes Wörtchen mit ihr reden.«

»Wieso denn das?«, fragte Annie verstimmt. Sie hatte sich darüber gefreut, gleich auf Anhieb eine Arbeit zu finden, die so sehr ihren Interessen entsprach. Jetzt bekam sie allerdings das Gefühl, nur die Hälfte zu wissen, und dadurch wurde ihr die Freude vergällt.

»Oliver Ward ist der absolute Traummann von Silver Creek. Er sieht unglaublich gut aus, ist gebildet, kultiviert und höflich. Wenn er wollte, könnte er an jeder Hand zehn Frauen haben.«

»Aber er ... will nicht?« Annie verstand noch immer nicht das Problem. Sie fand es eher sympathisch, dass er kein Macho oder Weiberheld war.

»Er ist schwul.«

Beths Worte klangen in der plötzlichen Stille zwischen ihnen nach.

»Was?« Entgeistert starrte Annie ihre Schwester an. »Das kann nicht sein!« Unwillkürlich schüttelte sie den Kopf. Sie hatte bei ihm absolut keine derartigen Schwingungen gespürt.

Sie stockte. Wenn sie ehrlich war, hatte es gar keine Schwingungen gegeben.

Ihm wäre es lieber gewesen, sie wäre vergeben. Und auf die Frau im Laden war er auch nicht eingegangen. Allmählich sank die Erkenntnis ein, dass Beth recht haben musste. Eine undefinierte Enttäuschung machte sich in Annie breit. »Woher weißt du das?«

»Dorothy hatte es mir mal gesagt. Deshalb kann ich auch nicht glauben, dass sie dich zu ihm geschickt hat.«

»Was haben seine persönlichen Vorlieben mit dem Buchladen zu tun?«

»Nichts!«, bekräftigte Beth eilig. Sie biss sich besorgt auf die Unterlippe. »Du bist bloß gerade in einer sehr verletzlichen Phase. Ich möchte nicht, dass du seinem Charme erliegst. Denn den hat er, unbestreitbar.«

Oh ja. »Kein Problem.« Annie lächelte hastig. »Ich habe mich erst gestern von Mark getrennt, so schnell mache ich mich nicht auf die Suche.«

»Da bin ich froh.« Beth stupste sie in die Seite. »Du warst schon immer die Vernünftigere von uns beiden.«

Annie nickte. Besonders viel hatte ihr das nicht eingebracht. Vernunft war eben auch nicht alles. »Wo bleibt eigentlich der versprochene Süßkram?«, wechselte sie das Thema.

»Ist schon unterwegs!« Beth sprang auf. »Ich habe extra noch einen Eimer Eiscreme besorgt.«

»Nicht zufällig aus diesem himmlischen, kleinen Café?«, fragte Annie hoffnungsvoll.

Beth lachte auf. »Wie ich sehe, warst du am Vormittag schon recht fleißig. Du hast zwei der besten Geheimtipps von Silver Creek entdeckt. Leider muss ich dich mit Supermarktware vertrösten. Ein Eimer von Lucys Erdbeereis wäre vermutlich sein Gewicht in Gold wert.«

»Ich denke, ich gehe jetzt ins Bett.« Annie gähnte demonstrativ und lächelte Beth und Richard entschuldigend an. Sie hatten gerade den Tisch nach dem Abendessen abgeräumt und obwohl Annie die Gesellschaft der beiden genoss, wollte sie ihnen nun ein bisschen Zeit für sich gönnen. Immerhin war Richard den ganzen Nachmittag unterwegs gewesen und erst vor knapp einer Stunde wiedergekommen.

»Es ist gerade mal acht!«, protestierte Beth mit einem Blick auf die Uhr.

»Ich lese noch ein bisschen.«

»Das hätte ich mir auch gleich denken können.« Beth lachte auf. »Reicht es dir nicht, dass du morgen den ganzen Tag von Büchern umgeben sein wirst?«

»Von Büchern kann man nie genug haben«, gab Annie im gleichen Ton zurück. Schon als Kind hatte Beth sie damit aufgezogen, dass sie die Leseleidenschaft ihres Vaters geerbt hatte. »Gute Nacht.« Annie winkte in die Runde und huschte in das gemütliche kleine Zimmer, das Beth und Richard ihr zur Verfügung gestellt hatten.

Sie setzte sich auf das Bett und ließ den ereignisreichen Tag noch einmal Revue passieren, in dessen Mittelpunkt Mr. Oliver Ward stand. Erst die Begegnung mit ihm, ihr neuer Job und dann Beths Enthüllung. Annie schloss die Lider und versuchte, das Bild, das sie von dem attraktiven Buchhändler bekommen hatte, mit dieser neuen Information zu vereinbaren. Suchte nach Anzeichen in seinem Gesicht, seiner Mimik, seiner Körpersprache, die darauf hindeuteten, dass er sich nicht zu Frauen hingezogen fühlte. Seine forschenden blaugrünen Augen hatten sie wach und neugierig gemustert, sein gesamtes Auftreten war von einer fast vornehmen Zurückhaltung geprägt. Und er hatte keinerlei Signale gesendet, weder in die eine noch in die andere Richtung.

Annie schüttelte den Kopf und strich den schrägen Pony hinter das Ohr. Eigentlich spielte es gar keine Rolle. Solange er freundlich zu ihr war und ihren Lohn bezahlte, war alles andere völlig egal. Vielleicht war es sogar besser so. Sie konnte sich in Ruhe auf sich selbst und ihre Arbeit im Buchladen konzentrieren, ohne von Mr. Wards eindrucksvoller Erscheinung abgelenkt zu werden.

Annie angelte nach ihrem E-Book-Reader, den sie bei ihrem übereilten Aufbruch aus der gemeinsamen Wohnung geistesgegenwärtig eingepackt hatte, und scrollte durch die Bibliothek.

Auf keinen Fall wollte sie jetzt schon wieder an Mark denken oder daran, wie er sich fühlte. Sie wollte einfach in eine Geschichte abtauchen und erst dann mit dem Lesen aufhören, wenn ihr die Augen zufielen, wollte die Welt um sie herum für ein paar Stunden völlig vergessen.

Wie viel einfacher war es, erfundene Figuren auf ihrem Weg durchs Leben, auf ihrer Suche nach Glück zu begleiten, als sich über das eigene Gedanken zu machen.

Sie hatte gerade die ersten paar Sätze gelesen, als ihr Handy klingelte. Annies Herzschlag beschleunigte sich erschrocken. Ohne auf das Display zu schauen, wusste sie, dass es Mark war.

Stockend holte sie Luft. Ein Teil von ihr wollte es einfach aussitzen, so tun, als hätte sie nichts gehört. Aber Mark hatte mehr verdient als absolute Funkstille. Schließlich hatte er sie weder betrogen noch irgendwie verletzt. Es war nicht seine Schuld, dass sie sich auseinandergelebt hatten. Zumindest nicht mehr als ihre.

»Ja?«, krächzte sie, als sie ranging.

»Annie?« Die Distanziertheit in seiner Stimme schnitt ihr ins Herz. Dabei sollte es sie nicht überraschen, immerhin hatte sie mit ihm Schluss gemacht.

»Ja.« Sie räusperte sich. »Wie geht es dir?«

Ein Schnaufen war am anderen Ende der Leitung zu hören. »Wie soll es mir schon gehen, wenn du mich drei Monate vor der Hochzeit sitzen lässt?«

Er war sauer. Und verletzt. Sie hätte ihn so gern getröstet. Leider ging das nicht, ohne dass sie sich selbst verleugnete. Ganz egal, wie sehr er ihr auch fehlen mochte, wie viel Angst ihr das plötzliche Single-Dasein einflößte, tief in sich drin spürte Annie, dass ihre Entscheidung richtig war. Wenn sie jetzt ihrem Harmoniebedürfnis und ihrer Unsicherheit nachgab, würde sie es ihr Leben lang bereuen.

»Es tut mir leid«, machte sie dennoch einen Versuch, die Wogen zu glätten, ohne viel Hoffnung, dass es ihr gelang.

»Ich habe gehört, du hast deinen Job gekündigt«, sagte Mark hart, ohne auf ihre Entschuldigung zu reagieren. »Willst du jetzt dein ganzes Leben über Bord werfen? Was ist nur los mit dir?«

Das war eine verdammt gute Frage. Annie schluckte. »Ich bin nicht glücklich.«

»Und du glaubst, dir geht es besser, wenn du arbeits- und obdachlos bist?«

Die Häme in seiner Stimme rüttelte Annie ein wenig auf. »Ich bin weder das eine noch das andere«, klärte sie ihn indigniert auf.

»Was soll das heißen?«

»Ich fange morgen einen neuen Job in einem kleinen Buchladen an.«

Er stockte. Sie hörte, wie er laut ein- und ausatmete, dann fuhr Mark bemüht ruhig fort. »Wenn dir die Arbeit bei meinem Dad nicht gefällt, hättest du nur etwas sagen müssen.«

»Das habe ich versucht«, wandte Annie leise ein. »Aber keiner von euch wollte etwas davon hören. *Lieber ein Spatz in der Hand als eine Taube auf dem Dach«*, zitierte sie, »kommt dir das irgendwie bekannt vor?«

Mark seufzte. »Okay, es tut mit leid. Ich hab's kapiert. Die Versicherungsbranche ist nichts für dich. Du möchtest lieber was mit Büchern machen. Ich werde das von nun an ernster nehmen. Und jetzt komm nach Hause, bitte, damit wir in Ruhe über alles sprechen können.«

Seine Stimme hatte einen beschwörenden Klang angenommen und bei den Worten *nach Hause* zog sich Annies Herz sehnsüchtig zusammen. Sie hatten sich so viel Mühe bei der Einrichtung ihrer Wohnung gegeben, wochenlang waren sie durch Möbelhäuser getingelt und hatten sich alles zusammengesucht. Dort hatte sie ihr Reich - ihre hübsche Küche und die gemütliche Leseecke.

Wie von selbst begann ein Film vor Annies innerem Auge abzulaufen. Sie stellte sich vor, wie sie dorthin zurückging, einen neuen Job fand, Mark heiratete.

Trotz der schönen Bilder, die sie dabei in sich heraufzubeschwören versuchte, spürte sie einen faden Beigeschmack, ein Gewicht, das sich wieder auf ihre Brust hinabsenkte.

»Ich kann nicht«, murmelte sie erstickt. »Es ist nicht nur der Job, Mark.«

»Du magst mich nicht?«, raunte er niedergeschmettert.

»Doch, natürlich! Nur nicht so, wie ich es sollte. Nicht genug, um dich zu heiraten. Es tut mir wirklich leid«, flüsterte sie und spürte Tränen in sich aufsteigen.

»Das fällt dir ja mächtig früh auf!« Wutentbrannt beendete er das Gespräch.

Blicklos starrte Annie auf das Handy in ihrer Hand. Sie hatte nicht gewollt, dass es so endete. Sie wollte nicht, dass er böse auf sie war - oder verletzt. Vermutlich gab es keinen angenehmen Weg, um eine Beziehung zu beenden. Sie hatte es bloß noch nie getan, deshalb wusste sie nicht, wie sie mit dem Schmerz und den Schuldgefühlen umgehen sollte.

Ihr Blick fiel auf den Reader neben ihr. Lustlos schaltete Annie ihn aus. Nicht einmal ein Buch vermochte sie in ihrer derzeitigen Lage aufzumuntern.

Vielleicht sollte sie mit jemandem sprechen, der mehr Erfahrung in diesen Dingen besaß – mit Beth oder Richard, der immerhin schon einmal verheiratet gewesen war. In diesem Moment drang Beths fröhliches Lachen aus dem Wohnzimmer und Annie verwarf die Idee. Sie wollte die beiden nicht mit ihren Problemen belasten, für die es ohnehin keine Lösung gab.

Sie zog ihre Beine an, rollte sich auf der Seite zu einer Kugel zusammen und zog die Decke über sich. Dann presste sie beide Fäuste vor das Herz und ließ ihre Gefühle toben, ihre Gedanken rasen und die Tränen in ihr Kopfkissen rinnen.

Am nächsten Morgen fühlte sich Annie vollkommen zerschlagen. Sie blieb so lange im Bett, bis sie sicher war, dass Beth und Richard das Haus verlassen hatten, dann schleppte sie sich ins Bad. Zumindest belebte die Dusche sie ein wenig und der Gedanke an ihren ersten Arbeitstag erfüllte sie mit kribbelnder Vorfreude.

Annie schlüpfte in eine enge Jeans, flache Ballerinas und eine weichfallende Bluse mit Dreiviertelärmeln. Dann kämmte sie durch die langen Haare und fixierte den widerspenstigen Pony mit etwas Haarspray.

Ein kritischer Blick in den Spiegel verriet ihr, dass sie noch immer mitgenommen und blass aussah. Natürlich könnte sie das mit einer entsprechenden Schicht Make-up kaschieren, aber sie mochte es nicht, wenn sich ihre Haut zugeschmiert anfühlte, außerdem ging sie nicht auf eine Party, sondern in einen Buchladen. Und ihrem Chef dürfte es herzlich egal sein, wie sie aussah. Also legte Annie nur eine Spur von Lidschatten und Mascara auf und steckte den Lipgloss für später ein. Dann schnappte sie sich ihren Reader und ging in die Küche, um in aller Ruhe gemütlich zu frühstücken, bevor sie zum Laden aufbrach.

Annies Herz hämmerte laut, während sie die Front des Books'n'Dreams noch einmal auf sich wirken ließ. Wenn das kein Wink des Schicksals war, wusste sie es auch nicht. Sie nahm sich vor, Mr. Ward bei Gelegenheit zu fragen, ob der Name für ihn eine besondere Bedeutung besaß.

Das Türglöckchen klingelte melodisch, als Annie eintrat. Mr. Ward, der gerade Bücher in ein Regal im vorderen Bereich sortierte, fuhr überrascht herum.

»Guten Morgen, Annie«, grüßte er freundlich.

»Guten Morgen, Mr. Ward.«

Er legte die Bücher zur Seite und eilte auf sie zu. »Sag bitte einfach Oliver, immerhin arbeiten wir ab jetzt zusammen.« Er streckte ihr die Hand entgegen.

»Gern.« Sie ergriff seine Finger und verbot sich jeden Gedanken daran, wie angenehm sich sein Händedruck anfühlte.

»Ist alles in Ordnung?« Er musterte sie prüfend und einen Moment lang befürchtete Annie, er hatte bemerkt, was ihr durch den Kopf ging. »Du wirkst blass«, fuhr er teilnahmsvoll fort und sie atmete erleichtert auf.

»Ich habe nur schlecht geschlafen, das ist alles«, winkte sie ab.

»Möchtest du lieber morgen wiederkommen?« Er klang beinah hoffnungsvoll.

»Nein!«, entfuhr es ihr erschrocken. »Ich meine, ich würde gern direkt loslegen, wenn das geht.«

»Sicher.« Er räusperte sich. »Schließlich haben wir das ja so besprochen.« Täuschte sie sich oder wirkte Oliver tatsächlich nervös? »Ich schlage vor, wir drehen eine kleine Runde durch den Laden, damit du weißt, wo ungefähr alles steht. Und danach könntest du vielleicht ein paar Neuerscheinungen erfassen?«

»Sehr gerne.« Annie strahlte ihn enthusiastisch an.

»Gut, dann komm.« Etwas zu abrupt wandte er sich ab und ging mit langen Schritten voran.

Nach einer etwa zwanzigminütigen Führung war Annie von dem Laden noch begeisterter als am Vortag. Er bot eine wirklich feine Auswahl verschiedener Genres, auch wenn die Fantastik ihrer Ansicht nach etwas zu präsent war und die Thriller eher zu wenig Platz einnahmen. Nicht, dass sie selbst ein Fan davon gewesen wäre, aber die Bestsellerlisten wurden regelmäßig von solchen Titeln dominiert. Insgesamt schien sich Oliver nicht besonders um derartige Listen zu kümmern, was für seine Integrität und Belesenheit sprach, jedoch nicht unbedingt den wirtschaftlichen Erfolg des Ladens förderte. Überhaupt fragte Annie sich allmählich, wieso er eine Aushilfskraft hatte einstellen wollen. In der knappen halben Stunde, die sie nun hier war, war noch kein Kunde gekommen.

Natürlich hütete sie sich davor, diese Frage laut zu stellen. Sie wollte ihre neu angetretene Stelle nicht direkt wieder verlieren. Außerdem konnte sie nicht einschätzen, wie Oliver Ward auf Kritik reagierte.

Da sie selbst an ihrem ersten Tag keine bekommen wollte, wandte Annie sich wieder dem Computerprogramm zu, in dem sie die neu eingetroffenen Bücher erfassen sollte. Die Maske war ziemlich selbsterklärend, sodass Annie problemlos damit zurechtkam, nachdem Oliver es ihr an einem Beispiel gezeigt hatte. Ein paar Minuten hatte er noch schweigend hinter ihrem Rücken gewartet, dann hatte er sich abgewendet und war nach hinten gegangen.

Annie hatte gerade das letzte Buch erfasst, als die Tür geöffnet wurde und zwei kichernde Teenagermädchen in den Laden stürmten. Hastig sahen sie sich um, ohne Annie, die halb hinter dem Computermonitor verborgen war, zu bemerken. Eins der Mädchen schnappte sich ein Buch, schlug es auf und tat, als würde sie darin lesen. Annie konnte genau erkennen, dass sie es nicht tat, denn ihre Augen linsten unentwegt über den Rand des Buches.

Annie zögerte, weil sie nicht sicher war, ob sie direkt am ersten Tag Kunden bedienen durfte. Da Oliver nicht in Sicht war und er kein Wort zu dem Thema gesagt hatte, stand sie schließlich auf und ging auf die beiden zu.

»Ist er da?«, flüsterte eins der Mädchen der Freundin zu.

Das zweite Mädchen stellte sich auf die Zehenspitzen und reckte den Hals. »Ich kann ihn nicht entdecken.«

»Kann ich euch helfen?«, fragte Annie freundlich.

Überrascht – und ein wenig feindselig – starrten die Mädchen sie an. »Danke, wir kommen schon zurecht«, beschied die erste ihr wichtigtuerisch, klappte das Buch, das sie in der Hand hielt, laut zu und stellte es in das Regal zurück.

Annie warf einen Blick auf den Buchtitel. »Interessierst du dich für Tiergeschichten?«, erkundigte sie sich.

»Wie kommen Sie denn darauf?«, maulte das Mädchen.

»Du hast dir einen Bildband über Tiere rausgesucht«, erklärte Annie schmunzelnd.

»Das ist für ein Referat!«, warf das zweite Mädchen rasch ein. »Ist Mr. Ward da?«, fragte sie dann. »Wir hatten gehofft, er könnte uns bei der Recherche helfen.«

»Vorhin war er noch hier. Wenn ihr wollt, kann ich hinten nachschauen«, sagte Annie freundlich.

»Wer sind Sie überhaupt?« Die Mädchen schauten sie neugierig an.

»Ich bin Annie. Ich arbeite hier.«

»Sie tun was? Oh Mann!« Enttäuschung stand in der Miene der Sprecherin geschrieben. »Hey, Moment mal!«, fiel ihr plötzlich etwas auf. »Wenn Sie den Job bekommen haben, wieso hängt dieser Zettel noch da?« Anklagend deutete sie zur Tür.

»Oh, den muss Mr. Ward wohl vergessen haben«, sagte Annie. Mit wenigen Schritten lief sie zur Tür und riss die Stellenanzeige entschieden ab. Sie war sich nicht sicher, ob sie damit ihre Kompetenzen überschritt, aber irgendwie hatte sie Gefühl, ihre Stellung verteidigen zu müssen.

»Können Sie jetzt Mr. Ward holen oder was?«, säuselte das Mädchen.

»Bin schon unterwegs.« Möglichst würdevoll drehte Annie sich um und ging in den hinteren Teil des Ladens. Sie hätte schwören können, Oliver vorhin in Richtung der Ratgeber verschwinden gesehen zu haben, doch da war er nicht. Suchend schaute Annie sich um. Er schien wie vom Erdboden verschluckt zu sein.

Da sie sich nicht die Blöße geben wollte, nach ihm zu rufen, huschte sie als letzten Ausweg durch die Tür zum Lagerbereich, den Oliver ihr bei ihrem Rundgang kurz gezeigt hatte.

Tatsächlich saß er da und versuchte äußerst beschäftigt, einen Karton auszupacken. Es sah fast aus, als würde er sich hier verstecken.

»Da sind zwei Mädchen, die dich gern sprechen wollen«, sagte Annie grinsend.

»Sag ihnen bitte, dass ich gerade beschäftigt bin«, bat er, ohne von seiner Tätigkeit aufzublicken.

»Ich kann den Karton gern auspacken«, bot sie hilfsbereit an.

Oliver seufzte und richtete sich auf. »Mir wäre es wirklich lieber, wenn du die beiden abwimmeln könntest«, sagte er betreten.

»Wieso?«

»Die kommen fast jeden Tag unter irgendeinem Vorwand hierher, kriegen vor lauter Kichern kaum ein Wort heraus und versuchen alles, um meine Aufmerksamkeit zu erregen.« Er wirkte fast schon verzweifelt. »Einmal haben sie mich sogar gefragt, ob ich eine Lesung in ihrem Englischunterricht halten könnte. Als wäre ich ein Autor!« Er schüttelte den Kopf.

»Sie sind verknallt. So etwas kommt bei Mädchen in dem Alter schon mal vor«, erklärte Annie diplomatisch.

Er wischte sich über das Gesicht. »Ich weiß wirklich nicht, was ich noch tun soll.«

»Wieso erzählst du ihnen nicht einfach, dass du ...« Annie ließ den Satz bedeutungsvoll ausklingen, da sie nicht wusste, wie offen Oliver mit seiner sexuellen Orientierung umging.

»Dass ich was?«

»Hm.« Offenbar nicht sehr offen. »Dass du ... zu alt für sie bist«, schloss sie lahm.

Er verzog missmutig das Gesicht. »Das habe ich schon versucht. Könntest du nicht dieses Mal ...« Er sah Annie fragend an. »So von Frau zu Frau?«

War dies der Grund, wieso er eine Aushilfe haben wollte? Damit sie ihm die weiblichen Bewohner von Silver Creek vom Hals hielt?

»Mr. Ward?«, erklang in dem Moment eine laute Stimme.

Beschwörend schaute Oliver Annie an.

»Ich gehe ja schon«, raunte sie grinsend und ging in den Verkaufsraum zurück. »Es tut mir leid, Mr. Ward ist gerade beschäftigt. Ich kann euch ja weiterhelfen.«

Missmutig verzogen die Mädchen die Gesichter.

»Falls ihr wirklich Bücher für euer Referat braucht«, fuhr Annie fort, als hätte sie nichts bemerkt, »können wir gern in den vorderen Bereich zurückgehen. Ansonsten könnte ich euch ein paar sehr spannende Romane empfehlen, zum Beispiel darüber, wie man jemanden beeindrucken kann, besonders wenn derjenige auf Literatur und so ein Zeugs steht.«

»Wie meinen Sie das?« Die beiden wirkten wider Willen interessiert.

»Es gibt unzählige Bücher darüber«, versicherte Annie. »Manche mit Happy End, andere ohne. Manche lustig, andere ziemlich hilfreich. Und alle auf jeden Fall sehr unterhaltsam.« Sie lotste die Mädchen, die plötzlich ganz zahm geworden waren, in eine Regalreihe. »Cyrano de Bergerac hier ist ein wunderbares Beispiel für die Macht der Sprache, wenn man jemanden auf sich aufmerksam machen möchte. Sehr romantisch, wenn auch mit einem traurigen Ende.« Aufmerksam ging sie die Regalreihen entlang. »Das hier ist auch sehr schön, da geht es um einen Engel, der einer jungen Frau helfen möchte, die wahre Liebe zu finden.«

Annie freute sich über die Neugier, die in den Augen der Mädchen aufflackerte, während sie ihnen einen Titel nach dem anderen zeigte. Es konnte nicht schaden, ihnen die Vielfalt der Buchwelt näherzubringen.

»Und Sie haben die alle gelesen?«, fragte eine der beiden kleinlaut.

»Zumindest den größten Teil«, schränkte Annie freundlich ein. »Einige kenne ich nur vom Hörensagen.«

»Wow. Kein Wunder, dass er Ihnen den Job gegeben hat.«

Annie lächelte. »Was soll ich sagen, ich liebe Bücher.« Sie maß die beiden mit einem fragenden Blick. »Wie sieht es aus, habt ihr euch entschieden?«

»Ich glaube, ich versuche es mal mit diesem hier.« Das Mädchen hielt eins von den moderneren Jugendbüchern hoch.

»Sie meinen wirklich, dieses hier taugt was?«, fragte die andere skeptisch und griff nach einem Fantasyliebesroman.

»Ich bin sicher, es wird dir gefallen. Und wenn nicht, bringst du es einfach zurück.«

»Einfach so?«

»Ja.« Annie zwinkerte ihr verschwörerisch zu. »Ich nehme es auf meine Kappe.«

»Sind sie weg?«, fragte Oliver vorsichtig, nachdem das Glöckchen das Schließen der Tür hinter den beiden Mädchen verkündet hatte.

»Ja«, beruhigte Annie ihn. »Die waren zum Schluss sogar richtig nett.« Unschlüssig hielt sie das Geld, das sie gerade kassiert hatte, in ihrer Hand. Sie hatte sich noch nicht an die Kasse herangetraut. »Was mache ich jetzt eigentlich damit?«

Olivers Augen rundeten sich vor Staunen. »Du hast ihnen ein Buch verkauft?«

»Sogar zwei«, verkündete Annie zufrieden.

»Ich bin zutiefst beeindruckt«, gab Oliver unumwunden zu. »Wie hast du das geschafft? Sie kommen schon seit Monaten hierher und haben bis auf einen Kalender kurz vor Weihnachten noch nie was gekauft.«

Annie war es, als würde sie unter seinem anerkennenden Blick wachsen. Sie wusste gar nicht, wieso ihr sein Respekt so viel bedeutete, immerhin kannte sie ihn kaum. Doch er hatte eine so einnehmende, so wertschätzende Art, dass sie sich plötzlich wie beflügelt fühlte.

»Ich bin einfach auf die beiden eingegangen und habe ihre Aufmerksamkeit auf ein Thema gelenkt, das sie brennend zu interessieren schien.«

»Und das wäre?«

Der offene Blick seiner blaugrünen Augen ging ihr durch und durch. »Liebe«, murmelte Annie plötzlich verlegen. »Immerhin war ich auch mal fünfzehn«, fügte sie hinzu, in dem unsinnigen Wunsch, ihr jetziges Ich davon abzugrenzen. »Wie funktioniert die Kasse?«, wechselte sie abrupt das Thema, da Oliver sie weiterhin viel zu intensiv musterte. Es fehlte noch, dass sie seinetwegen rot anlief.

Als hätte sie einen Schalter umgelegt, riss er seine Aufmerksamkeit von ihr los. »Im Grunde ist es ganz einfach. Weißt du noch, welche Bücher es waren?«

»Natürlich.«

»Wir brauchen jeweils ein Exemplar, um den Barcode einzuscannen. Dann tippst du hier den Betrag ein, den du bekommen hast, und drückst diese Taste, damit die Kasse aufspringt.«

Rasch holte Annie die entsprechenden Bücher aus dem Regal und rechnete sie unter Olivers aufmerksamem Blick ab. »Was soll ich jetzt tun?«, fragte sie eifrig. Das Ganze machte Annie noch mehr Spaß, als sie erwartet hatte.

»Hm.« Nachdenklich zog Oliver die Nase kraus. »Ursprünglich wollte ich nur jemanden haben, der mir ein paar Stunden in der Woche im Lager und bei der Erfassung neuer Bücher hilft, damit ich mehr Zeit habe, mich um den Rest zu kümmern, aber ...« Er brach ab und schaute Annie anerkennend an. »Das wäre eine Vergeudung deiner Fähigkeiten. Vielleicht kannst du mir dabei helfen, den Laden besser aufzustellen.«

»Was meinst du genau?«

Oliver schaute sich in dem stillen Verkaufsraum um. »Lass uns das bei einer Tasse Tee besprechen. Oder wäre dir Kaffee lieber?«, fügte er hastig hinzu. »Ich müsste irgendwo noch eine Dose Instantkaffee rumstehen haben.«

»Ein Tee wäre wunderbar«, versicherte Annie ihm lächelnd.

»Tatsächlich?« Seine Augenbrauen fuhren skeptisch nach oben. »Ich kann für morgen auch eine Kaffeemaschine besorgen, wenn du magst.«

»Das ist wirklich nicht nötig. Ich trinke ausschließlich Tee.«

Ein warmes Lächeln erschien auf seinem Gesicht. »Damit kann ich dienen.«

»Hast du einen besonderen Wunsch?« Fragend drehte Oliver sich zu ihr um.

Die winzige Küche war so eng, dass dort keine zwei Leute hineinpassten, zumindest, wenn sie nicht aneinanderkleben wollten, weshalb Annie es vorgezogen hatte, in der Tür zu warten. Immerhin war Oliver ihr Boss, auch wenn er ihr das Gefühl gab, mit ihm vollkommen auf Augenhöhe zu stehen.

»Ich habe hier English Breakfast, Earl Grey und einen Jasmintee.« Wie zur Verdeutlichung hob er eine Teedose in die Höhe.

»Earl Grey wäre toll.« Annie lächelte. Sie hatte noch nie einen Mann getroffen, der genauso gerne Tee trank wie sie selbst. Mark hatte darüber oft gewitzelt. Trotzdem hatte er ihr vor ein paar Jahren einen Teekocher geschenkt. Er hatte sich stets bemüht, ihr eine Freude zu machen, auch wenn er sie nicht immer verstanden hatte. Annie schloss für einen Moment die Augen und atmete tief durch. Sie wollte jetzt nicht an Mark denken oder daran, wie ihr letztes Gespräch gelaufen war.

»Stimmt etwas nicht?« Oliver musterte sie besorgt.

Vermutlich hatte sie zu laut geseufzt. Annie schüttelte rasch den Kopf und strich sich die Haare aus der Stirn. »Ist nicht so wichtig. Ich musste nur gerade an meinen Fr... meinen *Ex*freund denken«, erklärte sie widerwillig, um nicht unhöflich zu erscheinen. »Er hat Tee nicht gemocht.«

»Ah, verstehe«, sagte Oliver, auch wenn es offensichtlich war, dass er es nicht tat.

Annie lächelte schwach. »Wie gesagt, es spielt keine Rolle.«

»Bei mir in der Familie wird seit Jahrhunderten nur Tee getrunken«, gab er zu. »Ich denke, meine Mutter würde einen Herzinfarkt erleiden, wenn einer von uns plötzlich Kaffee bevorzugen sollte. Erst recht welchen von einer dieser neumodischen Ketten.« Er grinste. »Vielleicht sollte ich das mal versuchen«, fügte er halblaut hinzu.

»Lebt deine Familie auch hier?«, ergriff Annie die Gelegenheit, mehr über ihn zu erfahren.

»Gott bewahre!« Oliver lachte auf. »Sie würden die verregnete Insel niemals verlassen.«

»Dann bist du ganz allein ausgewandert?«

»Ja.« Ein Schatten huschte über sein Gesicht. »Meine Familie und ich hatten ein paar Differenzen.« Seine Stimme klang so hart, dass sie jede Nachfrage verbot.

Also schluckte Annie ihre Neugier herunter. Trotzdem widerstrebte es ihr, das Gespräch ganz abbrechen zu lassen. »Wie lange lebst du schon in Silver Creek?«, fragte sie stattdessen.

Oliver goss kochendes Wasser in eine Teekanne. »Im Sommer werden es vier Jahre sein.«

»Und, gefällt es dir?«

Bedächtig stellte er zwei Tassen sowie die Teekanne auf ein Tablett, bevor er antwortete. »Ich bin gerne hier und ich liebe meinen Laden. Das heißt allerdings nicht, dass es immer einfach ist.« Er zuckte mit den Schultern und wandte sich mit dem Tablett in der Hand zu Annie um. »Genug davon. Der Tee muss noch ein paar Minuten ziehen, wir können aber schon mal in den Hauptraum gehen. Hier hinten ist es zu eng.«

Schweigend ging Annie voran, während sie darüber grübelte,

von welchen Schwierigkeiten er sprach. Und welche Differenzen mit der Familie ihn veranlasst haben konnten, seine Heimat zu verlassen. Lag es daran, dass er Männer mochte? Mitgefühl stieg in Annie auf. Wie schlimm musste es sein, von seiner eigenen Familie nicht akzeptiert zu werden?

Oliver stellte das Tablett auf einem runden Lesetischchen ab und zog für Annie einen Stuhl zurück. Mit einem überraschten Lächeln ließ sie sich darauf nieder. Man konnte über die Engländer denken, was man wollte, aber Manieren hatten sie. Annie fühlte sich fast in die Romane der Regency-Ära versetzt, die sie so gern las.

Oliver setzte sich ebenfalls hin und verschränkte die Hände. »Es ist dir vielleicht schon aufgefallen, dass die Kunden mir nicht gerade die Tür einrennen«, fing er ohne jedwede Einleitung an.

Annie nickte stumm.

»Ich habe den Laden eröffnet, um meine Leidenschaft für das Lesen mit den Leuten zu teilen. Leider habe ich den administrativen Aufwand, den so ein Laden mit sich bringt, unterschätzt. Ebenso wie die Tatsache, dass Lesen mehr und mehr aus der Mode kommt.« Seine Mundwinkel kräuselten sich leicht. »Manchmal komme ich mir wie ein Dinosaurier vor.«

Annie wusste genau, wovon er sprach. Sie war ebenfalls ein ziemlicher Exot. »Kann ich irgendwie helfen?« Deswegen war sie schließlich da.

»Ich würde gern ein paar Lesungen oder andere buchbezogene Aktionen anbieten. Bisher habe ich es zeitlich nicht geschafft. Und ...«, er stockte kurz, »ich muss zugeben, dass es mir nicht sehr liegt, Leuten hinterher zu telefonieren oder die Werbetrommel für mich zu rühren«, gab er betreten zu.

»Ich bin zwar auch nicht gerade ein Marktschreier«, sagte Annie bedauernd, »aber ich könnte versuchen, ein paar Verlage und Autoren zu kontaktieren.« Sie fand, es waren zwei verschiedene Dinge, ob man so etwas für sich selbst oder für jemand anderen tat. In eigener Sache wäre es ihr auch schwergefallen, doch wenn sie Oliver und diesem traumhaften Buchladen damit helfen konnte, machte sie das gern. »Außerdem könnten wir das Schaufenster vielleicht etwas umdekorieren«, setzte sie vorsichtig an, »damit es mehr ins Auge springt.«

Oliver seufzte. »Na ja, es kann vermutlich nicht schaden. Ich möchte aber, dass die Bücher im Mittelpunkt bleiben.«

»Selbstverständlich«, versicherte Annie sofort. »Ich mache mir ein paar Gedanken und stelle dir dann meine Ideen vor.«

»Gut.« Oliver hob den Deckel der Teekanne und atmete das aufsteigende Aroma ein. »Der Tee ist fertig«, verkündete er.

Dankbar nahm Annie ihre Tasse entgegen und nippte an dem heißen Getränk. Es war perfekt. So wie der ganze Vormittag. Ihre zukünftigen Aufgaben klangen fast zu gut, um wahr zu sein. Sie lächelte verzückt, nahm einen weiteren Schluck Tee und genoss mit halb geschlossenen Lidern den würzigen Geschmack der Bergamotte.

Als sie die Augen wieder aufschlug, begegnete sie Olivers ungläubigem Blick.

Ertappt stellte Annie ihre Tasse ab und spürte, wie sich ihre Wangen vor Verlegenheit röteten. Zum Glück ertönte da das rettende Türglöckchen und Oliver sprang auf, um seine Kundschaft zu empfangen.

Annie ließ ihm ein paar Sekunden Vorsprung, dann folgte sie ihm neugierig in den vorderen Bereich.

Eine ältere Dame eilte auf Oliver zu. In der Hand hielt sie ein Klemmbrett. »Hallo Mr. Ward!«

»Guten Tag Mrs. Thomson. Wie geht es Ihnen?«, erkundigte er sich höflich.

»Ich kann nicht klagen. Eher gesagt, ich möchte es nicht«, fügte sie augenzwinkernd hinzu. »Wie Sie wissen, findet am nächsten Wochenende unser diesjähriges Straßenmusikfestival statt und wir haben von Ihnen noch keine Rückmeldung erhalten, ob und wie Sie sich daran beteiligen möchten.«

Oliver runzelte die Stirn. »Ich habe schon vor Wochen meine Spende eingereicht.«

»Oh, das weiß ich. Und dafür sind wir wirklich sehr dankbar. Zusätzlich können Sie sich gern mit einem Stand aktiv einbringen oder eine Aktion anbieten. Die Musikschule zum Beispiel veranstaltet einen Tag der offenen Tür. Und das Pancake Paradise sorgt für das Catering.«

Oliver atmete angestrengt durch. Das Lächeln auf seinem Gesicht wirkte leicht festgefroren. »Ich verkaufe Bücher, keine Pfannkuchen, Mrs. Thomson. Und meine Tür steht jederzeit allen Interessenten offen.«

»Mhm, ja«, murmelte die Dame etwas ratlos. »Vielleicht fällt Ihnen noch etwas anderes ein. Ein Limonadenstand zum Beispiel?«

»Mrs. Thomson«, setzte Oliver mit erzwungener Ruhe an.

Annie wusste genau, was jetzt kommen würde. Bevor sie weiter darüber nachdenken konnte, sprang sie mutig in die Bresche. »Ich bin sicher, uns fällt etwas ein«, sagte sie liebenswürdig. »Reicht es Ihnen, wenn wir uns heute Abend bei Ihnen melden?«

Die Augenbrauen der Dame kletterten vor Überraschung auf die Stirn. »Und Sie sind?«, säuselte sie und schien Annie mit ihren Blicken praktisch zu verschlingen.

Hinter sich hörte Annie den Seufzer ihres Chefs. »Das ist Miss Andrews, meine neue Mitarbeiterin«, erklärte er.

»Andrews, Andrews ...« Mrs. Thomson verengte die Augen, so konzentriert dachte sie nach.

»Beth Andrews ist meine Schwester«, half Annie ihr auf die Sprünge. »Sie ist vor ein paar Monaten hergezogen.«

»Ach, natürlich!« Die alte Dame schlug sich mit der Hand gegen die Stirn. »Bleiben Sie jetzt auch hier?«

Annie entging nicht Mrs. Thomsons neugieriger Blick, der von Oliver zu ihr selbst huschte.

»Nein!«, versicherte Annie schnell. »Ich besuche nur meine Schwester. Und Mr. Ward war so freundlich, mich während dieser Zeit in seinem Laden aushelfen zu lassen.«

»War er das?« Mrs. Thomson machte nicht den Eindruck, als würde diese Erklärung sie zufriedenstellen.

»Ja.« Oliver lächelte entschuldigend. »Ich rufe Sie heute Abend an. Jetzt haben wir leider zu tun.«

Mrs. Thomson schaute sich skeptisch in dem leeren Laden um, sagte aber glücklicherweise nichts. »Dann gehe ich mal weiter.«

»Auf Wiedersehen.« Annie hob grüßend die Hand und wartete, bis die Frau den Laden verlassen hatte. Anschließend wandte sie sich nervös Oliver zu. Hatte sie gerade ihre Kompetenzen überschritten? Und wusste keiner in dieser Stadt, dass er schwul war? Wieso outete er sich nicht einfach, dann könnte er viel entspannter arbeiten. Es sei denn, das war nicht ganz so leicht in einer Kleinstadt wie dieser.

Oliver maß sie schweigend mit seinem Blick, während sich die Sekunden ins Unermessliche zogen. Annie schluckte. Obwohl er nichts sagte, spürte sie seine Missbilligung so deutlich, als hätte er sie angeschrien.

»Wir machen also bei diesem Musikfestival mit?«, fragte er schließlich kühl.

»Ja!«, hielt sie tapfer dagegen. Für einen Rückzieher war es ohnehin zu spät. Außerdem fand sie die Idee gar nicht schlecht. »Wir könnten einen Thementisch mit Noten- oder Selbstlernbüchern zusammenstellen, dazu ein paar Biografien bedeutender Musiker und den einen oder anderen zeitgenössischen Roman, in dem Musik eine Rolle spielt.« Nun, da sie angefangen hatte, sprudelten die Ideen nur so aus Annie hervor. Zufrieden registrierte sie, wie die Ablehnung mehr und mehr aus Olivers Zügen verschwand. »Wir könnten auch einen Bastelbereich für Kinder einrichten, in dem sie kleine Panflöten oder Ähnliches gestalten können. Und dazu liest einer von uns eine nette Geschichte vor. Wenn wir das mit einem entsprechenden Plakat ankündigen, werden bestimmt einige kommen. Kinder lieben solche Angebote.«

»Und woher weißt du das?«, fragte Oliver mit einer Mischung aus Anerkennung und Skepsis.

Sofort tauchten die süßen Gesichter von Emmi und Noah vor ihrem inneren Auge auf und sie verspürte einen schmerzhaften Stich. Sie würde Marks Nichte und Neffen vermutlich nicht so bald wiedersehen. »Im Bekanntenkreis gab es einige Kinder«, murmelte sie ausweichend.

»Oh, okay.« Zum Glück ließ Oliver es dabei bewenden. »Dann hast du dich gerade freiwillig gemeldet«, fügte er in einem etwas lockereren Ton hinzu. »Ich kann mit Kindern nicht viel anfangen.«

»Gar nicht?« Irgendwie fand Annie die Vorstellung schade. Doch natürlich hatte Oliver als Mann – noch dazu als einer, der mit Frauen nichts am Hut hatte – keinen Grund, sich über Kinder Gedanken zu machen.

»Nun ja, ich finde sie wichtig«, schränkte er unsicher ein. »Aber ...«

»Schon gut«, unterbrach Annie ihn lachend. Sie wollte gewiss keine Grundsatzdiskussion beginnen. »Ich übernehme das mit dem Basteln sehr gern. Wenn du im Gegenzug vorliest?«

»Was?« Beinah erschrocken starrte er sie an.

»Du hast eine so schöne Stimme«, platzte es aus ihr heraus. Olivers Augen weiteten sich erstaunt und Annie spürte, wie sie knallrot anlief. Seine Stimme war wirklich schön, samtig weich und mit einem angenehmen Timbre, nicht zu hoch und auch nicht zu tief. Sie könnte ihm stundenlang zuhören, aber das musste sie ihm ja nicht direkt auf die Nase binden. Was für ein Glück, dass er vom anderen Ufer war, jeder andere hätte das womöglich als Anmache empfunden. »Zum Vorlesen, meine ich«, stammelte sie hastig. »Du hättest Hörbuchsprecher werden können.«

Ein leichtes Lächeln erschien auf Olivers Lippen. »Ich kann es ja im Hinterkopf behalten, falls es mit dem Buchladen nicht läuft.« Er räusperte sich. »Trotzdem glaube ich nicht, dass ich der Richtige bin, um einer Horde Kinder vorzulesen. Außerdem«, seine Augen funkelten vergnügt, »ist deine Stimme auch sehr schön.«

»Haha«, brummte Annie, um das plötzliche Kribbeln in ihrem Bauch zu überspielen.

»Ich meine es ernst«, betonte Oliver nun deutlich nüchterner. »Du kümmerst dich um die Kinder und ich mich um deren Eltern. Vielleicht schaffen wir es tatsächlich, den einen oder anderen Kunden zu gewinnen.« Er nickte anerkennend. »Das ist eine wirklich gute Idee. Wenn du magst, kannst du direkt mit der Planung beginnen. Und ich suche schon mal ein paar Musikbücher heraus.«

»Ist gut«, sagte Annie seltsam enttäuscht. Es war genau das, was sie gewollt hatte. Gleich am ersten Tag durfte sie ihre Ideen einbringen und hatte ein eigenes, kleines Projekt. Dennoch strich Olivers sachlicher Tonfall wie ein kühler Windhauch über sie hinweg. Es war schade, dass die fast freundschaftliche Stimmung, die eben zwischen ihnen geherrscht hatte, ein so jähes Ende gefunden hatte.

Das Klingeln des Handys riss Annie aus ihrer Starre. Einige Herzschläge lang schaute sie auf Marks Namen, der im Display leuchtete, dann drückte sie ihn entschieden weg und schaltete das Smartphone aus. Sie hatte keine Zeit, sich mit ihm auseinanderzusetzen, und - wenn sie ehrlich war - keine Lust. Sie wollte sich nicht streiten, sich keine Vorwürfe anhören oder gesagt bekommen, wie unsinnig ihr Verhalten war. Wollte nicht die Sehnsucht spüren, die sie noch immer zu ihm zog, obwohl sie ahnte, dass sie mit Mark nie das volle Glück finden würde, von dem Beth gesprochen hatte.

Das Leben steckte voller Möglichkeiten, wenn man die ausgetretenen, die sicheren Pfade verließ. Wenn man die Begrenzungen, die einem von anderen oder sich selbst - warum auch immer - auferlegt wurden, abschüttelte.

Annie ließ ihren Blick durch das Books'n'Dreams schweifen.

Sie wäre niemals hierhergekommen, wenn sie bei Mark geblieben wäre.

Dieser Laden war eine Perle und er verdiente es, entdeckt und erfolgreich zu werden. Sie konnte im Rahmen ihrer Möglichkeiten dazu beitragen, etwas Sinnvolles tun, das sie darüber hinaus mit Freude erfüllte. Darauf würde sie von nun an ihre Energie richten und darauf vertrauen, dass auch ihr Herz irgendwann wieder Ruhe – vielleicht sogar Liebe – finden würde.

Kapitel 4

»Ich denke, ich sollte mir eine Wohnung suchen«, sagte Annie. Sie war bereits seit einer Woche in Silver Creek und fühlte sich hier zunehmend wohl. Die Arbeit im Buchladen machte ihr wirklich Spaß und obwohl Oliver sich ihr gegenüber meist recht reserviert verhielt, blieb er immer höflich und hatte ein offenes Ohr für ihre Vorschläge. Annie genoss die Zusammenarbeit mit ihm und blieb oft länger als die vereinbarten vier Stunden.

Erst heute hatte Oliver sie wieder darauf angesprochen und versucht, sie nach Hause zu schicken. Annie hatte sich damit herausgeredet, dass es noch so viel für das Musikfest vorzubereiten gab. Tatsache war jedoch, dass sie sonst nichts zu tun hatte und sich in seinem Laden unglaublich wohlfühlte. Außerdem war es gar nicht ihr Zuhause - sondern das von Beth und Richard, so freundlich die beiden zu ihr auch sein mochten.

»Eine Wohnung?« Überrascht schaute Beth von dem Gemüse hoch, das sie für das Abendessen würfelte. »Heißt das, du willst für immer hier bleiben?«, fügte sie erfreut hinzu.

»Für immer?« Annie stockte. Darüber hatte sie sich noch keine Gedanken gemacht. Immerhin war *für immer* eine sehr lange Zeit. Sie zuckte mit den Schultern. »Keine Ahnung. Im Augenblick tut mir die Arbeit im Buchladen einfach gut.«

Beth nickte lächelnd. »Das habe ich schon bemerkt.«

»Kannst du dir eine Wohnung denn überhaupt leisten?«, warf Richard vorsichtig ein. »Immerhin arbeitest du zwar viel, wirst aber nur für wenige Stunden bezahlt.«

Annie hörte die Missbilligung in Richards Stimme und es störte sie, dass sich diese mehr oder weniger direkt gegen Oliver richtete. »Das ist schon in Ordnung«, versicherte sie hastig.

»Dieser Oliver nutzt dich schamlos aus«, beharrte Richard.

»Tut er nicht!«, widersprach Annie entschieden. Oliver mochte vieles sein, aber mit Sicherheit kein gewissenloser Ausbeuter. »Mir geht es in erster Linie nicht um Geld«, fügte sie erklärend hinzu.

»Und worum dann?« Flackerte da etwa Sorge im Gesicht ihrer Schwester auf? Beth legte das Schneidmesser zur Seite und musterte Annie prüfend. »Mr. Ward kann sehr charmant sein, habe ich gehört«, setzte sie zögernd an.

Annie schnaufte. »Ich mache es auch nicht *deshalb*!« Glaubte Beth etwa, sie hätte sich in ihren schwulen Chef verknallt? Annie atmete tief durch. »Endlich habe ich eine Arbeit gefunden, die mir ganz und gar zusagt, die mich sogar glücklich macht.«

Schaudernd dachte sie an die vielen endlosen Tage in der Versicherungsagentur zurück. Wenn sie von Anfang an weniger auf andere gehört hätte, die zu wissen glaubten, was gut für sie war, wäre ihr viel Frust erspart geblieben. Vielleicht hätte es sogar ihrer Beziehung mit Mark gutgetan, wenn sie ihn unbewusst nicht immer mehr mit der ungeliebten Arbeit für seinen Vater verknüpft hätte. Doch sie hatte sich nie getraut, etwas zu sagen. Weil sie keinen vor den Kopf stoßen, nicht undankbar erscheinen wollte. Damit war jetzt allerdings Schluss. Sie allein würde entscheiden, was für sie richtig war. Denn sie allein musste mit den Konsequenzen leben.

»Ich habe ein bisschen was zurückgelegt«, fuhr sie etwas ruhiger fort. »Und ganz umsonst arbeite ich schließlich nicht. Ich werde schon über die Runden kommen.« Vielleicht könnte sie sogar – wenn der Laden besser lief – ihre Stunden aufstocken. »Und es muss keine schicke Wohnung sein. Ein Zimmer mit Küche und Bad würde mir vollauf genügen.«

»Wenn du meinst ...« Beth wirkte nicht überzeugt. »Du kannst gern auch weiter bei uns bleiben.«

»Danke, Schwesterherz.« Annie schaute Beth liebevoll an. »Aber ich denke, es wird Zeit, wieder auf eigenen Füßen zu stehen.« Vor einer Woche hatte sie den Gedanken, irgendwo ganz allein zu hausen, nicht ertragen können. Jetzt sehnte sie sich nach ein bisschen Ruhe und ihren eigenen vier Wänden.

»Hmm.« Nachdenklich schaute Richard sie an. »Wenn du wirklich keine großen Ansprüche hast, kannst du meine alte Wohnung im Hotel haben. Es steht ohnehin leer. Und die Wohnung ist noch möbliert.«

»Das Einzige, was er mitgenommen hat, ist der Fernseher«, warf Beth schmunzelnd ein.

»Ich dachte, du möchtest das Hotel verkaufen?«, sagte Annie.

»Ja, schon. Bisher habe ich allerdings keinen passenden Käufer gefunden. Wenn es dich nicht stört, dort allein zu sein, kannst du gern bis auf Weiteres darin wohnen.«

»Ich weiß nicht«, murmelte Beth wenig begeistert. »Es kann ziemlich gruselig werden, so ganz allein in dem großen Gebäude.«

Annie zuckte mit den Schultern. »Ist vermutlich nicht viel schlimmer als das Appartement-Wohnheim während des Studiums. Da habe ich von meinen Nachbarn auch kaum etwas gesehen. Solange ich meine Tür abschließen kann, ist für mich alles in Ordnung.«

»Na gut, du kannst es ja mal versuchen«, lenkte Beth ein. »Aber wenn du dich da nicht wohlfühlst, kommst du wieder zurück, hörst du?«

»Ist gut, Mama.« Lächelnd drückte Annie ihrer Schwester einen Kuss auf die Wange.

»Dann ist das geklärt«, sagte Richard zufrieden. »Wenn du magst, bringen wir morgen nach Feierabend deine Sachen rüber und ich zeige dir alles.«

»Gern. Was bekommst du für die Wohnung?«

»Ich nehme von dir doch kein Geld!« Indigniert schüttelte Richard den Kopf. »Das Hotel steht ohnehin leer und außerdem bist du Beths Schwester.«

»Danke.« Einem Impuls folgend, ging Annie zu ihm und umarmte ihn kurz. Beth hatte recht. Er hatte das Herz auf dem richtigen Fleck, auch wenn er auf den ersten Blick eher abweisend wirkte. Richards natürlicher Charme machte die Mängel an seiner äußerlichen Erscheinung mehr als wett.

Nach dem Abendessen zog Annie sich in ihr Zimmer zurück, um ihre wenigen Sachen zu packen. Automatisch kontrollierte sie ihr Handy, ob eine neue Nachricht von Mark eingegangen war. In den letzten Tagen schickte er ihr immer öfter Bilder von seinem Leben, den Sonnenuntergängen aus ihrem Wohnzimmerfenster oder geselligen Abenden mit ihren Freunden. Annie war sich nicht sicher, was er damit bezweckte, da er so gut wie keinen Kommentar hinzufügte. Vielleicht wollte er ihr zeigen, was ihr alles entging, vielleicht an die schönen Momente ihres gemeinsamen Lebens erinnern oder beweisen, dass es ihm auch ohne sie blendend ging.

Dieses Mal erwartete sie das Bild einer zarten rosa Blüte auf einem Kaktus. Sie hatten die Pflanze vor Jahren gemeinsam auf einem Flohmarkt gekauft und der Verkäufer hatte versichert, dass der Kaktus regelmäßig wunderschöne Blüten trug. Bisher hatten sie vergeblich darauf gewartet. Sie hatten ihre Späße darüber gemacht und sich Prophezeiungen ausgedacht, was wohl geschehen würde, wenn er tatsächlich einmal blühen sollte. Wie gemein, dass es ausgerechnet jetzt geschah.

Annie schaltete das Handy aus und warf es auf das Bett. Was auch immer Mark damit erreichen wollte, bei ihr verfehlte es seinen Zweck. Sie fühlte sich lediglich mies, ohne den Wunsch zu verspüren, zurück an seine Seite zu eilen.

Lächelnd beobachtete Oliver, wie Annie hoch konzentriert Bücher auf den Präsentationstischen platzierte. Sie hatte ein gutes

Auge für Cover, die miteinander harmonierten, und ein noch besseres Gespür für den Inhalt, zumindest in den sie interessierenden Genres. Ihm war aufgefallen, dass sie einen großen Bogen um alles machte, was zu fantastisch war oder mit Mord und Totschlag zu tun hatte.

Diese junge Frau war ein wahrer Glücksfall für seinen Laden. Ihre Begeisterung war so ansteckend, dass sie seine eigene, die – zwischen all den Verwaltungsaufgaben und den sinkenden Umsätzen – bereits am Erlöschen gewesen war, neu entfachte.

Er hatte keine Ahnung, wo sie die niedlichen Lesezwerge aufgetrieben hatte, die jetzt seine Schaufenster schmückten und schon so manchen Kunden hereingelockt hatten. Denn natürlich konnte man auch diese nun im Laden erwerben. Wenn es nach Annie ginge, würde es hier demnächst noch einiges mehr an Krimskrams und *buchigem Zubehör*, wie sie es nannte, geben. Zumindest hatte sie ihm gestern eine sehr umfangreiche Vorschlagsliste eingereicht.

Noch wehrte er sich dagegen, weil er einen Buchladen und keinen Fanartikel-Shop betrieb, aber vielleicht ließ sich ihre Liste auf ein für ihn akzeptables Maß eindampfen. Immerhin hatte sie recht, auch er musste mit der Zeit gehen, wenn er nicht gescheitert und mit eingekniffenem Schwanz zu seiner Familie zurückkehren wollte. Und das würde er auf keinen Fall.

Oliver hatte schon vor Jahren die Hoffnung aufgegeben, dass sie ihn so akzeptieren würden, wie er war, dass sie seinen Lebensweg gutheißen würden. Zumindest ließen sie ihn weitgehend in Ruhe, solange ein ganzer Ozean zwischen ihm und dem Herrensitz der Familie lag.

Seine Aufmerksamkeit wanderte wieder zu Annie, die im Stehen ein Buch aufschlug, um hereinzulesen. Er liebte es, ihr dabei zuzusehen. Sobald sie zu lesen begann, schien sie vollkommen in eine Geschichte einzutauchen. Ihr Gesicht spiegelte dann die ganze Palette der Emotionen wider, die sie zusammen mit den Protagonisten durchlebte. Er hatte noch nie einen Menschen wie sie kennengelernt. Einen Menschen, der seine Begeisterung für Bücher unverhohlen teilte und dabei so aufgeschlossen, kontaktfreudig, einfach liebenswert war.

Und er konnte nicht leugnen, dass sich der männliche Anteil seiner Kundschaft erhöht hatte, seit Annie für ihn arbeitete, was bestimmt nicht nur an der verbesserten Platzierung des Bestseller-Regals, sondern viel eher an den süßen Grübchen lag, die auf ihren Wangen erschienen, wenn sie lächelte.

Oliver seufzte und wandte die Augen ab. Das war ein Pfad, auf den er sich unter keinen Umständen begeben durfte. Er gewöhnte sich ohnehin bereits viel zu sehr an diese bemerkenswerte junge Frau, die so unverhofft in seinen Laden gekommen war und ihn innerhalb weniger Tage gehörig umgekrempelt hatte.

Er durfte nicht vergessen, dass sie ihn jederzeit genauso plötzlich verlassen konnte. Ebenso wenig wie er vergessen durfte, wer er war.

Sorgfältig prüfte Annie den Inhalt der großen Bücherkiste, die soeben geliefert worden war, und glich sie mit der Bestellliste ab.

»Und?«, fragte Oliver gespannt, nachdem er die alte Mrs. Carson verabschiedet und ihr hilfsbereit die Tür aufgehalten hatte.

»Bis auf zwei Titel sind alle da«, verkündete Annie erleichtert. Das Straßenmusikfestival war bereits in drei Tagen und ausgerechnet jetzt hatte sich die Büchersendung verzögert. Dabei wollte sie Oliver unbedingt beweisen, dass ihre Idee mit dem Thementisch über Musik funktionierte. Außerdem brauchte das Books'n'Dreams dringend neue Kunden. Auch ohne Einblick in die Buchhaltung des Ladens war es Annie bewusst, dass Oliver zwar halbwegs über die Runden kam, aber keine größeren Rücklagen bilden konnte. Ein schwacher Monat oder eine unvorhergesehene Reparatur konnten ihn schon in Bedrängnis bringen.

Und allein die Vorstellung, dass es diesen Buchladen irgendwann nicht mehr geben könnte, war unerträglich. Sie hätte nicht gedacht, dass sie sich hier so schnell so wohl, beinah zu Hause fühlen würde.

Oliver lächelte und Annie war, als würde ein Sonnenstrahl warm über ihr Gesicht streichen.

»Dann steht unserem großen Tag ja nichts mehr im Wege«, sagte er leise.

Annie senkte den Blick hastig auf den Bücherstapel. »Sieht so aus!«, bestätigte sie enthusiastisch.

Oliver stand ganz nah bei ihr, so nah, dass sie den schwachen Duft seine Aftershaves riechen konnte. Plötzlich war sich Annie seiner Gegenwart überdeutlich bewusst. Ihr Blick fiel auf seine schlanken, starken Finger, die auf einem Buch ruhten. Sie holte vorsichtig Luft und bemühte sich, seinen angenehmen, männlichen Duft nicht zu tief einzuatmen. Sie wagte es nicht, sich zu rühren, wagte nicht, ihn anzusehen, während sie darauf wartete, was als Nächstes geschah.

Wieso sagte er nichts? Wieso blieb er so nah bei ihr stehen? Spürte er ebenfalls diese plötzliche Spannung oder entsprang sie einzig und allein ihrer Fantasie?

Die Stille zwischen ihnen dehnte sich aus – ein Herzschlag … zwei … drei …

Das laute Vibrieren von Annies Handy riss sie aus ihrer Erstarrung. Hektisch holte sie es hervor, während Oliver sich kräftig vom Tisch abstieß und davoneilte.

»Ja?«, krächzte Annie noch völlig durcheinander in ihr Telefon, ohne auch nur zu nachzusehen, wer überhaupt dran war.

»Hallo Annie.«

»Mark?« Sie kniff die Augen zusammen, um ihre Gedanken zu klären. Was auch immer das für ein seltsamer Moment zwischen Oliver und ihr gewesen sein mochte, er spielte keine Rolle.

»Ja. Hast du meine Bilder gekriegt?«

»Sicher.« Was für eine bescheuerte Frage. Annie holte tief Luft. »Was möchtest du, Mark?«

»Ich wollte deine Stimme hören«, sagte er unerwartet sanft. »Wie geht es dir?«

»Keine Ahnung.« Annie schüttelte den Kopf.

»Wie ist die neue Arbeit?«

»Die ist toll.« Zumindest das konnte sie eindeutig beantworten. Nach einer Woche wieder Marks Stimme zu hören, wühlte sie mehr auf, als sie wahrhaben wollte. Besonders, da er so verständnisvoll und einfühlsam klang.

»Das freut mich«, sagte er leise, dann räusperte er sich. »Nein, das stimmt nicht ganz. Es freut mich, dass du etwas gefunden hast, das dir gefällt. Ich finde es nicht schön, dass es so weit weg ist. Weißt du, auch bei uns gibt es Buchläden.«

»Mark ...«, stieß Annie gequält hervor.

»Komm zurück«, bat er. »Ich vermisse dich. Und es war doch nicht alles schlecht.«

Nein, das war es nicht. Sie hatten viele gute, glückliche Zeiten gehabt. Leider lagen diese schon länger zurück. Die letzten Jahre waren zwar nicht *schlecht* gewesen - Mark und sie hatten sich weder gestritten noch einander übermäßig genervt -, aber sie waren auch nicht gerade überwältigend. Es war ein *Okay*. Und das war Annie definitiv zu wenig, um ein ganzes Leben darauf aufzubauen.

»Ich glaube nicht, dass es eine gute Idee wäre«, sagte sie bedauernd. »Es tut mir leid.«

»Was willst du denn noch?!«, brauste er plötzlich auf. »Ich habe dir Zeit gegeben, dich in Ruhe gelassen, Verständnis gezeigt. Ich habe kein Wort darüber verloren, wie doof es für meinen Vater war, dass du von heute auf morgen einfach gekündigt hast, oder darüber, wie ich vor ihm und den Kollegen dastand! Hast du eine Ahnung, wie es sich anfühlt, von seiner Verlobten ohne jeden Grund sitzen gelassen zu werden?«

»Nein. Und es tut mir leid!«, wiederholte Annie erschrocken.

»Das sollte es auch!«, schnauzte Mark. »Ich habe dir *alles* geboten! Einen guten Job, eine sichere Zukunft. Ich habe weder geraucht noch getrunken noch dich jemals betrogen! Ich versteh dich einfach nicht!«

Annie biss sich auf die zitternde Unterlippe und versuchte verzweifelt, die Tränen, die ihr bei Marks wütenden Worten in die Augen schossen, zurückzuhalten.

»Jede normale Frau wäre dankbar und froh!«, fuhr er aufgebracht fort.

Das brachte das Fass zum Überlaufen. »Dann bin ich eben nicht normal!«, zischte Annie und wischte sich über die Wangen. Er stellte es so dar, als müsste sie schon glücklich sein, dass er sich ihr gegenüber anständig verhalten hatte. Als wäre es nicht das Mindeste, was man in einer Beziehung erwarten konnte. »Und dass du mich nicht verstehst, ist haargenau unser Problem!«

»Nein, es ist *deins*.« Marks Stimme nahm einen harten, kalten Klang an. »Ich habe dir mehr als genug Chancen gegeben.«

Seine Unverschämtheit verschlug Annie für einen Moment die Sprache. »Was für Chancen meinst du bitte?«

»Zu mir zurückzukehren. Jetzt ist damit Schluss. Du hast bis Samstag Zeit, deine restlichen Sachen hier abzuholen. Wenn du nicht kommst, spende ich sie der Wohlfahrt.«

»Was? Das kannst du nicht machen!«, entfuhr es Annie erschrocken.

»Bis Samstag«, wiederholte er ungerührt. »Und bring deinen Schlüssel mit, den brauchst du jetzt ja nicht mehr.« Er legte auf.

Fassungslos starrte Annie das Handy an, dann steckte sie es weg und ließ sich kraftlos gegen die Tischkante sinken. Mark war mehr als sieben Jahre lang ihr bester Freund gewesen. Es zerriss ihr das Herz, dass es nun auf diese Weise endete.

Annie vergrub das Gesicht in den Händen und atmete mehrmals durch. Ein Teil ihres Verstandes wusste, dass sie sich noch immer im öffentlichen Verkaufsraum befand, hörte das Türglöckchen bimmeln, als jemand hereinkam, doch es war ihr egal. Sie schaffte es einfach nicht, die Hände runterzunehmen, zu lächeln und so zu tun, als wäre alles in Ordnung. Sie fühlte sich am Boden zerstört und konnte Mark nicht einmal einen Vorwurf machen. Die Härte, mit der er sie nun behandelte, zeigte nur, wie tief verletzt er war. Wie tief *sie* ihn verletzt hatte. Es war ganz allein ihre Schuld.

»Alles in Ordnung?«, erklang irgendwann Olivers ruhige Stimme neben ihr und sie spürte eine sanfte Berührung an ihrer Schulter.

Hastig wischte Annie sich über die Augen und schaute zu ihm hoch. »Ja.« Sie schluckte und zwang sich zu einem Lächeln.

»Ich habe selten jemanden gesehen, der so schlecht lügen konnte«, sagte Oliver sanft und lehnte sich neben sie an den Tisch. »Möchtest du darüber reden?«, fragte er nach einer Weile, den Blick starr nach vorne gerichtet.

»Das ist nicht nötig«, versicherte Annie schnell. »Außerdem wartet die Arbeit.«

»Ich habe den Laden geschlossen«, erklärte er ruhig.

»Du hast was?« Automatisch huschte Annies Blick zur Tür, an der tatsächlich das Geschlossen-Schild baumelte.

Oliver zuckte mit den Schultern und sah sie noch immer nicht an, als wollte er ihr Gelegenheit geben, sich zu fangen, ohne dass sie sich beobachtet oder beurteilt fühlte. »Ich hatte den Eindruck, dass andere Dinge gerade wichtiger sind«, sagte er bedächtig. »Wenn du darüber reden möchtest, höre ich zu.« Seine Lippen kräuselten sich leicht. »Manchmal hilft das. Es löst leider keine echten Probleme, aber bisweilen fühlt man sich danach einfach besser.«

Er klang, als wüsste er genau, wovon er sprach. Annie erinnerte sich, dass er Differenzen mit seiner Familie erwähnt hatte. Sie holte tief Luft. »So wild ist es gar nicht«, wiegelte sie ab. »Es war nur mein Exfreund.«

»Der, mit dem du vor einer Woche noch zusammen warst?«

»Ja.« Annie presste die Lippen zusammen.

»Wollte er sich entschuldigen?«

»Nein.« Sie seufzte. »Im Grunde hat er ja nichts falsch gemacht. Ich bin hier das Problem.«

Nun wandte Oliver doch den Kopf und schaute sie ernst an. »Inwiefern?«

Annie blickte zur Seite. Sie war nicht sicher, ob sie wirklich mit ihm über Mark sprechen wollte. Und darüber, was sie im Inneren bewegte.

»Es tut mir leid. Es geht mich nichts an.« Oliver stand auf und augenblicklich bereute Annie es, sein Angebot nicht angenommen zu haben. Sie spürte, dass er es gut mit ihr meinte, dass sie ihm vertrauen konnte, dass er sie womöglich sogar verstehen würde.

Nachdenklich schaute Oliver sie an, während sie nach Worten suchte. »Hast du Lust auf einen kleinen Ausflug?«, fragte er plötzlich.

»Einen Ausflug?« Sie blinzelte ihn überrascht an.

»Ja. Es gibt einen Ort, den ich dir gern zeigen würde. Es ist nicht weit, nur ein paar Minuten mit dem Auto. Nach meiner Ankunft in Silver Creek bin ich oft dort gewesen. Zum Nachdenken. Zum Klarheit finden. Um mit mir selbst ins Reine zu kommen.«

Annie nickte dankbar. Genau das brauchte sie jetzt. »Was ist das für ein Ort?«

Oliver lächelte geheimnisvoll und streckte seine Hand nach ihr aus. »Lass dich überraschen.«

»Magician Lake?«, las Annie verwundert das große Schild, das nach einer kurzen Autofahrt am Straßenrand auftauchte.

»Oh, ja. Ein wahrhaft magischer Ort.« Oliver grinste.

Annie musterte ihn verwirrt. Sie war nicht sicher, ob er es ehrlich oder ironisch meinte. Kurz darauf stellte er den Wagen auf einem Schotterparkplatz ab und Annie entschied sich für ironisch. Die große, spiegelnde Wasseroberfläche, die sie im Hintergrund zwischen einigen Bäumen hindurchschimmern sah, war wirklich schön, das Ufer war allerdings fast komplett zugebaut. Boote, Stege und Häuser quetschten sich aneinander, sodass von dem einst bestimmt sehr idyllischen Ort nicht mehr viel übrig war.

Irritiert schaute Annie Oliver an. Hier sollte sie zu sich selbst finden?

»Wart's nur ab«, versprach er ihr und stieg aus. »Da entlang«, fügte er hinzu, nachdem Annie seinem Beispiel gefolgt war, und deutete auf einen von hohen Bäumen gesäumten Weg, der an den Häusern vorbei verlief.

Schweigend gingen sie einige Minuten über den knirschenden Schotter, bis Oliver in einen schmalen, im Gras kaum erkennbaren Trampelpfad einbog, der zu einem der Häuser führte.

Unbehaglich schaute Annie sich um. »Dürfen wir das?« Immerhin mussten das Haus und das umliegende Grundstück jemandem gehören, der bestimmt nicht begeistert wäre, wenn Fremde da herumliefen.

Amüsiert drehte Oliver sich zu ihr um. »Ich dachte immer, wir Engländer wären steif und ihr Amerikaner unternehmungslustig.« Herausfordernd sah er sie an.

Annie schnaufte. Das Funkeln in Olivers Augen brachte sie aus dem Konzept. »Trotzdem verstoßen wir nicht gern gegen das Gesetz«, murmelte sie.

»Auch wieder wahr.« Olivers Schmunzeln wurde breiter. »Bei uns schießt man schließlich nicht sofort rum, bloß weil jemand ein fremdes Grundstück betritt.«

Sie hielten sich also tatsächlich unrechtmäßig hier auf. Annie warf einen weiteren, schnellen Blick über die Schulter, auch wenn sie die Gefahr, dass jemand mit der Schrotflinte um die Hausecke herumkommen könnte, als vernachlässigbar gering einschätzte.

»Keine Sorge«, beruhigte Oliver sie. »Das Haus steht schon seit Jahren leer. Und es hat sich noch nie jemand beschwert, wenn ich hier war.« Er drehte sich wieder nach vorn.

Annie beeilte sich, zu ihm aufzuschließen.

Die Bäume lichteten sich und gaben unvermittelt den Blick auf den See frei. Automatisch verlangsamte Annie den Schritt. Es war wunderschön.

Ein alter, halb zerfallener Holzsteg führte vom flachen Ufer ins Wasser, das fast vollständig von Seerosenblättern bedeckt war. Kein Windhauch kräuselte die Oberfläche und Insekten surrten laut in der warmen Maisonne. Weiter hinten konnte sie zwar Fischerboote und Menschen erkennen, doch in der vor ihr liegenden winzigen Bucht waren sie vollkommen ungestört.

Schweigend ließ Oliver sich in das Gras sinken, zog die Beine an und schaute auf den See hinaus.

Zögernd setzte Annie sich etwa eine Armlänge von ihm entfernt ebenfalls hin und schlang die Arme um ihre Knie.

»Und, habe ich zu viel versprochen?«, fragte Oliver nach einer Weile.

»Nein.« Annie schüttelte den Kopf. »Es ist wirklich schön hier und so friedlich.«

»Ich kann gar nicht zählen, wie oft ich in meiner Anfangszeit hier gesessen und über mein Leben gegrübelt habe«, fuhr er leise fort.

Annie kam es vor, als wollte er absichtlich etwas von sich preisgeben, um es ihr leichter zu machen, sich ebenfalls zu öffnen.

»Ich habe über die Entscheidung nachgedacht, die ich getroffen hatte und die sich in dem einen Moment richtig und im nächsten so furchtbar falsch angefühlt hat.«

Überrascht wandte Annie den Kopf und sah ihn an. Oliver sprach genau das aus, was sie beschäftigte. »Und, hat es geholfen?«, fragte sie, weil es viel einfacher war, über ihn als über sich selbst zu sprechen.

»Wie man's nimmt.« Er zuckte leicht mit den Schultern. »Ich habe verstanden, dass ich es ohnehin nicht allen recht machen kann, also wollte ich es zumindest für mich richtig machen. Außerdem«, er schaute Annie ernst an, »muss man im Leben auch mal ein Risiko eingehen und darauf vertrauen, dass es sich auszahlt. Selten wird einem etwas, das man wirklich haben möchte, einfach geschenkt.«

Der intensive Blick seiner blaugrünen Augen ging Annie durch und durch. Es spiegelte sich so viel Gefühl in seiner Tiefe. Gefühl, das fast nie durch Olivers korrektes, beherrschtes Äußeres nach draußen drang. Sehnsucht stieg in ihr auf, die Sehnsucht danach zu verstehen, was in ihm vorging und ihn beschäftigte.

Er war ein sehr besonderer, ein guter Mensch. Wer sonst würde einfach den Laden schließen und mit einer Aushilfe, die er erst seit einer Woche kannte, an diesen wunderschönen Ort fahren, damit es ihr besser ging?

Annie holte tief Luft. Zu gern hätte sie gewusst, ob er es nur ihretwegen tat, ob es für ihn etwas Besonderes war oder ob es schlicht seiner Natur entsprach. Sie rupfte einen Grashalm ab und tat, als würde sie sich voll und ganz darauf konzentrieren.

Natürlich machte er es nicht nur ihretwegen, vermutlich hätte er es für jeden getan.

Leider bekam er für sie damit noch mehr Ähnlichkeit mit Mr. Knightley – diesem perfekten, fürsorglichen Gentleman aus Jane Austens Roman. Trotzdem durfte sie nicht vergessen, dass sie niemals seine Emma werden könnte.

Annie lächelte schwach. Sie hatte Mr. Knightley schon immer den Vorzug vor Mr. Darcy gegeben, für den alle Welt schwärmte und der im Prinzip der Vorreiter aller Badboys war. Nur hatte sie nie daran gedacht, seiner Verkörperung einmal in der realen Welt zu begegnen. Und dann auch noch zu erfahren, dass er nicht auf Frauen stand.

»Was ist los?«, fragte Oliver behutsam.

»Nichts«, versicherte Annie hastig und verschluckte sich dabei. Niemals durfte er erfahren, was ihr gerade durch den Kopf ging. Er war keine Romanfigur und auch kein Buchtraummann. Er war real und außerdem ihr Boss.

»Wieso kann ich das nicht so recht glauben?« Er zögerte. »Der Anruf vorhin hat dich zum Weinen gebracht, das würde ich nicht als nichts bezeichnen.«

»Er hat mir vor Augen geführt, was ich verloren habe«, murmelte sie. Nein, das stimmte nicht ganz, sie hatte es freiwillig aufgegeben.

Oliver presste kurz die Lippen aufeinander, als wäre er nicht sicher, ob er die nächsten Worte wirklich aussprechen sollte. »Möchtest du wieder zu ihm zurück?«

»Nicht wirklich.« Annie schüttelte den Kopf. »Darum geht es ja. Er hat mich gebeten, zu ihm zurückzukommen. Und als ich nicht darauf eingegangen bin, ist er sehr wütend geworden. Er hat mich undankbar genannt und gesagt, dass ich einen großen Fehler mache.«

»Jetzt fühlst du dich schuldig.« Es war eine Feststellung, keine Frage. »Und obwohl du genau weißt, dass er unrecht hat, glaubt ein Teil von dir das, was er sagt.«

Annie schluckte und schaute Oliver fast erschrocken an. »Woher weißt du das?« Konnte er womöglich Gedanken lesen?

Oliver lächelte freudlos. »Glaube mir, mit Vorwürfen und Schuldgefühlen kenne ich mich bestens aus. Ich kann gar nicht zählen, wie oft ich als undankbar, egoistisch und verantwortungslos bezeichnet worden bin.«

»Du?«, entfuhr es ihr ungläubig. Wenn es einen Menschen gab, auf den diese Worte auf keinen Fall zutrafen, dann war es Oliver.

Er schmunzelte geschmeichelt. »Ich schätze, wie so vieles liegt auch das im Auge des Betrachters. Für meine Eltern bin ich verantwortungslos und undankbar.«

»Wieso denn das?«

Er seufzte tief. »Weil ich so bin, wie ich bin. Weil ihre Art zu leben nicht die meine ist.«

Tiefes Mitgefühl für Oliver wallte in Annie auf. Sie legte ihre Hand auf seinen Arm und drückte ihn tröstend. Sie konnte sich nicht vorstellen, wie es sein musste, von den eigenen Eltern nicht akzeptiert zu werden. »Du kannst doch nichts dafür, wie du bist.« Man konnte sich seine sexuelle Neigung schließlich nicht aussuchen.

Olivers Augenbrauen zuckten überrascht nach oben. Dann fing er sich und schaute auf ihre Finger hinab, die auf seinem Arm ruhten. »Eigentlich wollte ich dich aufmuntern, nicht umgekehrt.«

Annie nahm hastig ihre Hand fort. »Ist schon okay«, sagte sie, um nicht darüber nachzudenken, wie gut sich die Berührung angefühlt hatte.

»Und wie geht es jetzt weiter zwischen dir und ...?« Oliver ließ seine Stimme fragend ausklingen.

»Mark«, beantwortete Annie die unausgesprochene Frage. »Sein Name ist Mark.« Nicht dass es jetzt noch eine große Rolle spielte. »Ich denke, wir sind fertig. Er hat gedroht, meine Sachen zu entsorgen, wenn ich sie bis Samstag nicht abhole.« Ihre Stimme zitterte. Es tat weh, dass ihre Freundschaft ein so hässliches Ende gefunden hatte, und irgendwie konnte sie es noch immer nicht fassen.

»Das tut mir leid.« Oliver schaute wieder auf den See hinaus.

»Ja, mir auch. Immerhin waren wir ewig zusammen. Ich glaube nicht, dass er mir jemals verzeihen wird.«

»Ist das wichtig?«

»Für mich schon.«

»Es klingt, als würde er dir noch immer viel bedeuten.«

»Natürlich tut er das. Immerhin war ich fast bereit, ihn zu heiraten.« Annie zupfte ein Gänseblümchen ab und spielte nachdenklich mit den Blütenblättern. »Ich wünschte, ich wüsste, was richtig ist«, stieß sie überfordert hervor und warf die Blume frustriert in den See. »Was, wenn ich eines Tages aufwache und plötzlich feststellte, dass es ein großer Fehler gewesen ist?«

»Habt ihr euch noch einmal gesehen?«, fragte Oliver unvermittelt.

»Nein. Wir haben nur zweimal telefoniert.«

»Das ist alles?« Überrascht drehte Oliver sich zu ihr um. »Nach nur zwei Telefonaten fordert er dich auf, deine Sachen zu holen?«

»Was sollte er denn sonst tun?«

»Um dich kämpfen! Zu dir fahren, jeden Vorwand nutzen, um dich zu sehen und zu zeigen, wie wichtig du ihm bist. So etwas tut man, wenn man jemanden liebt.«

»Mark ist nicht der kämpferische Typ«, erklärte Annie. »Ich schätze, die Fahrt hierher war ihm bei dem ungewissen Ausgang zu mühsam und zu lang.«

Olivers Blick sprach Bände. »Wo lebt er denn? In China?«

»Detroit«, murmelte Annie kleinlaut.

»Und die drei Stunden Autofahrt waren ihm zu viel?«

»Mark ist eher der effiziente Typ.« Annie wusste selbst nicht, wieso sie ihn in Schutz nahm.

Oliver nickte langsam. »Ich weiß, es gibt im Leben für nichts eine Garantie, aber wenn es dich tröstet, ich bin mir ziemlich sicher, dass Mark nicht der Richtige für dich ist.«

»Wie kommst du darauf?«, fragte Annie atemlos, während sie sich einzureden versuchte, dass ihr dummes Herz nur deshalb schneller schlug, weil Oliver ihr wegen Mark recht gab.

»Eine Frau wie du ist es wert, erobert und umworben zu werden«, sagte er leise. »Außerdem ist es keine Liebe, wenn man auf halber Strecke entmutigt aufgibt, wenn man nicht bereit ist, durchs Feuer zu gehen.«

Aus weit aufgerissenen Augen starrte Annie Oliver an. Noch nie hatte jemand etwas derart Schönes zu ihr gesagt. »Danke«, raunte sie überwältigt, unfähig, ihren Blick von ihm abzuwenden.

Oliver räusperte sich. »Es ist die Wahrheit.« Auch er schien bewegt.

Entschieden riss Annie ihre Augen von ihm los. Wenn er sie so ansah, konnte sie beinah vergessen, dass sein Interesse an ihr rein platonisch war.

»Wieso heißt der See eigentlich Magician Lake?«, wechselte sie abrupt das Thema.

»Da gibt es mehrere Theorien«, sprang Oliver unverzüglich und eine Spur zu laut auf ihre Frage an. »Der See besitzt wohl einige Unterwasserquellen, die für gefährliche Strömungen sorgen und außerdem verhindern, dass er im Winter eine gleichmäßige Eisdecke bildet. Das macht seine Überquerung zu jeder Jahreszeit tückisch. Außerdem soll es irgendwelche speziellen Mineralien im Boden geben, die dazu führen, dass er sich im Frühjahr weiß verfärbt. Deshalb haben die Stämme, die früher in dieser Gegend lebten, geglaubt, der See wäre verzaubert. Eine andere Geschichte besagt, dass sich irgendwo am Ufer des Sees tatsächlich mal eine Gruppe Gaukler niedergelassen hatte, die die Leute mit ihren Zaubertricks unterhielt.« Er lächelte leicht. »Ich persönlich stelle mir allerdings lieber vor, dass dem See tatsächlich eine gewisse Magie innewohnt.«

Misstrauisch musterte Annie ihn. Versuchte er, sie auf den Arm zu nehmen? Doch Oliver wirkte vollkommen ernst, während er verträumt über die glitzernde Wasseroberfläche schaute.

»Du glaubst doch nicht ernsthaft an Magie?«

»Wie kann man Bücher lieben und es nicht tun?«

Überrascht hielt Annie inne. So hatte sie es noch nie gesehen. »Und welche Art von Magie soll es hier geben?«

Seine Mundwinkel zuckten. »Was auch immer man möchte. Manchmal schenkt ein Bad im See innere Erkenntnis und Ruhe. Manchmal kann man in seinem leisen Plätschern die schönsten Geschichten hören. Und vielleicht verbirgt sich irgendwo in seinen Tiefen der Zugang zu einer fremden, einer besseren Welt.«

Nun war sich Annie sicher, dass er sie auf den Arm nahm.

»Und vielleicht tanzen Feen im Mondschein auf seinem Wasser den Reigen.«

»Ich sehe, wir verstehen uns.« Mit einem letzten Blick auf den See stand Oliver bedauernd auf. »Mir jedenfalls hat ein Besuch bisher immer geholfen.«

Annie rappelte sich ebenfalls auf und stellte verwundert fest, dass es auch ihr - zumindest in Hinsicht auf Mark - besser ging. Das lag jedoch mit Sicherheit nicht an diesem See, sondern an dem Mann, der sie dorthin begleitet hatte.

Kapitel 5

»Bist du sicher, dass du das willst?« Sorge und Skepsis mischten sich in dem Blick, mit dem Beth ihre Schwester bedachte.

»Ja!« Annie nickte entschlossen. Sie wollte Beth und Richard nicht länger in ihrer Zweisamkeit stören. Außerdem sah es nicht danach aus, als würde sie Silver Creek so bald den Rücken zukehren. Die Aussicht, sich hier niederzulassen, hatte etwas überaus Verlockendes. Hier hatte sie ihre Schwester, ihre Arbeit im Buchladen, die ihr jeden Tag immer mehr ans Herz wuchs, und ... Annie rief sich zur Ordnung, bevor der Gedanke in ihrem Geist weiter Gestalt annehmen konnte. Beth und der Buchladen waren mehr als genug Gründe, um in Silver Creek bleiben zu wollen. Oliver Ward hatte mit ihrer Entscheidung nicht das Geringste zu tun.

»So, ich habe dir das Wasser angestellt und die Heizung für alle Fälle noch mal kontrolliert.« Richard kam Hände reibend ins Wohnzimmer.

»Danke.« Annie lächelte ihn an. »Und danke für die Wohnung.« Sie fand das unglaublich nett von ihm.

»Kein Problem.« Der große Mann trat neben ihre Schwester und legte den Arm um sie. Er lächelte, doch auch in seinem Gesicht spiegelte sich Sorge. »Wenn es dir zu einsam oder unheimlich ist, kannst du es ruhig sagen.«

»Und du kannst jederzeit wieder zu uns«, betonte Beth.

Annie lachte, um die aufsteigende Beklemmung zu überspielen. »Ich bin ein großes Mädchen, ich komme schon klar. Wirklich«, fügte sie nachdrücklich hinzu und legte alle Zuversicht, die sie aufbringen konnte, in ihre Stimme.

»Soll ich dir noch mal die Küche zeigen?«, fragte Richard.

Diesmal war Annies Lachen echt. »Danke, ich komme zurecht.«

»Also gut.« Beth seufzte und schaute sich noch einmal prüfend im Zimmer um. Dann trat sie zu Annie und zog sie in eine feste Umarmung. »Melde dich, wenn dir was fehlt.«

»Das mache ich, danke.« Ein paar Atemzüge lang genoss Annie die Umarmung ihrer Schwester, dann lösten sie sich von einander. »Habt einen schönen Abend, ihr zwei.«

»Du auch.« Beth gab ihr einen Kuss auf die Wange, dann wandten Richard und sie sich ab.

»Vergiss nicht, die Tür abzuschließen«, warnte Richard, als Annie ihnen durch die Ausgangshalle folgte.

»Jaah«, erwiderte sie gedehnt und scheuchte die beiden lachend nach draußen. Sie benahmen sich schlimmer als ihre Eltern.

Beth winkte Annie durch die Glasscheibe zum Abschied zu und Richard wartete, bis Annie pflichtschuldig hinter ihnen abgeschlossen hatte. Dann wandten sich die beiden um und liefen Hand in Hand davon.

Annie schaute ihnen nach, bis sie aus ihrem Sichtfeld verschwanden, dann ging sie zu der kleinen Einliegerwohnung zurück. Ihre Schritte hallten gespenstisch laut in dem dunklen Empfangsraum des verlassenen Hotels, das einst Richards Eltern gehört hatte und von dem er sich aus unerfindlichen Gründen bis heute nicht getrennt hatte. Annie umrundete den Tresen und schlüpfte durch die Tür zurück in die dahinterliegenden Räume.

Das also war ihr neues Reich. sie setzte sich auf das Sofa und versuchte, das plötzlich aufsteigende Gefühl der Einsamkeit zu verdrängen, sie hatte es selber so gewollt.

Annie ließ den Blick durch den Raum schweifen. Die Einrichtung war eher altmodisch und spartanisch. Richard hatte alle persönlichen Dinge mit in das neue Haus genommen. Trotzdem war es viel komfortabler als das Wohnheim, in dem sie während ihrer ersten Studienjahre gelebt hatte. Und wenn sie erst einmal ihre Sachen aus Marks Wohnung holte, würde sie es sich hier richtig gemütlich machen.

Mark.

Annies Gedanken wanderten sofort zu dem letzten Gespräch mit ihm und von dort unverzüglich weiter zu ihrem Ausflug zum Magician Lake. Der Ärger und der Schmerz, die bei der Erinnerung an ihrem Exfreund kurzzeitig aufgeflackert waren, verrauchten. Machten einem bittersüßen Gefühl in ihrer Brust Platz – wunderschön und verboten zugleich.

Annie schloss die Augen und ließ sich gegen die Sofalehne sinken. Dann rief sie sich jede Einzelheit der zauberhaften Stunde am See in Erinnerung, spürte die warme Sonne auf ihrer Haut, hörte das Summen der Insekten und das Plätschern des Wassers. Nur bei Oliver hielt sie sich zurück, gab sich Mühe, nichts in seine Worte oder Gesten hineinzuinterpretieren, das nicht da gewesen war, versuchte die Aufregung, die beim Gedanken an ihn ihr Herz erfasste, zu unterdrücken. Das alles hatte nichts zu bedeuten. Er war nur nett. Er hatte ihr geholfen, sie auf seltsame Weise getröstet und beruhigt. Und er hatte recht. Wenn Mark nicht bereit war, um sie zu kämpfen, wenn eine Autofahrt von wenigen Stunden ihn schon abschreckte, konnte es ihm nicht so wichtig sein, sie zurückzubekommen. Konnte *sie* ihm nicht so wichtig sein. Nicht wichtiger zumindest als sein Stolz. Oder seine Bequemlichkeit.

Hätte es denn einen Unterschied gemacht?, flüsterte die kleine Stimme in ihrem Hinterkopf, die stets auf Gerechtigkeit bedacht war.

Annie wusste es nicht und wie es aussah, würde sie es nie erfahren. Morgen würde sie ihre Sachen aus seiner Wohnung abholen. Und Mark danach vermutlich nicht mehr wiedersehen.

Sie atmete tief durch und wappnete sich gegen den Schmerz,

das Gefühl des Verlustes, das nun kommen musste. Doch sie empfand nur noch leise Wehmut. Sie bedauerte, wie die Sache zwischen Mark und ihr zu Ende gegangen war, aber das war seine Entscheidung, nicht ihre.

Sie hatte ein Recht darauf, ihr Leben so zu leben, wie sie es für richtig hielt. Ihre Gefühle, ihre Wünsche und Träume waren nicht weniger wichtig als die von Mark, auch wenn sie sich seinen Befindlichkeiten viel zu oft untergeordnet hatte.

Sie dachte an Oliver, der fern der Heimat einen Neuanfang gewagt hatte, weil er nach eigenen Regeln leben und sein eigenes Glück suchen wollte. Wenn er es schaffte, konnte sie es auch. Und im Gegensatz zu ihm war sie nicht allein.

Am nächsten Morgen betrat Annie mit einer gewissen Anspannung das Books'n'Dreams. Sie hatte am Abend noch lange über Oliver gegrübelt. Ihn erst mit Mark und dann – als es immer später wurde – mit diversen strahlenden Buchhelden verglichen, nur um festzustellen, dass Oliver bei allen Gegenüberstellungen ziemlich gut abschnitt. Leider half ihr das absolut nicht weiter.

Denn obwohl sie es nicht wahrhaben wollte, fing ihr Herz an, schneller zu schlagen, wann immer sie an seine warmen, freundlichen Augen dachte oder an das kleine Grübchen an seinem Kinn, das seinem Gesicht ein wenig von der Ernsthaftigkeit nahm.

Sosehr sie sich bemühte, in ihrem Ausflug zum See nicht mehr zu sehen, als es objektiv gewesen war, hatte sich für sie einiges dadurch verändert. Sie konnte Oliver nicht mehr ganz so unbeteiligt begegnen, wie sie es gern gewollt hätte.

»Hallo Annie.« Mit einem Buch in der Hand, das er gerade einsortieren wollte, drehte Oliver sich zu ihr um. In seinem Gesicht stand die gleiche distanzierte Freundlichkeit wie sonst auch und Annie schalt sich eine Närrin. Er war ihr Arbeitgeber. Und er war schwul. Ihre Schwärmerei – egal wie flüchtig sie sein mochte – war daher doppelt unangebracht.

»Wie geht es dir heute?«, erkundigte er sich.

»Ganz gut«, krächzte Annie und hoffte, dass er ihr nicht ansehen konnte, worum ihre Gedanken den ganzen Abend lang gekreist waren.

Sie stellte ihre Tasche ab und griff geschäftig nach der To-do-Liste für das Festival, die auf dem Verkaufstresen lag. Erstaunt bemerkte sie die vielen Haken rechts neben den Aufgaben. Als sie gestern nach Hause gegangen war, war die Liste noch deutlich leerer gewesen.

»Ich habe schon einiges abgearbeitet«, sagte Oliver, der ihren Blick richtig gedeutet hatte.

»Wann denn?«, entfuhr es Annie überrascht. Sie hatte den Laden nur eine halbe Stunde vor Verkaufsschluss verlassen.

Ein undefinierbarer Ausdruck huschte über Olivers Züge, bevor er leichthin erwiderte: »Ich brauchte gestern Abend ein wenig Ablenkung.«

»Ist etwas passiert?«, erkundigte Annie sich besorgt. Erst jetzt fiel ihr auf, dass Oliver tatsächlich etwas übernächtigt wirkte.

»Nein, nein, alles bestens«, winkte er ab. »Es gibt einfach so Tage, du kennst das bestimmt.«

Annie nickte. Und wie sie es kannte. In den letzten Monaten hatte sie fast pausenlos gegrübelt oder sich in ihre Bücher geflüchtet, die ihr eine willkommene Abwechslung von der Realität geboten hatten.

Zu gern hätte sie gewusst, was Oliver derart beschäftigte, hätte ihm gern geholfen, wie er ihr geholfen hatte. Doch es stand ihr nicht zu, ihn danach zu befragen. Stattdessen sah sie ihre eigene Chance. Da die Vorbereitungen für das Festival so gut wie abgeschlossen waren, brauchte sie kein schlechtes Gewissen zu haben, wenn sie um einen freien Nachmittag bat, um ihre Sachen abzuholen. Am Wochenende konnte sie wegen des Festivals schließlich nicht weg. Und auch wenn sie nicht glaubte, dass Mark ihre Sachen wirklich entsorgen würde, wollte sie das Risiko lieber nicht eingehen.

»Kann ich heute Nachmittag ein paar Stunden früher gehen?« Annie schaute Oliver fragend an.

»Bitte?« Er schreckte aus seinen Gedanken hoch. »Ach so, natürlich.« Er schmunzelte. »Eigentlich müsstest du überhaupt nicht fragen. Ich glaube, du hast in deiner ersten Woche bereits für zwei weitere vorgearbeitet.«

»Ich mache das gern«, versicherte Annie.

Ein warmer Glanz trat in Olivers Augen. »Das freut mich.«

»Dann geht es also in Ordnung?«, fragte sie hastig und wandte den Kopf ab. Sein Blick brachte ihr Herz zum Stolpern. Oliver wirkte so männlich, so gut aussehend, so anziehend auf sie.

Er. Konnte. Einfach. Nicht. Schwul. Sein.

Aber er war es. Zumindest hatte Dorothy das behauptet.

»Sicher. Was hast du denn vor?«

Annie stockte. Sie hatte bereits vergessen, dass sie ihm eine Frage gestellt hatte. In Gedanken war sie längst bei Dorothy, um sie noch einmal in Ruhe auszuquetschen.

»Ich fahre zu Mark.«

»Zu Mark?!«, entfuhr es Oliver entrüstet.

Überrascht schaute Annie zu ihm hoch. Sie hatte ihn noch nie die Stimme erheben hören.

»Wieso?«, fügte er ein wenig beherrschter hinzu.

»Ich muss meine Sachen abholen«, erinnerte sie ihn.

»Stimmt.« Oliver presste die Lippen zusammen, als wäre ihm seine heftige Reaktion unangenehm.

»Ja.« Annie nickte unsicher. Weder seine Verwirrung noch seine offenkundige Erleichterung ergaben für sie irgendeinen Sinn. »Ich meine, wir sind hier so gut wie fertig ...«

»Selbst wenn es nicht so wäre«, unterbrach Oliver sie, »würde ich dich nicht festhalten. Manche Dinge sind nun mal wichtiger.«

»Du bist der erste Chef, der so etwas zu mir sagt.«

Oliver stockte, als wäre es ihm gerade erst bewusst geworden, dass er ihr Arbeitgeber war. »Dann hast du bisher wohl nicht für die richtigen Leute gearbeitet«, bemerkte er lächelnd.

»Sieht so aus.« Annie studierte aufmerksam die Buchrücken hinter ihm, um nicht in seinem Blick zu versinken. Bei jedem anderen hätte sie das als den Beginn eines Flirts empfunden. Doch hier ... Annie schluckte. Sie musste wirklich dringend mit Dorothy reden.

»Soll ich mitkommen?«, fragte Oliver behutsam.

Annie zwang sich in die Gegenwart zurück. »Das ist wirklich nicht nötig«, winkte sie hastig ab. Mark war auch so schon nicht gerade gut auf sie zu sprechen. Sie wollte lieber nicht in Begleitung eines fremden Mannes in seiner Wohnung erscheinen, unabhängig davon, wie platonisch die Beziehung zwischen Oliver und ihr war. Außerdem kam am Freitagnachmittag die meiste Laufkundschaft herein, um sich mit Lesestoff für das Wochenende zu versorgen. Annie wollte nicht, dass Oliver den Laden schon wieder ihretwegen schloss.

»Das macht mir nichts aus«, setzte er nach.

»Nein.« Sie schüttelte entschieden den Kopf und setzte ein schnelles Lächeln auf, um ihrer Antwort die Schärfe zu nehmen. »Es ist wirklich besser, wenn ich allein fahre«, sagte sie fest.

Ganz abgesehen von Marks Reaktion wäre es für ihr eigenes Seelenheil nicht förderlich, sechs Stunden lang auf engstem Raum mit Oliver zusammen zu sein.

Aufgewühlt und über sich selbst verärgert schaute Oliver zu, wie sich die Tür hinter Annie schloss. Er wartete, bis sie außer Sichtweite war, dann ließ er sich auf einen Stuhl fallen, vergrub das Gesicht in den Händen und erlaubte sich einen Moment der Schwäche.

Es widerstrebte ihm zutiefst, Annie zu diesem Mark fahren zu lassen. Und das lag mit Sicherheit nicht nur daran, dass es gegen seine Erziehung ging, eine Frau schwere Umzugskisten schleppen zu lassen.

Er hatte Annie nur eingestellt, weil er gedacht – beziehungsweise gehofft – hatte, dass sie noch an ihrem Exfreund hing und eine ganze Weile brauchen würde, um über ihn hinwegzukommen. Eine Frau, deren Herz vergeben war, konnte schließlich weder ihm noch er ihr gefährlich werden.

Trotzdem hatte Oliver nur wenige Tage später nichts Besseres zu tun gehabt, als ihr eben diesen Mann wieder auszureden. *Es ist keine Liebe, wenn man auf halber Strecke entmutigt aufgibt.*

Schon während er das sagte, war er sich nicht sicher gewesen, ob er es um Annies oder eher um seinetwillen tat. So uneigennützig, wie er es gerne hätte, war diese Äußerung leider nicht.

Wieso hatte er sie bloß zu diesem See mitgenommen? Seitdem ging sie ihm noch schwerer aus dem Kopf, obwohl er sich die halbe Nacht in Arbeit vergraben hatte.

Oliver seufzte. Zum ersten Mal seit Jahren bereute er die Regel, die er sich selbst auferlegt hatte. Und gerade deshalb war es umso wichtiger, daran festzuhalten.

Alles andere wäre nicht fair. Und für ihn womöglich fatal.

Annie war etwas Besonderes, daran hatte er nach den eineinhalb Wochen, die er sie nun kannte, keinerlei Zweifel. Sie war klug, wunderschön, belesen und bescheiden. Sie hatte seinen Laden in kürzester Zeit wie eine frische Frühlingsbrise durcheinandergewirbelt und ihn mit kleinen Veränderungen zu dem Juwel gemacht, das er sich insgeheim immer gewünscht hatte. Und mit Sicherheit hatte sie keine Ahnung, was der Blick ihrer rehbraunen Augen mit ihm anstellte. Oliver schmunzelte wehmütig, wenn er daran dachte, wie beherrscht und schüchtern sie ihm gegenüber auftrat, zumindest wenn es ums Persönliche ging. Was den Buchladen betraf, nahm sie kein Blatt vor den Mund und verteidigte vehement ihre Ansichten.

Dennoch schien sie stets auf der Hut zu sein, dass ihr Lächeln oder ihr Blickkontakt nicht zu forsch, nicht zu aufreizend wurden. Kein einziges Mal hatte sie bisher versucht, mit ihm zu flirten, oder auch nur den Anschein von Interesse erweckt.

Vielleicht war sie das einfach nicht gewohnt. Immerhin hatte sie ihr ganzes erwachsenes Leben in einer einzigen, festen Beziehung verbracht. Und Annie wirkte nicht wie jemand, der trotzdem nach rechts und links flirtete und sich in der entgegengebrachten Aufmerksamkeit sonnte. Dafür war sie zu ehrlich, zu treu, zu bodenständig. Und genau das bezauberte ihn.

Vielleicht war sie aber auch noch nicht über diesen Mark hinweg und hatte deshalb kein Interesse an anderen Männern. Was Oliver wieder zu der bitteren Tatsache brachte, dass sie gerade zu ebendiesem Mark unterwegs war.

Was, wenn er sie überredete, ihm noch eine Chance zu geben? Wenn Annie von ihrem Ausflug gar nicht mehr zurückkam?

Der rationale Teil seines Verstandes wusste, dass dies für alle Beteiligten das Beste wäre.

Doch der Rest von ihm wäre ihr am liebsten hinterhergestürmt. Obwohl er sie erst so kurze Zeit kannte, konnte Oliver sich das Books'n'Dreams ohne Annie nicht mehr vorstellen.

Die Türglocke bimmelte und holte ihn abrupt in die Realität zurück. Oliver wischte sich über das Gesicht und erhob sich, um den alten Mr. Brewster zu begrüßen, der bestimmt wegen eines neuen Rätselblocks gekommen war.

Während Oliver das Geld kassierte, fasste er einen Entschluss. Er musste sich Annie dringend aus dem Kopf schlagen. Denn ganz egal, wie es heute zwischen Mark und ihr lief, ihre eigene Beziehung würde rein freundschaftlich bleiben.

Ganz so verantwortungslos und egoistisch, wie ihn seine Mutter gern darstellte, war er nämlich trotz allem nicht.

Entschlossen drückte Annie die Tür auf und marschierte in die Pension. Sie musste einfach mit Dorothy sprechen. Außerdem konnte sie so die Begegnung mit Mark - sollte er überhaupt da sein - noch ein wenig hinauszögern.

»Hallo Annie, wie schön, dich zu sehen.« Dorothy lächelte ihr über den Empfangstresen hinweg freundlich zu.

»Hallo.« Annie hob grüßend die Hand und kam langsam näher. Sie war so bestrebt gewesen, mit Dorothy zu reden, dass sie sich gar nicht zurechtgelegt hatte, was sie überhaupt sagen wollte. Wenn sie jetzt direkt mit der Tür ins Haus fiel, würde Dorothy womöglich meinen, Annie wäre an Oliver interessiert. Was sie nicht war. Sie war lediglich ... neugierig.

»Was führt dich zu mir?«

Annie zuckte mit den Schultern. »Ich war gerade in der Nähe und wollte Hallo sagen. Und mich für den Tipp mit dem Buchladen bedanken«, setzte sie erleichtert hinzu, als ihr ein passabler Grund für ihren Besuch einfiel.

Dorothy musterte sie aufmerksam. »Ich muss zugeben, das hat mich überrascht. Es freut mich, dass du mit unserem Mr. Ward so gut zurechtkommst.«

»Ähm, ja.« Annie lächelte unsicher und verfluchte die leichte Röte, die ihr in die Wangen schoss.

Zum Glück schien Dorothy dies nicht zu bemerken. »Wie ist er denn so?«, fragte sie neugierig.

»Er ist sehr nett.« Annie wagte einen Vorstoß. »Aber ...«, sie senkte die Stimme, »er wirkt auf mich überhaupt nicht ... schwul.«

»Wie kommst du denn darauf, dass er es wäre?«, murmelte Dorothy plötzlich verlegen.

Überrascht riss Annie die Augen auf. »Beth hat es mir gesagt. Und sie sagte auch, sie hätte es von dir.« Stimmte das womöglich gar nicht?

Dorothy presste die Lippen zusammen. »Ich hätte Beth warnen sollen, es nicht weiterzuerzählen. Mr. Ward hat es mir gewissermaßen im Vertrauen gesagt.«

Enttäuscht ließ Annie die angehaltene Luft entweichen. Es war ihr gar nicht bewusst gewesen, wie stark die jäh aufgeflammte Hoffnung gewesen war. Gleichzeitig regte sich ihre Skepsis.

Oliver war definitiv niemand, der offen über Privates sprach. Auch ihr selbst gegenüber hatte er sich mit Andeutungen begnügt. Sie konnte sich nicht vorstellen, dass er Dorothy sein Herz ausschütten würde. Immerhin schienen sie sich nicht besonders nahe zu stehen. »Er hat es dir selbst erzählt?«

»Ja.«

»Wieso?«, entfuhr es Annie verständnislos.

Dorothy zuckte betont unschuldig mit den Schultern. »Kann sein, dass ich ihm ein paar sehr nette Mädchen vorgestellt habe, kurz nachdem er hier aufgetaucht war.«

»Du hast versucht, Oliver zu verkuppeln?«, dämmerte es Annie.

»Schon möglich.« Scheinbar konzentriert rückte Dorothy ihr Gästebuch gerade und legte die Stifte ordentlich daneben. Dann schaute sie herausfordernd zu Annie hoch. »Es ist doch nicht normal, wenn ein junger Mann sich wochenlang in einem Buchladen verschanzt.«

»Hast du das etwa so zu ihm gesagt?« Annie konnte ein ungläubiges Lachen nicht zurückhalten. Die Szene stand ihr so bildlich vor Augen, dass sie Olivers hochgezogene Brauen und seinen höflich-indignierten Gesichtsausdruck beinah sehen konnte.

»So ungefähr«, murmelte Dorothy.

»Und was hat er gesagt?«

»Er hat sich für meine Anteilnahme bedankt und mich mit freundlichem Nachdruck gebeten, mich aus seinen Belangen herauszuhalten. Und dann sagte er, ich könne mir die Mühe ohnehin sparen, weil er keinerlei Interesse an Frauen habe.«

Annies letzter Hoffnungsschimmer erlosch. Das war mehr als deutlich.

»Es tut mir leid, Schätzchen«, sagte Dorothy mitfühlend.

Annie riss den Kopf hoch. »Wieso denn das?«

»Du scheinst ihn gern zu haben.«

Annie räusperte sich und bemühte sich um einen unbeteiligten Tonfall. »Natürlich mag ich ihn. Er ist sehr freundlich und äußerst klug. Die Zusammenarbeit mit ihm ist angenehm und der Laden ist einfach zauberhaft.«

»Das freut mich.« Dorothy lächelte. »Du bist der erste Mensch, den der geheimnisvolle Oliver Ward so nah an sich heranlässt.«

»Nah?« Annie verschluckte sich beinah. Sie wusste so gut wie gar nichts über ihn.

»Immerhin seid ihr per du«, erklärte Dorothy. »Und dir vertraut er sogar seinen kostbaren Buchladen an. Ich kenne niemanden in Silver Creek, der auch nur eins dieser Dinge von sich behaupten könnte.«

»Hat Oliver keine Freunde?«, fragte Annie betroffen. Sie mochte sich nicht vorstellen, wie es sein musste, niemanden zum Reden oder Trösten zu haben. Daher wohl seine Ausflüge zum See und seine Sehnsucht nach Magie.

»Zumindest keine in Silver Creek. Man sieht ihn selten außerhalb des Ladens. Nur bei Wohltätigkeitsveranstaltungen lässt er sich hin und wieder blicken. Er ist vom eher zurückgezogenen Menschenschlag.«

»Er ist Brite«, murmelte Annie, als würde das alles erklären.

»Er ist Oliver Ward«, widersprach Dorothy ihr sanft. »Wer weiß, vielleicht taut er durch deine Gegenwart etwas auf«, fügte sie aufmunternd hinzu. »Du sollst im Laden bereits wahre Wunder bewirkt haben.«

Annie schnaufte. »Von Wundern würde ich nicht sprechen. Ich habe nur ein paar Kleinigkeiten verändert. Und für das Festival morgen haben wir einiges vor.«

»Davon habe ich gehört. Ich wette, das alles geht auf deine Kappe.«

Annie nickte grinsend. »Jetzt hoffe ich nur, dass es hinhaut, sonst könnte meine Buchhändlerkarriere ein jähes Ende nehmen.«

»Das glaube ich nicht«, erwiderte Dorothy ernst. Dann

schlich sich wieder der neugierige Funke in ihr Gesicht. »Es stimmt also, dass du länger bei uns bleibst?«

Annie verdrehte die Augen. Neuigkeiten sprachen sich in diesem Ort erstaunlich schnell herum. »Ja, vorerst schon.«

»Richard sagte, du wärst in seine alte Wohnung gezogen.«

Daher wehte also der Wind. »Gestern Abend«, bestätigte Annie.

»Als Übergangslösung mag das ja angehen, auf Dauer solltest du jedoch nicht in diesem leeren Gemäuer hausen. Das habe ich Richard übrigens gleich gesagt.«

»Es ist ja auch nur vorübergehend«, beschwichtigte Annie. »Bis ich mich orientiert habe. Apropos.« Sie schaute auf ihre Uhr. »Ich sollte jetzt los. Ich habe dich lange genug aufgehalten.«

Außerdem hatte sie noch eine lange Fahrt vor sich.

Als Annie den Wagen in der Tiefgarage des Wohnhauses abstellte, das viele Jahre ihr Zuhause gewesen war, hatte sie eine Entscheidung gefällt. Sie hatte die etwa dreistündige Fahrt genutzt, um ausführlich über alles zu grübeln, was in den letzten zehn Tagen geschehen war und was sie von ihrem Leben erwartete.

Sie hatte sich gerade erst von einem Mann getrennt, der ihr nicht mehr guttat, und sie würde sich auf keinen Fall in eine noch ungesündere Schwärmerei für ihren Chef hineinsteigern. Vermutlich war das ohnehin nur eine Schutzreaktion ihres Geistes. Vielleicht glaubte ihr Unterbewusstsein, dass sie dem Risiko einer weiteren schlechten Beziehung entging, wenn sie ihr Augenmerk auf einen absolut unerreichbaren Mann richtete. Sie würde sich von ihrem Unterbewusstsein nicht austricksen lassen. Das hatte sie nicht nötig. Außerdem hatte sie endlich ein Ziel.

Die wenigen Tage im Buchladen hatten Annie vor Augen geführt, wie sehr sie diese Arbeit liebte. Vielleicht konnte sie nebenbei ein paar Kurse belegen, um das Buchhandelshandwerk besser zu verstehen, auch wenn sie durch ihr Literaturstudium und die Arbeit in der Versicherung die Grundlagen bereits definitiv beherrschte. Vielleicht konnte Oliver sie irgendwann auch fest einstellen. Und wenn nicht, würde sie einen anderen Laden suchen und Erfahrungen sammeln, bis sie irgendwann vielleicht ihr eigenes Geschäft eröffnen konnte.

Annie atmete tief durch und stieg aus dem Wagen. Es fühlte sich gut an, endlich einen Plan zu haben, der sie mit Vorfreude und Energie erfüllte, zu spüren, dass sie auf dem richtigen Weg war.

Zielstrebig marschierte sie zum Fahrstuhl. Wenige Minuten später fand sie sich vor der Wohnungstür wieder, die so vertraut und zugleich fremd auf sie wirkte. Es gab keine Sehnsucht mehr in ihr, kein Bedauern. Sie gehörte nicht mehr hierher. Annie steckte den Schlüssel ein letztes Mal ins Schloss und öffnete die Tür.

Es fühlte sich merkwürdig an, in ihrer alten Wohnung zu stehen, in der sie so viele glückliche und so viele traurige Momente verbracht hatte.

Noch bevor Annie ihre Empfindungen sortieren konnte, trat Mark in den Flur.

»Hallo Annie«, sagte er beherrscht und verschränkte die Arme vor seiner Brust.

»Hallo Mark.« Annie lächelte ihn zaghaft an. Es war komisch, ihn so nüchtern zu begrüßen. Sollte sie ihn vielleicht umarmen? Ihm einen Kuss auf die Wange geben? Noch einen letzten Versuch unternehmen, wie Freunde auseinander zu gehen? Ihr Körper zuckte nach vorn.

»Du hättest wenigstens anrufen können«, brummte Mark vorwurfsvoll in diesem Moment. »Aber das bin ich dir offenbar nicht wert.«

Annie blieb wie angewurzelt stehen. Ihr war, als hätte Mark ihr eine kalte Dusche verpasst, und sie spürte den vertrauten, verhassten Drang in sich aufsteigen, sich vor ihm rechtfertigen zu müssen. War es etwa wertschätzend von ihm, ihr ein Ultimatum zu stellen? War es wertschätzend, ihr zu drohen, all ihre Sachen wegzugeben? Außerdem hatte sie gehofft, ihn überhaupt nicht anzutreffen. Normalerweise arbeitete Mark noch um diese Zeit.

Annie schluckte all die Erklärungen, die ihr auf der Zunge lagen, mühsam herunter. Diese Zeit war vorbei, sie war ihm keine Rechenschaft schuldig. Sie hob ihr Kinn und musterte ihn kühl. »Wieso bist du schon zu Hause?«

»Ich habe mir extra Arbeit mitgenommen. Schließlich wusste ich nicht, wann du erscheinst.«

»Oh, du willst mir mit den Kisten helfen?«, erkundigte sich Annie liebenswürdig. »Hätte ich das gewusst, hätte ich mich natürlich mit dir abgestimmt.«

Marks Kiefer mahlte. »Leider habe ich selbst noch eine Menge zu tun.«

»Dann lass dich von mir nicht aufhalten.«

Mark schenkte ihr einen langen Blick. Etwas wie Reue und Sehnsucht spiegelte sich darin. Dann kniff er die Augen zusammen und als er sie wieder öffnete, war nichts mehr davon zu sehen. »Dein Zeug steht im Abstellraum«, brummte er und verschwand im Arbeitszimmer.

Irritiert schaute Annie in die kleine Abstellkammer, die mit Kartons und Kisten vollgestopft war. Hatte er etwa all ihre Sachen bereits ausgeräumt? Sie ging ins Schlafzimmer und riss den Kleiderschrank auf. Tatsächlich, von ihr war nichts mehr darin. Hastig kontrollierte sie die anderen Schubladen und Türen. Mark schien überaus gründlich gewesen zu sein. Sie fand nur noch ein Paar Socken, das zusammengerollt zwischen den seinen lag.

Die Effizienz, mit der er sie aus seinem Leben gelöscht hatte, versetzte Annie einen Stich. Gleichzeitig erkannte sie, wie recht Oliver hatte. Mark liebte sie nicht. Hatte sie womöglich nie wirklich geliebt, zumindest nicht mehr als sich selbst.

Annie schnappte sich die erste der gepackten Kisten und schleppte sie zum Lift. Je schneller sie von hier verschwand, desto besser. Noch eindrücklicher hätte Mark ihr nicht zeigen können, wie richtig ihre Entscheidung war.

Als Annie knapp eine Stunde später die letzte schwere Bücherkiste in ihren Wagen hievte, war sie vollkommen ermattet. Ihr Rücken und die Arme taten höllisch weh, die Beine zitterten und ihr graute schon vor dem Muskelkater, der sie am nächsten Tag erwarten würde. Trotzdem fühlte sie sich so erleichtert und schwerelos wie nie zuvor.

Annie ließ sich auf den Fahrersitz gleiten und startete den Wagen. Dann legte sie eine CD mit fetziger Gute-Laune-Musik ein und brauste, ohne sich umzudrehen, davon.

Kapitel 6

Es dämmerte bereits, als Annie endlich in Silver Creek ankam. Erschöpft stellte sie den Wagen am Hotel ab und beschloss, das Ausladen der Kisten auf später zu verschieben. Die Hand bereits an der Eingangstür, hielt Annie plötzlich inne. Das leere Gebäude wirkte nicht gerade einladend. Vielleicht sollte sie einen Abstecher zu Beth und Richard machen, in Kürze gab es bei ihnen bestimmt Abendessen.

Annies Magen grummelte zustimmend und erinnerte sie daran, dass sie selbst nichts zu essen da hatte. Heute Morgen hatte sie sich auf dem Weg zum Buchladen einen Muffin zum Mitnehmen in Grace's Café gegönnt - einem wunderschönen kleinen Laden in einer schmalen Seitengasse, der das köstlichste Gebäck anbot, das Annie je gegessen hatte. Und danach hatte sie in der ganzen Aufregung das Einkaufen vollkommen vergessen.

Annie schaute auf die Uhr. Beth und Richard wollte sie nicht nach nur einem Tag direkt wieder behelligen. Aber das Grace's hatte sicherlich noch geöffnet. Und sie meinte, auf der Speisekarte herzhafte Snacks gesehen zu haben, auch wenn sie sie noch nicht probiert hatte.

Wie von selbst setzten Annies Beine sich in Bewegung, wobei ihre Muskeln gequält protestierten. Doch ihr Hunger trieb sie unerbittlich voran.

Völlig außer Puste erreichte sie das Lokal, nur um zu sehen, wie die hübsche, dunkelhäutige Inhaberin gerade das Geschlossen-Schild ins Fenster hängte.

Annie seufzte auf und eilte mit letzter Kraft darauf zu. Grace blieb stehen, als sie sie bemerkte, und deutete bedauernd auf das Schild. Annie setzte eine verzweifelte Miene auf und schaute die junge Frau auf der anderen Seite der Glasscheibe flehend an.

Grace runzelte die Stirn und öffnete die Tür einen Spaltbreit. »Annie, richtig?«, fragte sie irritiert. »Kann ich dir irgendwie helfen?«

»Das wäre toll! Ich bin am Verhungern.«

Grace lachte ungläubig auf. »Ich habe leider gerade geschlossen.«

»Das habe ich gesehen«, stöhnte Annie und hielt sich am Türrahmen fest, weil ihr die Beine plötzlich einzuknicken drohten. Für einen ganzen Tag mit sechs Stunden anstrengender Autofahrt, die nur vom Kistenschleppen unterbrochen waren, war ein Muffin am Morgen eindeutig zu wenig.

»Alles in Ordnung?«, fragte Grace besorgt.

»Ja.« Annie wischte sich über die Stirn. »War bloß ein langer und harter Tag. Ich schätze, ich bin etwas unterzuckert.«

Grace seufzte resigniert und trat einen Schritt beiseite. »Dann bist du hier wohl genau am richtigen Ort.«

»Danke!« Annie strahlte sie an. »Du bist ein Engel.«

»So weit würde ich nicht gehen!« Grace lachte. »Ich muss nämlich wirklich weg. Aber wenn du magst, kann ich dir ein Stück Möhrenkuchen einpacken. Ich habe noch welchen übrig und morgen schmeckt er nicht mehr so gut.«

Annie ließ sich schwer auf einen Stuhl fallen. »Möhrenkuchen?« Sie versuchte, enthusiastisch zu klingen, was ihr anscheinend nicht richtig gelang.

Grace grinste. »Du solltest ihn erst probieren, bevor du so ein Gesicht ziehst. Außerdem ist er nahrhaft und viel gesünder als dieses ganze glasierte Zuckerzeug.« Sie deutete auf die Vitrine hinter sich, in der sich ein liebevoll verziertes Kleinod an das andere schmiegte.

»Also gut.« Annie grinste zurück. In ihrer Situation konnte

95

sie nicht besonders wählerisch sein. »Danke.« Sie nahm das großzügige Kuchenstück entgegen, das Grace für sie in eine Pappschachtel gepackt hatte. »Was bekommst du dafür?«

»Das geht aufs Haus«, winkte Grace ab. »Wenn du versprichst, mir ehrlich zu sagen, wie es dir geschmeckt hat.«

»Das mache ich auf jeden Fall.« Annie schnupperte an der Verpackung und spürte, wie ihr das Wasser im Mund zusammenlief. Wenn der Kuchen genauso schmeckte, wie er roch, konnte er nur absolut himmlisch sein.

»Okay.« Grace rieb sich die Hände. »Ich muss jetzt wirklich los, tut mir leid.«

»Oh nein, mir tut es leid.« Annie rappelte sich erschrocken auf. »Ich wollte dich nicht aufhalten.«

»Ist schon gut. Und für die Zukunft ist hier meine Karte.« Grace zwinkerte Annie zu und hielt ihr eine zusammengeklappte, glänzende Menükarte hin. »Da stehen auch meine Öffnungszeiten drauf.«

»Die werde ich mir merken«, versprach Annie feierlich. »Ich wünsche dir einen schönen Abend, Grace.«

»Den wünsche ich dir auch.« Sie begleitete Annie zur Tür und winkte noch einmal kurz, bevor sie von innen abschloss.

Inzwischen war es fast völlig dunkel geworden, doch Annie hatte noch immer nicht die geringste Lust, in das Hotel zurückzugehen. Dort hatte sie ja nicht einmal anständigen Tee.

Kurz entschlossen machte sie sich auf den Weg zum Buchladen. Er war nicht nur deutlich näher, dort war es auch gemütlich, es gab Unmengen von Büchern und ein paar richtig leckere Teesorten.

Annie lächelte. Was brauchte sie mehr?

Keine fünfzehn Minuten später saß sie mit einer dampfenden Tasse Tee und ihrem Stück Möhrenkuchen an dem runden Lesetischchen im Buchladen. Kurz regte sich dabei ihr schlechtes Gewissen – was, wenn es Oliver nicht recht wäre, dass sie hier war?

Dann scheuchte Annie diesen Gedanken entschieden fort. Oliver hatte ihr selbst den Schlüssel überlassen und sie tat hier schließlich nichts Verbotenes. Auch wenn es sich ein klein wenig so anfühlte.

Es herrschte eine ganz besondere Atmosphäre in dem verlassenen Buchladen. Natürlich war Annie nicht zum ersten Mal alleine dort, doch sonst war es stets mitten am Tag gewesen, wenn Oliver nur kurz was zu erledigen hatte und jederzeit Kunden hereinkommen konnten. Jetzt allerdings war der Laden in vollkommene Dunkelheit und Stille gehüllt, die nur von der Leselampe auf dem Tisch und Annies eigenen Atemzügen durchbrochen wurden. Nun konnte Annie den besonderen Zauber, den der Buchladen verströmte, mit jeder Faser spüren. Die Finsternis außerhalb des kleinen Lichtkreises hatte etwas Geheimnisvolles an sich, als könnten all die Geschichten, die sich zwischen unzähligen Buchseiten verbargen, jeden Augenblick zum Leben erwachen. Und täuschte sie sich oder erklang um sie herum tatsächlich ein kaum hörbares Rascheln und Flüstern?

Annie schauderte. Es waren nicht nur gute Geschichten, nicht nur strahlende Helden, die in den Regalen schlummerten. Trotzdem wollte sie diese merkwürdige Stimmung nicht vertreiben, genoss die Aufregung und das leichte Gruseln, die von ihrem Herzen Besitz ergriffen, während ihr Verstand ihr lautstark verkündete, dass alles nur ihrer Einbildung entsprang. Sie schloss für einen Moment die Augen und stellte sich vor, was alles in der Dunkelheit um sie herum passieren konnte. Belle tanzte mit ihrem Biest und Mr. Knightley mit seiner Emma. Irgendwo weiter hinten kämpften Ritter mit Drachen, es wurden die größten Schlachten der Menschheit geschlagen und die schönsten Liebesgeschichten gelebt. Und sie war genau mittendrin.

Lächelnd trank Annie ihren Tee, der Hunger und die Müdigkeit waren vergessen. Sie hatte nicht geahnt, was für ein Geschenk ein Abend in einer einsamen Buchhandlung sein konnte.

Langsam erhob sie sich und ging die Regalreihen entlang,

streichelte über die Buchrücken. Gern hätte sie ein wenig in all den Schätzen gestöbert, die sie noch nicht kannte, aber dafür hätte sie das Licht einschalten müssen und damit würde sie den Zauber brechen, der auf alledem lag.

Sie hatte ihre Runde durch den Laden gerade vollendet, als ihr Magen sich erneut und sehr lautstark meldete. Ertappt presste Annie die Hand darauf und ging zum Tisch zurück. Ihr Tee war inzwischen erkaltet, dafür schmeckte der Kuchen umso besser – herrlich locker-leicht und saftig, mit dem zarten Aroma von Nüssen, Zimt und Vanille. Annie schloss die Augen und gab einen hingerissenen Laut von sich. Das würde ab sofort mit Sicherheit ihr Lieblingskuchen werden.

Viel zu schnell war das Stück verspeist. Während Annie mit der Gabel die letzten Krümel vom Teller sammelte, breitete sich eine angenehme Wärme in ihrem Magen aus. Grace hatte nicht übertrieben, der Kuchen *machte* satt. Annie gähnte und ging in die winzige Küche, um sich noch einen Tee zu kochen. Eigentlich wäre es jetzt an der Zeit, in ihre Wohnung zurückzukehren, aber es widerstrebte ihr, den gemütlichen Buchladen zu verlassen. Mit dem Hunger war auch der Rest ihrer Anspannung und des Grusels verschwunden und es blieb reines Wohlbehagen zurück.

Annie schnappte sich eins der Leseexemplare vom Stapel, die die Verlage ihnen zugeschickt hatten, und zog sich in den bequemen Sessel zurück, der in einem etwas versteckten Winkel des Buchladens lag. Dort knipste sie die bereitstehende Leselampe an und vertiefte sich in die Lektüre.

Annie fuhr erschrocken hoch, als die Türglocke bimmelte. Der Klang hallte gespenstisch laut durch den leeren Buchladen. Annies Puls schnellte hoch, ihre Gedanken überschlugen sich. Die Tür fiel mit einem vernehmlichen Klicken ins Schloss. Im nächsten Moment ging das Licht an.

Also kein Einbrecher, versuchte Annie, sich zu beruhigen,

der hätte kaum das Licht angemacht. Sie legte das fast durchgelesene Buch zur Seite und stand vorsichtig auf.

Oliver erstarrte mitten in der Bewegung.

Verwirrung mischte sich in Annies Erleichterung darüber, dass er es war. Er sah anders aus als sonst. Seine Haare waren unordentlich verwuschelt, das Gesicht erhitzt. Langsam wanderten Annies Augen an ihm herunter. Die drei obersten Köpfe seines weißen Hemdes waren geöffnet und gaben den Blick auf die darunterliegende, glatte Haut frei. Die Ärmel waren nachlässig hochgekrempelt. In einer Hand hielt er ein eingewickeltes Paket.

Dann zog roter Lippenstift auf weißem Kragen Annies ganze Aufmerksamkeit auf sich. Sie schnappte hörbar nach Luft, ihre Augen zuckten erneut zu Olivers Gesicht, das seltsam alarmiert und ertappt wirkte.

»Annie!« Seine Stimme klang rau. »Was machst du hier?«

»Ich ... Ich habe nur gelesen«, stammelte sie und senkte hastig den Blick. Was *er* getan hatte, brauchte sie nicht zu fragen. Es war auch so mehr als eindeutig, wie er die letzten Stunden verbracht hatte.

»Es ist drei Uhr nachts!«

»Ich weiß, es tut mir leid, ich wollte gerade gehen!« Sie kniff die Augen zusammen. Der Anblick des grellen Lippenstifts auf weißem Stoff schien sich in ihre Netzhaut gebrannt zu haben.

Dass er schwul war, damit konnte sie umgehen, doch das Bild eines geschminkten, verkleideten Mannes, der Oliver hingebungsvoll küsste, war mehr, als sie verkraften konnte. Annie atmete zitternd durch, bevor sie sich traute, ihm wieder ins Gesicht zu sehen.

Es spielt keine Rolle, sagte sie im Geist immer wieder zu sich selbst. Er war immer noch derselbe Mann wie heute Morgen.

Ihre Darbietung schien nicht sehr überzeugend zu sein, denn Oliver presste grimmig die Lippen zusammen.

Wäre sie bloß einfach ins Hotel gegangen! Aber wie hätte sie ahnen können, dass Oliver hier mitten in der Nacht auftauchen würde. Und dann auch noch *so*.

»Ich gehe dann mal«, sagte Annie stockend.

Endlich kam Bewegung in ihn. »Ich lass dich nicht mitten in der Nacht draußen allein herumlaufen«, sagte Oliver abgehackt. »Ich begleite dich.« Er fuhr sich durch die Haare und zwang sich zu einem Lächeln.

»Das ist wirklich nicht nötig.«

»Doch, ist es«, widersprach er und legte endlich das Päckchen, das er noch immer in den Händen hielt, auf einem Regal ab.

Annie nickte, weil sie nicht wusste, was sie sonst tun sollte. Sie brauchte Zeit, um ihre Gedanken zu sortieren, um damit klarzukommen, was sie eben gesehen hatte. Gleichzeitig war sie es Oliver schuldig, ihn unvoreingenommen zu behandeln. Sie wollte ihm nicht das Gefühl geben, als hätte sich dadurch irgendetwas zwischen ihnen verändert.

»Gut.« Oliver holte tief Luft und rang sichtlich um Worte.

»Du brauchst nichts zu erklären«, sagte Annie hastig. Abgesehen davon, dass er ihr keine Rechtfertigung schuldete, wollte sie es nicht hören. »Du bist, wie du bist, und es geht niemanden etwas an, was du in deiner Freizeit machst.«

»Oh. Natürlich.« Er verstummte erneut.

Verwirrt spähte Annie zu ihm hinüber. Sie hätte erwartet, dass er erleichtert darüber wäre, dass es für sie kein großes Ding war, stattdessen wirkte er irgendwie bedrückt. Vielleicht wollte er endlich mit jemandem darüber sprechen, vielleicht setzte ihm diese Heimlichtuerei tief im Inneren zu.

Sie kämpfte mit sich selbst und verlor. So gern sie für ihn da gewesen wäre, ihre Hilfsbereitschaft ging nicht so weit, mit Oliver über seine Männergeschichten reden zu können.

Schweigend verließen sie den Buchladen. Dieses Mal war es keine angenehme Stille, die zwischen ihnen herrschte. Annie bekam immer mehr das Gefühl, als hätte sie Oliver bei etwas Verbotenem erwischt, was natürlich überhaupt nicht stimmte. Er war erwachsen. Er konnte tun und lassen, was - und mit wem -

immer er wollte. Sie öffnete den Mund, um ihm genau das noch einmal zu sagen, als er unvermittelt das Schweigen brach.

»Wie ist es heute gelaufen?«, fragte er und klang fast wieder normal.

Annie brauchte ein paar Wimpernschläge, um zu verstehen, worauf er anspielte. Ihre Begegnung mit Mark schien bereits so weit weg, so unwichtig zu sein. »Ganz gut, schätze ich.« Sie zuckte mit den Schultern. »Mark hatte meine Sachen bereits gepackt. Ich musste sie lediglich ins Auto laden.«

»War er nicht da?«

»Schon, aber zum Glück hat er sich schnell an seinen Schreibtisch verzogen.«

»Er hat dir nicht geholfen?« Die Abscheu in Olivers Stimme ließ Annie überrascht innehalten. Da nahm es jemand mit der Ritterlichkeit wohl ziemlich ernst.

»Das ist schon okay.« Sie grinste und beschloss, die letzte halbe Stunde einfach aus ihrem Gedächtnis zu streichen. »Wir leben im 21. Jahrhundert, selbst ist die Frau.«

»Wo wohnst du überhaupt?«, fragte Oliver, als Annie in die Straße zum Hotel einbog.

Unwillkürlich musste sie schmunzeln. Vermutlich wusste die ganze Stadt bereits, dass sie in Richards alter Wohnung untergekommen war, nur der Mensch, mit dem sie in den letzten Tagen die meiste Zeit verbracht hatte, hatte keine Ahnung.

»Was ist so lustig?«, fragte er.

»Du scheinst nicht besonders gut integriert zu sein.« Annie kicherte. »Ich wette, jeder X-Beliebige hier könnte dir meine neue Adresse geben.«

»Neu?« Oliver runzelte überrascht die Stirn. »Du bist umgezogen?«

»Ja. Ich habe die letzten Tage bei meiner Schwester und ihrem Freund gewohnt, jetzt hat er mir seine alte Wohnung im Hope's Inn überlassen.«

»Ist das dieses leere Hotel?«

»Ja.«

»Und wie gefällt es dir?«

»Ich habe ein ganzes Hotel für mich allein. Wer noch kann so etwas von sich behaupten?«, wich sie seiner Frage geschickt aus.

»Da wird man ja glatt neidisch.« Annie hörte das warme Lächeln in Olivers Stimme. Er zögerte, bevor er weitersprach. »Bedeutet das, du bleibst für länger?«, fragte er leise.

Annies Herzschlag beschleunigte sich unwillkürlich. Er klang, als würde ihm viel an ihrer Antwort liegen.

Natürlich tat es das, immerhin arbeitete sie in seinem Buchladen. Und wenn man Dorothy Glauben schenkte, hatte er nicht viele Freunde. Wobei Dorothy auch nicht alles über seine Bekanntschaften wusste, wie diese Nacht zweifelsfrei bewies.

»Ja«, sagte sie, weil er noch immer auf eine Antwort wartete. »Ich mag diesen Ort und ich mag den Buchladen.« Annie biss sich gerade rechtzeitig auf die Zunge, bevor sie *Und ich mag dich* sagen konnte.

»Das freut mich«, erwiderte er sanft.

Annie drehte den Kopf und schaute ihn vorsichtig an, doch er starrte wieder einmal bloß geradeaus. Sie seufzte leise.

»Wir sind da«, verkündete sie schließlich und deutete zum Eingang des Hotels.

»Ist das dein Auto?« Oliver blieb direkt vor ihrem Wagen stehen. Im Licht der Laterne konnte man erkennen, dass der Rücksitz bis zur Decke mit Kartons vollgeladen war.

»Ja. Mir war heute nicht nach Auspacken.« Sie gähnte. »Ich war nach dem ganzen Hin und Her viel zu müde.«

Oliver lachte amüsiert auf. »Und dann schlägst du dir trotzdem die halbe Nacht mit einem Buch um die Ohren?«

»Hey, es war ein sehr gutes Buch!«, verteidigte Annie sich. »Das sollten wir unbedingt in unseren Bestand aufnehmen.«

»Was hast du wirklich in dem Buchladen gemacht?«, fragte Oliver plötzlich. Es lag kein Vorwurf in seiner Stimme, eher milde Neugier und ein Hauch von Sorge.

»Ich habe gelesen.« Was sollte sie sonst dort tun?

»Du hast also nicht nach mir gesucht oder auf mich gewartet?«, ließ er nicht locker.

»Wieso sollte ich? Der Buchladen war längst geschlossen. Ich wusste, dass du nicht da bist.«

»Ich wohne direkt darüber ...«

Das erklärte, wieso er mitten in der Nacht plötzlich im Laden aufgetaucht war. Eigentlich hätte Annie sich das auch denken können. Aber sie hatte - ebenso wie Oliver bei ihr - keinen Gedanken daran verschwendet, wo er wohl wohnte. Es war einfach nicht relevant, als spielte sich ihr beider Leben ausschließlich im Buchladen ab. Nun, bei ihr traf das sogar zu. Im Gegensatz zu ihm, wie der rote Fleck auf seinem Kragen überdeutlich demonstrierte.

»Ich habe keinen vernünftigen Tee im Haus«, holte Annie aus den Tiefen ihres Verstands eine halbwegs vernünftige Erklärung hervor, bevor Oliver auf die Idee kam, sie hätte ihm nachspioniert oder wäre auf einmal anhänglich geworden. »Ich war müde und hungrig. Ich habe mir bei Grace ein Stück Kuchen geholt und brauchte wirklich dringend einen Tee.« Plötzlich fühlte sie sich unglaublich erschöpft und regelrecht überfordert. Es war ein verdammt langer Tag mit so einigen Auf und Abs. »Ich sollte jetzt reingehen.«

»Natürlich. Gute Nacht, Annie.« Olivers Stimme strich wie eine Liebkosung über ihren müden Verstand.

»Danke, dir auch.« Sie wandte sich ab, ohne ihn noch einmal anzusehen. Dieser Mann war viel zu verwirrend, widersprüchlich, verboten und unwiderstehlich, als gut für sie war.

Aufgewühlt betrat Oliver seine Wohnung. Er hatte gehofft, dass ihn der Spaziergang beruhigen würde, aber leider war dies nicht der Fall. Dabei wusste er gar nicht, was ihn mehr beschäftigte –

dass Annie ihn beim Nachhausekommen erwischt hatte oder dass es ihr – von der ersten Überraschung abgesehen – gleichgültig gewesen war, dass sie keine Erklärung von ihm hatte haben wollen. Wobei, was sollte er ihr schon großartig erklären? Dass er in Kalamazoo um die Häuser gezogen war, um Annie aus seinem Kopf zu bekommen? Dass er geglaubt hatte, nur deshalb so stark auf ihre Nähe zu reagieren, weil sein letzter *diskreter* Ausflug zu lange zurücklag? Und dass er die ganze Zeit über trotzdem nur an sie gedacht hatte?

Oliver vergrub sein Gesicht in den Händen und atmete schwer durch. Was für ein Schlamassel.

Vorhin, als er Annie im Buchladen hatte stehen sehen, hatte er einen Moment lang gefürchtet, dass sie wütend davonrauschen und ihn mit ihrer Verachtung strafen würde. Stattdessen hatte sie ganz gefasst reagiert. Es schien ihr lediglich unangenehm zu sein, dass sie ein Stück weit in seine Privatsphäre eingedrungen war.

Er seufzte und ging ins Bad, um sich für die Nacht fertig zu machen. Es war bereits kurz nach vier, in fünf Stunden musste er den Laden wieder öffnen. Oliver spritzte sich kaltes Wasser ins Gesicht und betrachtete sein übermüdetes Spiegelbild. Unwillig bemerkte er den blassen Knutschfleck auf seinem Schlüsselbein, er hatte diese Karen einfach nicht davon abhalten können. Und sein Hemd hatte sie auch mit ihrem Lippenstift verschmiert.

Oliver erstarrte. So viel zu seiner leisen Hoffnung, Annie hätte vielleicht gar nicht mitbekommen, was er getrieben hatte. Den Knutschfleck mochte sie noch übersehen haben, aber der rote Lippenstift war eindeutig.

Trotzdem hatte sie nicht einmal mit der Wimper gezuckt.

Oliver lächelte freudlos. Immerhin konnte er nun sicher sein, dass seine unwillkommenen Gefühle absolut einseitig waren. Er brauchte also kein schlechtes Gewissen zu haben, wenn er weiterhin mit Annie zusammenarbeitete. Zumindest ihr würde er damit nicht wehtun.

Am nächsten Morgen steuerte Annie als Erstes Grace's Café an, um sich für den leckeren Kuchen zu bedanken. Bei der Gelegenheit besorgte sie sich auch einen Heidelbeermuffin zum Frühstück.

»Du solltest lieber was Vernünftiges essen«, ermahnte Grace sie streng. »Wenn du so weitermachst, werde ich noch nur für dich belegte Bagels in mein Sortiment aufnehmen müssen.«

»Ich weiß«, sagte Annie zerknirscht und biss in den köstlichen Muffin. »Aber ich komme einfach nicht zum Einkaufen.« Spätestens diesen Abend musste sie wirklich dran denken. »Außerdem ist die Idee mit den Bagels gar nicht so schlecht.«

Grace lachte. »Da könntest du recht haben. Bist du nachher auch beim Musikfestival?«

»Ja, ich veranstalte sogar eine Kinderbuchlesung.«

»Wirklich?« Die Augen der dunkelhäutigen Frau leuchteten interessiert auf. »Um wie viel Uhr?«

»Um elf geht es los und dann alle zwei Stunden. Dauert ja nur etwa zwanzig Minuten. Und um halb vier basteln wir was Schönes.«

»Das hört sich toll an. Dann schaue ich am Nachmittag auf jeden Fall mit meinem Sohn vorbei.«

»Du hast einen Sohn?« Überrascht schaute Annie die zierliche, junge Frau an, die nicht älter als sie selbst sein konnte.

Graces Gesicht erstrahlte förmlich von innen. »Ja. Mikey ist vier und er ist mein Ein und Alles.«

Annie lächelte zurück. »Dann freue ich mich sehr, ihn heute kennenzulernen.« Sie winkte Grace zum Abschied zu und machte sich auf den Weg zum Buchladen.

Das Festival sollte offiziell zwar erst in einer Stunde beginnen, aber die ganze Stadt summte bereits vor Aufregung. An jeder Ecke standen einzelne Musiker oder ganze Bands beisammen, prüften ihre Instrumente oder gaben bereits Kostproben ihres Könnens zum Besten. Ein junger Mann mit einer Gitarre stimmte sogar *You are my Sunshine* an, als Annie an ihm vorbeiging, und entlockte ihr ein geschmeicheltes Lächeln. Beschwingt erreichte Annie das Books'n'Dreams und ging noch immer lächelnd hinein.

Oliver schaute von dem großen Karton hoch, den er gerade auspackte. Seine Augen leuchteten auf, als er sie sah, doch sein Gesicht blieb so neutral wie immer. »Guten Morgen«, begrüßte er sie freundlich.

»Guten Morgen.« Entschieden schüttelte sie ihre plötzliche Befangenheit ab. Zwischen Oliver und ihr hatte sich nichts geändert. »Was ist das?« Annie trat näher und deutete auf die Kiste. Soweit sie wusste, war alles, was sie für das Wochenende benötigten, bereits geliefert worden.

Oliver holte ein kleines, dunkles Buch hervor, dessen fester Einband wie in Leder geschlagen wirkte. Als sie es in die Hand nahm, merkte Annie jedoch, dass es nur eine optische Täuschung war. In goldenen Lettern prangte der Titel des Buches auf dem ansonsten eher schlichten Cover: *Silver Creek im Wandel der Zeiten. Daten, Traditionen, Legenden.* Unsicher, was sie davon halten sollte, strich Annie mit den Fingerkuppen über die Schrift und schaute Oliver fragend an.

Er schmunzelte. »Das ist so etwas wie Pflichtlektüre für jeden Einwohner von Silver Creek. Und für alle, die es werden wollen.« Er holte weitere Exemplare hervor und stapelte sie sorgfältig aufeinander. »Der Geschichtsverein der Stadt hat das Buch vor einigen Jahren herausgegeben. Seitdem wird es für jede Auflage überarbeitet und ergänzt. Ich hatte befürchtet, nicht rechtzeitig Nachschub zu bekommen, aber der Bürgermeister persönlich hat mir vorhin diese Kiste gebracht. Es wäre undenkbar, wenn ausgerechnet heute das Buch nicht erhältlich wäre.« Oliver verlieh seiner Stimme einen dramatischen Klang, doch Annie hörte den leisen Spott, der da mitklang.

Neugierig schlug sie das Buch auf.

»Ganz vorne ist ein Veranstaltungskalender mit allen wiederkehrenden Terminen und Feierlichkeiten der Stadt«, warf Oliver hilfsbereit ein.

»Wow!« Annie studierte staunend die beeindruckend lange Liste. »Es gibt hier jeden Monat mindestens ein großes Fest.« Sie lachte ungläubig auf.

»Oh ja, hier wird sehr gern gefeiert«, bestätigte Oliver. »Und der Bürgermeister sowie der Tourismusverein werden nicht müde, immer neue Festlichkeiten zu ersinnen. Immerhin muss Silver Creek es irgendwie schaffen, die Touristen vom Lake Michigan mindestens für einen Tag zu sich zu locken. Sonst würde sich wohl kaum jemand hierher verirren.«

So hatte Annie es noch gar nicht gesehen. »Was bedeuten die Zahlen hinter den Events?«, fragte sie.

Oliver beugte sich näher zu ihr heran, um einen Blick in das Buch werfen zu können. Sein angenehmer, unaufdringlich-herber Duft stieg ihr in die Nase und Annie hielt unwillkürlich den Atem an. Wusste Oliver eigentlich, wie unwiderstehlich, wie überaus männlich er roch?

Oliver zuckte zurück.

Hatte er etwa bemerkt, wie sie auf ihn reagierte? Verlegen schaute Annie zu ihm hinüber.

Er wirkte vollkommen ungerührt. Hoch konzentriert begann er, wieder in dem Karton zu wühlen, und förderte weitere Bücher zutage. »Das sind Jahreszahlen, die anzeigen, wann das entsprechende Fest zum ersten Mal gefeiert wurde«, erklärte er.

Annie vergrub ihre Nase im Buch, während sie darauf wartete, dass ihr aufgeregt hämmerndes Herz sich beruhigte. »Das bedeutet also, dass das Musikfestival 1970 zum ersten Mal stattgefunden hat?«

»Genau. Damals hat sich wohl ein Straßenmusiker in eine junge Frau verliebt, die jeden Morgen um die gleiche Uhrzeit an ihm vorbeiging. Etwa zwei Wochen lang haben sie sich immer bloß angelächelt, ohne jemals ein Wort miteinander zu wechseln. Er hatte sogar eigens für sie ein Lied komponiert, sich aber nie getraut, sie anzusprechen. Und eines Tages kam sie plötzlich nicht mehr. Er hat gewartet und gewartet, ohne dass sie auftauchte. Der Musiker war verzweifelt. Er wusste nicht, wie er seine Liebe jemals wiederfinden sollte, also fasste er einen Plan. Er trommelte alle Straßenmusikanten und Freunde zusammen, die er finden konnte, und brachte ihnen sein Lied bei. Dann verteilten sie sich in der ganzen Stadt, um es zu spielen. Jeder hatte ein Pappschild dabei, auf dem eine Nachricht für die unbekannte Schöne geschrieben stand. Sie wurde gebeten, sich zu melden, falls sie das Lied erkannte und den Verfasser wiedersehen wollte. Tatsächlich hatte einer der Troubadoure Glück, die junge Frau erkannte das Lied und sprach ihn an. Wie sich später herausgestellt hatte, hatte sie zwei Wochen lang ihre Mutter nach einem Sturz gepflegt, nur deshalb war sie überhaupt die Straße mit dem verliebten Musiker entlanggegangen. Als es ihrer Mutter wieder besser ging und sie keine Hilfe benötigte, ging die Frau wieder ihrer gewohnten Arbeit in einem ganz anderen Teil des Ortes nach. Doch auch sie konnte den jungen Straßenmusiker mit der schönen Stimme und den strahlenden Augen nicht vergessen.«

»Was wurde aus den beiden?«, fragte Annie.

»Sie heirateten und luden von da an alle Musiker, die sie kannten, jedes Jahr nach Silver Creek ein, um ihren Jahrestag zu feiern.«

»Das ist sooo romantisch.« Annie lächelte entzückt. »Glaubst du, es ist wahr?«

Oliver zuckte mit der Schulter. »Zumindest steht es so in diesem Buch.«

Annie verzog ernüchtert das Gesicht. Es klang wie eine Geschichte aus einem Roman, und es wäre schön, wenn es so etwas tatsächlich im richtigen Leben gäbe.

»Zumindest einen wahren Kern muss die Geschichte haben«,

beschwichtigte Oliver. »Das Paar soll nämlich noch heute den Tanz, der sonntags zum Abschluss des Festivals stattfindet, eröffnen.«

»Es soll?« Annie musterte ihn überrascht. »Hast du die beiden etwa noch nie gesehen?«

»Nein, ich war noch nie dort.«

»Wieso nicht?«

Oliver atmete tief durch. »Tanzveranstaltungen sind einfach nicht mein Ding.«

Natürlich nicht!, fiel es Annie wie Schuppen von den Augen. Schließlich hatte er keinen Grund, mit irgendwelchen Frauen zu tanzen. Und mit einem Mann im Arm wollte er sich offenbar nicht sehen lassen. »Es tut mir leid«, murmelte sie schwach. Sie hätte besser nachdenken sollen. Es fiel ihr bloß immer schwerer, nicht zu vergessen, dass er schwul war.

»Könntest du die Bücher bitte noch auf den Tischen verteilen?« Oliver deutete auf den ausgepackten Stapel.

»Sicher!« Annie riss sich zusammen. Geschickt schob sie ein paar Bücher auf den Präsentationstischen beiseite, um die Geschichte von Silver Creek gebührend zu platzieren. Hätte sie den Hintergrund dieses Festivals früher gekannt, hätte sie vielleicht ein paar Flyer drucken lassen können, um das Buch entsprechend zu bewerben. Na ja, dann eben nächstes Jahr.

Annie hielt abrupt inne. Nächstes Jahr würde sie um diese Zeit womöglich gar nicht mehr hier sein. Der Gedanke, den Buchladen irgendwann verlassen zu müssen, schnitt ihr ins Herz. Wenn der ganze Trubel vorbei war, musste sie mit Oliver dringend über ihre Zukunft im Books'n'Dreams sprechen. Als sie gestern Abend erwähnt hatte, länger in Silver Creek bleiben zu wollen, schien er nicht abgeneigt. Aber sie wusste nicht, ob er es sich auch leisten konnte, sie dauerhaft zu beschäftigen. Sie selbst würde mit dem Aushilfsgehalt langfristig leider nicht über die Runden kommen.

Annie rückte die Bücher noch ein wenig zurecht, bis sie mit

dem Ergebnis zufrieden war. Jetzt war weder die Zeit noch der Ort für derartige Überlegungen. Dieses Festival war ihre Chance, sich Oliver zu beweisen. Danach würden sie weitersehen.

»Es sieht einfach wunderbar aus.«

Annie schaute hoch. Oliver stand im Verkaufsraum und ließ den Blick zufrieden über die sorgfältig dekorierten Tische und die Buchauswahl schweifen. »Wenn uns die Leute heute nicht die Bude einrennen, dann weiß ich es auch nicht.« Er grinste. Dann holte er ein Paket hinter seinem Rücken hervor. Es war das Päckchen, das er gestern Abend dabei gehabt hatte, als er nach Hause gekommen war.

»Was ist das?«, fragte Annie verunsichert. War das etwa für sie?

Seine Augen funkelten vergnügt. »Ich habe dir was mitgebracht.«

Langsam trat Annie näher, nahm das Paket aus seiner Hand und befühlte es misstrauisch. Sie hatte keine Ahnung, wie Oliver auf die Idee kam, ihr etwas zu schenken. Das Päckchen fühlte sich weich an, wie Stoff oder ein Kissen. »Was ist da drin?«

»Mach es auf.« Ungeduldig wippte Oliver auf den Fußballen vor und zurück.

Annie folgte der Aufforderung und zerriss das Papier. Mitternachtsblauer Samt kam zum Vorschein, der mit kleinen glitzernden Sternchen verziert war. Annie legte das Papier beiseite und hob den Stoff verständnislos hoch, um ihn besser betrachten zu können.

Es war kein einfaches Stück Stoff, wie sie daraufhin erkannte, sondern ein Kleid - ein Kostüm, um genau zu sein. Das Oberteil sowie der Großteil des Rockes und der Ärmel war aus dem blau schimmernden Samt genäht. Kurz oberhalb der Ellbogen waren an den engen Ärmel weite Volants aus cremefarbenem Satin befestigt, der auch den Rock ab Wadenhöhe säumte. Ein Band aus dem gleichen dunkelblauen Samt segelte zu Boden, als Annie das Kleid leicht schüttelte.

Oliver bückte sich und hob es auf. Ein glitzernder, tropfenförmiger Stein hing daran. Es musste eine Art Stirnschmuck sein.

»Gefällt es dir?«, fragte er gespannt.

»Es ist hübsch«, entgegnete Annie behutsam. »Was soll ich damit?« Er hatte schließlich gewiss nicht vor, mit ihr auf einen Kostümball zu gehen.

»Es ist für deine Kinderbuchlesung«, erklärte er.

»Ich soll *das* heute anziehen?« Annie wusste nicht, ob sie lachen oder eher empört sein sollte.

Olivers Gesicht fiel in sich zusammen. »Es ist eine Märchenfee«, erklärte er. »Ich dachte, es wäre eine gute Idee. Eigentlich wollte ich etwas mit Notenschlüsseln haben, aber es gab nur die Sternchen.« Er deutete auf die funkelnden Steinchen auf dem Samt. »Dafür habe ich den hier besorgt.« Er holte einen Zauberstab aus dem Geschenkpapier hervor, den Annie beim Auspacken übersehen haben musste. Der Stab glänzte silbern und wurde von einem Notenschlüssel gekrönt.

Annie haderte mit sich selbst. Es war ein wirklich süßer Einfall und Oliver hatte sich offenbar viele Gedanken gemacht, aber sie war nicht der Typ für Verkleidungen und lockere Späße.

»Es gefällt dir nicht«, stellte Oliver enttäuscht fest. »Dabei wollte ich bloß deine Idee unterstützen. Und das Gute an dem Sternchenkleid ist, dass man es auch öfter verwenden könnte ...« Seine Stimme verklang.

Öfter verwenden? Annie starrte ihn aus großen Augen an. Bezog er sie etwa ganz selbstverständlich in seine Planung für den Buchladen ein?

»Es gefällt mir schon«, versicherte sie ihm. »Es ist nur ...« Sie biss sich verlegen auf die Unterlippe.

»Es ist was?« Er musterte sie aufmerksam.

»Ich fühle mich komisch dabei, so etwas anzuziehen.« Sie deutete auf die hellen Volants und den Zauberstab. »Ich bin keine Fee. Ich lese den Kindern lediglich etwas vor.«

»Ich hätte dir natürlich auch ein schlichtes Gouvernantenkleid mitbringen können. Aber irgendwie glaube ich, dass dies hier bei den Kindern mehr Anklang finden wird. Obwohl ich natürlich alles andere als ein Experte bin.«

»Ich werde bestimmt furchtbar lächerlich darin aussehen«, machte Annie einen letzten halbherzigen Versuch, aus der Nummer herauszukommen.

»Das kann ich mir beim besten Willen nicht vorstellen«, murmelte Oliver. »Ich mache dir ein Angebot«, fuhr er aufmunternd fort. »Du probierst das Kleid an und wenn du dich wirklich unwohl darin fühlen solltest, bringe ich es am Montag zurück und werde nie wieder ein Wort darüber verlieren.«

Annie holte tief Luft. »Abgemacht.«

Er grinste. »Wir haben noch eine Viertelstunde, bevor wir öffnen müssen.«

Annie erstarrte. »Du meinst jetzt sofort?«

»Besser jetzt, als wenn wir ein volles Haus haben, oder?« Oliver zwinkerte ihr zu.

Da hatte er auch wieder recht. Annie schnappte sich das Kostüm und verschwand in Richtung der Toilette.

Zum Glück war das Kleid lang genug, sodass sie ihre enge Jeggings darunter anlassen konnte. Und es passte ihr erstaunlich gut. Das leicht elastische Material schmiegte sich angenehm an ihren Oberkörper, ohne einzuengen oder zu schlabbern. Oliver musste ein gutes Auge für Körpermaße besitzen.

Annie glättete mit den Fingern ihre Haare und legte das Stirnband um. Der tropfenförmige Stein rutschte dabei genau zwischen ihre Augenbrauen.

Ihr Make-up war für diese Verkleidung etwas zu schlicht, trotzdem konnte Annie nicht leugnen, dass es sehr hübsch aussah, zumindest der Teil von ihr, den sie in dem kleinen Toilettenspiegel sehen konnte. Annie nahm den Zauberstab zur Hand und übte amüsiert ein paar Schwünge. Was für ein Glück, dass Oliver ihr nicht auch noch Flügel besorgt hatte.

Dann hob sie den Saum ihres Kleides mit einer Hand etwas an, entriegelte die Toilettentür und schwebte hinaus.

Olivers Mund formte ein stummes »Wow!«, als er sie sah. »Du siehst einfach zauberhaft aus. Wie eine richtige Fee.« Bewundernd strahlte er sie an.

Annie drehte sich einmal um die eigene Achse. »Vielen Dank!« Sie grinste vergnügt. »Aber glaub ja nicht, dass ich jetzt anfange, dir irgendwelche Wünsche zu erfüllen.« Sie wedelte mit dem Zauberstab.

»So vermessen würde ich niemals sein«, murmelte Oliver seltsam gepresst. Dann schaute er auf seine Armbanduhr. »Ich gehe mal lieber die Tür öffnen«, wechselte er abrupt das Thema.

»Ja, sicher«, stammelte Annie überrumpelt. »Und ich ziehe mich wieder vernünftig an.« Noch ein letztes Mal strich sie mit der Hand über das glitzernde Kleid, bevor sie sich abwandte und nach hinten verschwand.

Der Vormittag verlief so geschäftig, wie Annie es sich nur hatte wünschen können. In den ersten Stunden schauten immer wieder Leute vorbei, die interessiert in den Biografien berühmter Musiker und Komponisten stöberten, durch Selbstlernbücher blätterten und auch den einen oder anderen Roman in die Hände nahmen, der zumindest entfernt etwas mit dem Thema Musik zu tun hatte. Annie konnte nicht umhin, Oliver und sich zu ihrer gelungenen und vielfältigen Auswahl zu beglückwünschen, in der für fast jeden etwas dabei war. Sogar einen Psychothriller über eine ehemalige Musicalsängerin auf Rachefeldzug hatte Oliver irgendwo ausgegraben.

Etwas nervös zog Annie kurz vor elf ihr Feenkostüm an und sah gleich nach Betreten des Verkaufsraums, wie die Augen eines Mädchens freudig zu strahlen begannen. Derart ermutigt stellte Annie sich in die offene Tür, um etwaige vorbeilaufende Kinder anzulocken.

Tatsächlich saßen kurze Zeit später sieben neugierige Kinder auf den vorbereiteten Sitzkissen um sie herum und lauschten andächtig, während sie ihnen aus der Zauberflöte vorlas. Die Eltern schauten sich derweil im Buchladen um oder ließen sich von Oliver beraten. Annie hatte ganz bewusst eine Leselänge von nur zwanzig Minuten gewählt, um die Kinder zum einen nicht zu überfordern, und zum anderen, damit es sich für die Eltern nicht lohnte, den Buchladen zu verlassen.

»Hat es euch gefallen?«, fragte sie zum Abschluss.

»Jaaa!«, riefen sieben laute Stimmen. »In zwei Stunden geht es weiter«, verkündete Annie und hielt ein anderes Buch hoch. »Dann lese ich aus dieser Geschichte. Ihr könnt also sehr gern wiederkommen und sagt es euren Freunden weiter.« Sie lächelte geheimnisvoll. »Und vielleicht habt ihr Lust, heute Nachmittag so ein magisches Notenschlüssel-Lesezeichen mit mir zu basteln?« Sie zeigte einen mit viel Glitzer und bunten Aufklebern verzierten Notenschlüssel aus Pappe, den man als Lesezeichen auf eine Buchseite klemmen konnte.

»Wow!« Mehr als ein Augenpaar begann begeistert zu leuchten.

»Gut.« Annie klatschte fröhlich in die Hände. »Dann sehen wir uns nachher!«

Die Kinder sprangen auf und liefen jubelnd zu ihren Eltern. Annie folgte ihnen, um ihre extra vorbereiteten Programmflyer zu verteilen.

Die Menge an Kindern und Eltern im Buchladen lockte weitere Besucher herein, sodass Annie vor ihrer nächsten Lesung gar nicht dazu kam, sich wieder umzuziehen. Nur ab und zu tauschte sie ungläubige und begeisterte Blicke mit Oliver, der ebenfalls alle Hände voll zu tun hatte.

Annie hatte gerade ihre zweite Leseeinheit beendet, als hinter ihr plötzlich eine überraschte Stimme erklang. »Ich hätte dich ja beinah nicht erkannt, Schwesterherz!«

Annie fuhr herum und sah sich einer ungläubig grinsenden Beth gegenüber. Freudig drückte sie ihre Schwester an sich.

»Du bist hier wirklich in deinem Element.« Beth strahlte sie erleichtert an. »Jetzt verstehe ich, wieso du dich nicht bei mir meldest. Es war bestimmt nicht ohne, das alles vorzubereiten.«

»Hast du mir etwa geschrieben?«, fragte Annie ertappt.

»Nur ungefähr fünfmal«, winkte Beth ab. »Und ich habe dir seit gestern Abend dreimal auf die Mailbox gesprochen.«

»Es tut mir leid. Ich glaube, ich habe mein Handy gestern im Auto gelassen, nachdem ich von Mark zurückgekommen bin.« Und seitdem war so viel passiert, dass sie ihr Handy kein einziges Mal vermisst hatte. Sie gehörte ohnehin nicht zu den Leuten, die ständig auf ihren Smartphones herumwischten. Die greifbare Welt war ihr deutlich lieber.

»Du warst bei Mark?« Fürsorge und Mitgefühl flackerten in Beths Blick.

»Ja, um meine Sachen abzuholen.«

»Dann ist es endgültig aus zwischen euch?«

»Sieht so aus.« Annie nickte.

»Ach, Süße.« Beth drückte aufmunternd ihre Schulter. »Und wie geht es dir jetzt?«

»Gut.« Annie lächelte. Sie hatte in den letzten Stunden nicht ein einziges Mal an ihren Exverlobten gedacht. Er gehörte zu einem anderen, einem früheren Leben, das viel trister und eingeschränkter war als das jetzige. »Ich fühle mich befreit.« Annie atmete tief durch. »Als wäre ich endlich aufgewacht und hätte mein Leben in die eigene Hand genommen.«

»Das freut mich für dich, Kleines. Das freut mich so sehr!«

Eine Frau trat an Annie heran, traute sich aber nicht, das Gespräch zu unterbrechen. Annie schaute sich schnell um. Noch mehr wartende Kunden standen in der Nähe, Oliver war in ein Beratungsgespräch vertieft. »Wolltest du nur sehen, ob ich noch lebe«, wandte sie sich an Beth, »oder gibt es einen weiteren Grund für deinen Besuch?«

»Ja, ich wollte nach einem Buchtipp fragen.«

»Du?« Annie schaute ihre Schwester überrascht an. Es war

nicht so, dass Beth nicht gerne las, sie las nur nicht viel. Und Annie wusste mit absoluter Gewissheit, dass die Bücher, die sie ihrer Schwester in den vergangenen Jahren geschenkt hatte, ihr für mindestens fünf weitere Jahre reichen würden.

»Es ist nicht für mich. Es soll ein Geschenk sein.«

»Für Richard?« Annies Kopf fing unverzüglich an zu rattern.

»Nein. Für eine junge Frau. Wir sind zum 35. Geburtstag von Richards Cousine eingeladen.«

»Was mag sie denn gern?«

»Keine Ahnung.« Beth verzog missmutig das Gesicht. »Als Kinder haben Richard und sie sich recht nahe gestanden. Aber er hat sie seit seiner Hochzeit damals nicht mehr gesehen. Deswegen bin ich hier. Mit einem Buch kann man schließlich nichts falsch machen.« Beth grinste ihre Schwester herausfordernd an. »Sie können mir bestimmt etwas Nettes empfehlen, Miss Andrews.«

Annie verdrehte die Augen und widerstand dem Impuls, Beth die Zunge herauszustrecken. Immerhin war der Laden voller Kundschaft. »Ich bin gleich bei Ihnen«, wandte sie sich an die wartende Frau. Dann schaute sie Beth schmunzelnd an. »Sehr gern, Miss Andrews«, säuselte sie. »Wenn Sie mir bitte folgen mögen.« Sie deutete auf das Bestsellerregal. »Eins hiervon wäre eine Standardwahl. Es würde vermutlich nicht gelesen werden, aber es zeigt, dass man dem Beschenkten nur das Beste gönnt.« Sie ging weiter zu einer Sammlung kleiner Bild- und Gedichtbände. »Das hier wäre ein typisches Frauengeschenk. Es sieht hübsch aus, hört sich nett an und ist innerhalb von zehn Minuten durchgeblättert.«

»Hast du keinen anderen Vorschlag?«, brummte Beth.

»Dafür müsste ich schon ein bisschen mehr wissen.« Plötzlich kam Annie eine Idee. »Lebt diese Cousine auch in Silver Creek?«

»Nein. Sie ist mit ihren Eltern nach Fort Wayne gezogen, als sie ungefähr sieben oder acht Jahre alt war.«

»Aber die Eltern stammen von hier?«

»Ich glaube, schon. Zumindest hat sie als Kind hier gelebt. Wieso?«

»Dann wäre dieses Büchlein für sie eventuell interessant.« Annie nahm die Geschichte von Silver Creek zur Hand. »Hier könnte sie etwas über ihre Wurzeln erfahren. Oder zumindest ein paar echt süße und zum Teil skurrile Geschichten lesen.«

Neugierig blätterte Beth durch den Band. »Ich wusste gar nicht, dass es ein eigenes Buch über den Ort hier gibt.«

»Dabei lebst du schon seit Monaten hier!« Annie schüttelte gespielt missbilligend den Kopf. »Ich habe gehört, das wäre eine Pflichtlektüre für jeden Einwohner. Nicht dass sie dich noch aus der Stadt jagen, wenn sie von deiner Ignoranz erfahren.«

Beth biss sich auf die Lippe, um ein Lachen zu unterdrücken. »Das kann ich natürlich auf keinen Fall riskieren. Ich denke, ich nehme für mich auch eins mit.«

Annie grinste triumphierend. »Genau das wollte ich hören.«

»Ich muss schon sagen, es schlummern unbekannte Verkaufstalente in dir. Ist eine coole Masche, die Kunden einzuschüchtern, damit sie Bücher kaufen.«

»Ich bin auch ziemlich stolz auf mich«, erwiderte Annie und ging mit zwei Exemplaren in der Hand zur Kasse voran. »Soll ich das eine als Geschenk einpacken?«

»Das wäre sehr nett.«

»Wann ist denn die Feier?«, erkundigte sich Annie, während ihre Finger das Buch geschickt in buntes Papier einschlugen.

»Heute Abend. Deshalb wollen wir auch gleich los. Die Fahrt dauert gut zweieinhalb Stunden.«

»Dann verpasst ihr ja das Festival!«

Beth gluckste leise. »Ich schätze, ich habe davon schon mehr mitbekommen als du. Immerhin musste ich heute nicht arbeiten. Du solltest dir auf jeden Fall eine halbe Stunde nehmen, um durch die Straßen zu schlendern. So viele verschiedene Musikrichtungen und unterschiedliche Menschen habe ich noch nie so nah beieinander gesehen. Vom Panflötenspieler bis zur Heavy-Metal-Band ist, glaube ich, alles vertreten.«

»Ich werde auf jeden Fall noch eine Runde drehen«, versprach Annie. Das hörte sich wirklich faszinierend an. »Seid ihr morgen dann auch nicht hier?«

»Zum großen Abschlusstanz werden wir auf jeden Fall da sein. Laut Richard soll das richtig schön werden. Du kommst doch auch, oder?«

»Ähm.« Annie zögerte. Sie hatte sich darüber noch überhaupt keine Gedanken gemacht. »Ich weiß nicht, ich habe keinen Begleiter.« Kurz schwirrte Olivers Gesicht durch ihre Gedanken, aber der hatte bereits gesagt, dass solche Tanzveranstaltungen nichts für ihn waren. Außerdem wäre es kaum angebracht.

»Ach, komm schon.« Beth nahm die beiden Bücher entgegen. »Es finden sich bestimmt genug Tanzpartner für dich. Und wenn nicht, leihe ich dir Richard aus, er ist ein hervorragender Tänzer.«

Annie gab sich geschlagen. »Wenn du so großzügig bist, kann ich wohl kaum Nein sagen.«

»Es wird dir bestimmt gefallen«, versprach Beth. »Jetzt muss ich wirklich los. Bis morgen, Süße!«

Die nächste Stunde verbrachte Annie damit, Bücher zu empfehlen und die Präsentationstische neu zu bestücken. Sie war so beschäftigt, dass sie beschlossen hatte, ihr Kostüm einfach anzulassen.

»Du siehst schick aus.« Grace stand plötzlich neben ihr. An der Hand hielt sie einen kleinen Jungen mit dichtem lockigem Haar, der sich etwas verlegen an ihre Beine schmiegte.

»Schön, dass ihr da seid«, begrüßte Annie die beiden.

»Ist das die Märchentante, Mummy?«, fragte der kleine Junge in dem Moment.

Annie zog ihren Rock leicht auseinander, damit er ihn besser sehen konnte. »Ich bin nicht nur eine Märchentante, ich bin auch die Musikfee«, verriet sie ihm flüsternd. »Nur meinen Zauberstab habe ich irgendwo verloren«, fiel ihr plötzlich auf. »Kannst du mir vielleicht suchen helfen?«

Mikey blickte fragend zu seiner Mutter hoch.

»Nun lauf schon«, sagte Grace lächelnd.

»Kann sein, dass er bei den Sitzkissen dort hinten liegt«, gab Annie ihm einen Tipp. »Zumindest habe ich ihn da zuletzt gesehen.«

Der Junge nickte und lief los.

Annie schaute ihm lächelnd nach. »Der ist ja süß.«

»Oh ja«, bestätigte Grace. »Bei euch ist gut was los«, fügte sie anerkennend hinzu.

»Ja, die Kinderaktionen scheinen ein guter Magnet zu sein.«

»Das kann man wohl sagen.« Grace lachte auf. »Immerhin bin ich auch hier.«

»Bücher sind wohl nicht so dein Ding?«, erkundigte sich Annie.

»Irgendwie fehlt mir die Zeit.« Graces Blick hing aufmerksam an Mikey. »Das Café und der kleine Mann halten mich ganz schön auf Trab. Und abends bin ich froh, wenn ich einfach mal schlafen kann.«

»Das kann ich mir vorstellen«, murmelte Annie. Grace schien keinen Mann an ihrer Seite zu haben und allein mit einem quirligen Kleinkind war es bestimmt nicht leicht. »Wer kümmert sich denn jetzt um das Café?«

»Meine Mutter ist für mich eingesprungen. Sie hilft mir, wie sie nur kann, aber ihre Knochen machen nicht mehr allzu viel mit. Das Rheuma wird immer schlimmer.«

Mikey kam mit dem Zauberstab in der Hand zu ihnen gerannt. »Er war wirklich da hinten!«, rief er stolz.

»Danke dir.« Annie nahm den Stab entgegen. »Wenn du magst, kannst du dir schon ein Kissen aussuchen, es geht gleich los.«

»Jaa!« Jubelnd rannte er wieder davon.

»Wie lange geht die Lesung?«, fragte Grace.

»Etwa zwanzig Minuten. Und direkt danach wollen wir basteln.« Annie zögerte. »Wenn du magst, kannst du ihn für eine Stunde hier lassen, ich passe schon auf ihn auf.«

»Wirklich?« Erleichterung spiegelte sich in Graces Zügen.

»Ja, ruh dich aus, schlendere über das Festival oder geh in dein Café zurück.«

»Danke.« Grace drückte Annies Hand. »Ich hole ihn dann um vier hier ab.« Sie holte einen Stift und ein Stück Papier aus ihrer Tasche und kritzelte etwas darauf. »Hier ist meine Handynummer, falls etwas sein sollte.«

»Wir kommen schon klar«, beruhigte Annie sie.

Grace ging zu Mikey, um sich von ihm zu verabschieden, dann verschwand sie mit einem dankbaren Blick zu Annie durch die Tür.

»Es tut mir leid, ich habe mich verspätet!«, keuchte Grace außer Atem.

Annie, die einen Stapel Kinderbücher an die fast zwanzig Kinder verteilte, die um sie herum saßen, schaute lächelnd hoch. »Ist überhaupt kein Problem. Wir sind hier noch gut beschäftigt.« Das Basteln hatte den Kindern so großen Spaß gemacht, dass die meisten sich nun unbedingt ein Buch aussuchen wollten, um ihr schickes neues Lesezeichen hinein zu tun.

»Schau mal, Mummy!« Stolz hielt Mikey seinen mit blauem Glitzer und lustigen kleinen Drachen verzierten Musikschlüssel hoch. In der anderen Hand hielt er ein passendes Drachenbuch.

Grace hockte sich neben ihm hin. »Das sieht wirklich schön aus, Spätzchen.«

»Und das hier habe ich für dich gemacht.« Er reichte ihr einen weiteren Notenschlüssel, der über und über mit schiefen roten Herzen bedeckt war.

Annie sah Tränen in Graces Augen blitzen. »Das ist so lieb

von dir, mein Schatz.« Sie drückte den Jungen fest an sich. »Jetzt müssen wir aber los. Granny wartet.«

»Kann ich das Buch hier haben? Dann kann Granny es mir gleich vorlesen.«

Annie entging nicht das kurze Zögern, bevor Grace schließlich nickte. »Natürlich, mein Schatz«, sagte sie und zog ihn von seinem Kissen hoch. »Danke, dass du auf ihn aufgepasst hast«, fügte sie an Annie gewandt hinzu.

»Habe ich gern gemacht.« Annie ging zur Kasse. »Wir hatten eine Menge Spaß.« Sie reichte Mikey einen Lolli aus einem bereit stehenden Glas, den er strahlend ergriff. »Das macht zwölf Dollar, bitte«, sagte sie zu Grace.

Die junge Frau reichte ihr das Geld und verließ mit ihrem aufgeregt plappernden Sohn lächelnd den Laden.

Leider erwiesen sich nicht alle Eltern als so großzügig. Nur etwa die Hälfte der Kinder durfte ebenfalls mit einem neuen Buch nach Hause gehen.

Zum Abend hin wurde es im Buchladen ruhiger, dafür drangen Fetzen unterschiedlichster Musikstücke durch die offene Tür herein. Müde ließ Annie sich auf einen Stuhl fallen. Ihr Kopf dröhnte von den vielen Menschen und den Gesprächen, die sie geführt hatte. Sie strich sich über die Stirn und ertastete den Stoffreif, den sie noch immer um ihren Kopf trug. Schnaufend nahm sie ihn ab und fuhr mit den Händen durch ihre Haare, um ihnen wieder etwas Schwung zu verleihen.

»Ich sollte mich endlich umziehen«, murmelte sie zu Oliver, der sich neben ihr einen Stuhl zurechtzog.

»Von mir aus kannst du auch so bleiben«, sagte er leise. »Es passt zu dir. Ich hatte nicht geahnt, wie sehr es zu dir passt.«

Die aufrichtige Bewunderung in seiner Stimme ließ Annie überrascht aufblicken. »Wie meinst du das?«

»Du bist wahrhaftig eine Fee. Du hast den Laden verzaubert. Anders kann ich mir wirklich nicht erklären, was heute passiert ist.« Seine Augen funkelten voller Wärme und Faszination.

Rasch wandte Annie das Gesicht ab, um nicht allzu geschmeichelt zu wirken. Und damit Oliver den Aufruhr nicht bemerkte, den sein intensiver Blick in ihrem Inneren auslöste. »Ich schätze, ich hatte ein paar gute Ideen«, murmelte sie.

»Ein paar gute Ideen ...« Oliver schüttelte fassungslos den Kopf. »Seit der Neueröffnung war der Laden nicht mehr so voll gewesen. Ohne dich hätte sich heute kaum jemand hierher verirrt.« Er zögerte kurz, dann legte sich seine Hand behutsam auf ihre Schulter. Durch den Stoff des Kleides hindurch konnte Annie seine Wärme und Starke spüren. Ein Kribbeln durchlief ihren Körper und sie hoffte sehr, dass Oliver nicht merkte, wie heftig ihr Herz plötzlich zu schlagen begann.

»Danke«, sagte er schlicht.

Sie wartete, ob er noch etwas hinzufügen würde, hoffte, dass er noch länger bei ihr sitzen und in diesem ganz besonderen Ton mit ihr sprechen würde, der ihr Herz zum Flattern und ihre Seele zum Tanzen brachte.

Es lag so viel Zuneigung in seiner Stimme, dass es sich fast wie Zärtlichkeit anhörte, obwohl es nur Freundschaft und Dankbarkeit war.

Ein Mann betrat neugierig den Laden und Oliver erhob sich, um zu ihm zu bedienen. »Gönn dir eine Pause«, raunte er im Weggehen Annie zu, die ebenfalls im Begriff war, wieder aufzuspringen.

Annie ließ ihre steifen Schultern kreisen. Pause hörte sich nach einer ausgezeichneten Idee an. Ihr Magen knurrte. Der Couscous-Salat, den sie sich heute Mittag bei einem Stand in der Nähe geholt hatte, lag halb gegessen im Kühlschrank. Für mehr hatte sie keine Zeit gehabt.

Annie stand auf. Umziehen, Essen, Aufräumen klang nach einem vernünftigen Plan.

»Kann ich dir irgendwie helfen?«

Annies Stimme riss Oliver aus seinen Tagträumen. Erst jetzt wurde ihm bewusst, dass er sie angestarrt hatte. Diese Frau war unglaublich. Sie war das Beste, was seinem Buchladen, was *ihm* jemals passiert war. Er hatte nicht übertrieben, auch ohne echten Zauberstab hatte sie ihn restlos verzaubert.

Er räusperte sich. »Nein. Ich habe nur überlegt, ob wir diesen Tisch da etwas verrücken sollten«, flüchtete er sich in eine völlig sinnlose Notlüge.

Annie zog die Stirn kraus, was einfach nur süß aussah. »Meinst du wirklich?« Sie beugte sich ein wenig vor, um den Tisch zu verschieben.

Hastig wandte Oliver den Blick ab. Sie hatte sich inzwischen umgezogen und ihre enge Jeggings umhüllte ihren perfekten Po wie eine zweite Haut.

»Ist es so besser?« Fragend drehte Annie sich zu ihm um.

»Ja, danke«, krächzte er. Sie war sich ihrer Wirkung auf ihn absolut nicht bewusst. Oliver öffnete den obersten Knopf seines Kragens. Dann atmete er tief durch und warf einen Blick auf die Uhr. »Ich glaube, wir können riskieren, den Laden zu schließen«, entschied er.

Es sah nicht danach aus, als würde in der nächsten Viertelstunde noch jemand hereinkommen. Die Menschen, die draußen vorbeischlenderten, waren viel mehr an der Musik und den Köstlichkeiten interessiert, die an jeder Ecke angeboten wurden.

»Wieso denn?«, fragte Annie überrascht. »Wir haben noch ganze fünfzehn Minuten.«

Es klang, als wollte sie nicht Feierabend machen. Olivers Herz zog sich sehnsüchtig zusammen. Doch es war ihm klar, dass Annie sich eher nicht vom Buchladen als nicht von ihm verabschieden wollte. Er hatte noch nie jemanden getroffen, der Bücher womöglich noch mehr liebte als er.

Annie nahm eine Ausgabe von der Geschichte Silver Creeks in die Hand und blätterte neugierig darin herum. »Oh, das ist ja nett!«, rief sie plötzlich aus. »Wusstest du, dass es heute einen Wettbewerb gibt? Alle Musiker werden auf dem großen Festplatz eine Kostprobe ihres Könnens geben und das Publikum kürt in mehreren Durchgängen den Sieger.«

»Stimmt, jetzt wo du es sagst.« Oliver schmunzelte über ihre Begeisterung. »Letztes Jahr haben sie einen solchen Lärm veranstaltet, dass ich ewig nicht einschlafen konnte.«

Annies Augenbrauen zogen sich irritiert zusammen. Unter ihrem prüfend-tadelnden Blick konnte Oliver das Zucken seiner Mundwinkel nicht verhindern.

»Du nimmst mich auf den Arm!«, prustete sie und schüttelte halb empört, halb belustigt den Kopf.

»Stimmt.« Oliver grinste. »Ich war bisher jedes Mal dort. Es ist schön und es herrscht eine ganz besondere Atmosphäre.« Natürlich hatte er sich eher abseits und im Schatten gehalten. Gerade in seiner Anfangszeit in Silver Creek hatte es einige Frauen gegeben, die ein Nein einfach nicht akzeptieren konnten. Ziemlich aufdringlich hatten sie seine Nähe und seine Aufmerksamkeit gesucht, sodass er immer mehr zu dem Eigenbrötler geworden war, den er nun darstellte.

Er schaute zu Annie, die wieder in ihrer Lektüre versunken war. Er wollte sich nicht länger verkriechen, sich nicht länger vor dem Leben verstecken, als hätte er Aussatz. Das Einzige, was er sich vorwerfen konnte, war übertriebenes Ehrgefühl und Rücksichtnahme – zumindest gegenüber Menschen *außerhalb* seiner Familie, wie seine Mutter nie müde wurde, zu betonen.

»Wir sollten da heute hingehen«, sagte Oliver, bevor er es sich anders überlegen konnte. Er wollte mehr Zeit mit Annie verbringen. Und wenn heimliches Anschmachten alles war, was er bekommen konnte, wollte er zumindest das ausgiebig auskosten.

Kapitel 7

Annie und Oliver stellten sich am Rand der großen Festwiese auf, sodass sie die Bühne zwar sehen konnten, jedoch nicht mitten in der Menschenmenge waren.

Annie warf Oliver einen verstohlenen Blick zu. Sie hätte zu gern gewusst, was sie von der Situation halten sollte. Dass er jetzt hier war, mit ihr.

Der Mann auf der Bühne beendete eine stimmungsvolle Ballade und die Zuschauer klatschten begeistert. Der Künstler verneigte sich und schaute erwartungsvoll zur Seite. Ein weiterer Mann mit einem Mikrofon betrat die Bühne und streckte die Arme hoch, um die Menge zum Schweigen zu bringen. »97 Dezibel!«, verkündete er und der Sänger winkte der Menge grinsend zu, bevor er die Bühne verließ.

»Was war das?«, fragte Annie verwirrt.

»Die Lautstärke des Applauses bestimmt den Sieger. Und damit alles fair und unanfechtbar abläuft, wird sie mit einem Messgerät ermittelt.«

Annie schmunzelte. »Hier wird wohl nichts dem Zufall überlassen.«

Die nächste Gruppe stimmte ein flottes Lied an und Oliver neigte den Kopf näher zu Annie, damit sie ihn verstehen konnte. Sein warmer Atem streifte ihr Ohr und unverzüglich beschleunigte sich ihr Herzschlag.

»In der Vergangenheit soll es immer wieder Beschwerden gegeben haben von Leuten, die sich benachteiligt fühlten. Immerhin winkt dem Sieger ein Gig, für den sogar eine Gage gezahlt wird.«

Annie nickte und wünschte, Oliver würde weiterhin so nah bei ihr stehen bleiben. Es war einfach schön, seine Nähe zu spüren, auch wenn ihr Herz vor Aufregung aus ihrer Brust zu springen drohte. Sie konnte Olivers angenehmen Duft riechen und sah die kurzen Bartstoppeln auf seinem Kinn. Wie es sich wohl anfühlen würde, ihn zu küssen?

Erschrocken rückte Annie ein Stück von ihm ab. Nein, auf diesen Pfad würde sie sich nicht begeben, nicht einmal in Gedanken. Stattdessen schlang sie ihre dünne Jacke enger um sich. Die Kühle des Abends war bereits deutlich spürbar, außerdem zog sich der Himmel inzwischen zu und der Wind frischte auf. Annie hoffte sehr, dass das Wetter noch ein paar Stunden halten würde, es wäre schade, wenn das Konzert ins Wasser fiel.

»Ist dir kalt?«, fragte Oliver unverzüglich.

»Es geht schon«, winkte Annie ab.

Dennoch spürte sie im nächsten Moment, wie er ihr sein Sakko um die Schultern legte. Olivers Wärme und sein Duft umfingen sie wie eine Umarmung. Annie schluckte. »Das ist nicht nötig ...« Außerdem stand er jetzt nur im Hemd neben ihr. »Dir wird kalt.«

»Keine Sorge.« Er warf sich übertrieben stolz in die Brust. »Wir Briten sind ein ganz anderes Wetter gewöhnt.«

»Wenn du meinst ...« Annie kuschelte sich tiefer in das warme Sakko, das ihr mehrere Nummern zu groß war. Es war ihr gar nicht aufgefallen, wie breit Olivers Schultern waren. Er wirkte so sportlich und schlank. Obwohl sie selbst für eine Frau nicht klein war, kam sich Annie plötzlich regelrecht zierlich vor.

Immer mehr Menschen strömten auf die Festwiese und Annie spürte, wie Oliver dicht hinter sie trat, um den Neuankömmlingen Platz zu machen. Wenn sie sich nur ein wenig nach hinten lehnen würde, würde ihr Rücken seine Brust berühren. Wenn er seine Arme nur etwas hob, würden sie sich um sie legen.

Auch so schon war sich Annie seiner Gegenwart überdeutlich bewusst und sie fragte sich verzweifelt, wohin das bloß führen sollte. Gefühle, die sie zuletzt als Teenager gespürt hatte, fluteten ihren Körper.

Sie war drauf und dran, sich in Oliver zu verlieben.

Obwohl sie mehr als einmal gewarnt worden war.

Obwohl es absolut nicht infrage kam.

Obwohl es das Letzte war, das sie gebrauchen konnte.

Doch sie konnte nichts dagegen tun. Sie fühlte sich zu ihm hingezogen. Körperlich – und noch viel mehr geistig. Wenn sie irgendwann ihren Traummann hätte beschreiben müssen, er wäre wie Oliver gewesen. Mit einem entscheidenden Unterschied. Er hätte sich ebenso für sie interessiert, wie sie sich für ihn.

Eine Windbö fuhr durch Annies Haare und ein paar Regentropfen fielen auf ihre Stirn.

Vielleicht sollte sie lieber gehen. Sich Olivers aufwühlender Gegenwart entziehen, bevor es zu spät für sie war. Daran, dass sie im Buchladen jeden Tag Seite an Seite mit ihm verbrachte, wollte sie lieber nicht denken, denn damit würde sie niemals freiwillig aufhören. Aber vielleicht schaffte sie es irgendwie, einen kühlen Kopf zu bewahren, wenn sie sich zumindest in ihrer Freizeit von ihm fernhielt.

Immer mehr Tropfen fielen herab. Um Annie herum wurde unwilliges Gemurmel laut. Sie wischte sich über die feuchte Stirn.

»Sollen wir gehen?«, fragte Oliver hinter ihr. »Es sieht nicht danach aus, als würde der Regen bald aufhören, eher im Gegenteil.«

Annie schaute zum Himmel hoch, der bereits vollkommen von Wolken bedeckt war. »Ja.« Sie nickte. War das ein Wink des Schicksals? Ein Hinweis, dass sie sich von Oliver fernhalten sollte?

»Dann komm.«

Sie zuckte zusammen, als er ihre Hand ergriff und sie durch

die Menge mit sich fortzog. Seine Finger waren erstaunlich warm und vertrieben die Kälte aus Annies Körper. Sie spürte weder den Wind, der an ihren Haaren zerrte, noch die Regentropfen, die auf sie herabprasselten. Nur Olivers Hand, die die ihre hielt.

Sobald sie die Wiese hinter sich gelassen hatten, entzog Annie ihm atemlos ihre Finger und streifte sein Sakko von ihren Schultern. »Danke.« Sie hielt es ihm hin.

»Was hast du vor?«, fragte er verwirrt.

»Mich verabschieden?« Sie drückte das Sakko in seine Hand. »Wir sehen uns morgen.«

»Ich begleite dich selbstverständlich nach Hause.«

»Aber es regnet ...«

Oliver streckte prüfend die Hand aus, auf der unverzüglich mehrere Tropfen landeten. »Das ist kein Regen«, winkte er ab. »Erst, wenn es in Strömen gießt, fange ich an, mir Gedanken zu machen.«

»Angeber«, brummte Annie, gab sich jedoch geschlagen. Oliver sah nicht so aus, als würde er sich von seinem Vorhaben abbringen lassen, und sie hatte keine Lust, noch länger im Regen – denn für *sie* war es das definitiv – zu diskutieren. Zügig setzte sie sich in Bewegung.

Der Regen wurde immer stärker, sodass Oliver schließlich sein Sakko wie eine Plane über sie beide hielt. Im Laufschritt legten sie das letzte Stück bis zum Hotel zurück. Annies Hose war durchnässt und ihre Zehen in den dünnen Ballerinas fühlten sich ebenfalls feucht an. Dennoch konnte sie nicht leugnen, dass sie es genossen hatte, mit Oliver durch den Regen zu rennen. Es hatte sich viel zu gut angefühlt, so, als würde sie irgendetwas verbinden.

An der Tür hielt Annie kurz inne und schaute Oliver unsicher an. »Kommst du noch eben mit rein? Bis das Wetter sich wieder aufklärt?«, fügte sie rasch hinzu, damit es sich nicht wie ein blöder Anmachspruch anhörte.

Oliver schüttelte sein nasses Sakko aus. »Wenn es dir nichts ausmacht, dann gern.«

Es machte ihr etwas aus. Denn es widerstrebte ihr viel zu sehr, sich von ihm zu verabschieden.

Natürlich konnte sie ihn bei dem Wetter unmöglich wieder zurückschicken. Inzwischen kam das Wasser in einem wahren Sturzbach herunter, als wollte der Himmel nun all das loswerden, was er in den letzten, sehr sonnigen Tagen bei sich behalten hatte.

Sie hatte keine Wahl.

Annie führte Oliver in die kleine Wohnung. »Kann ich dir etwas anbieten?«, fragte sie, nachdem sie ihre Jacke und sein Sakko zum Trocknen an die Heizung gehängt hatte.

»Ein Tee wäre nicht schlecht.«

Annie verzog das Gesicht. »Oh Mist!«, fluchte sie. »Ich habe schon wieder nicht eingekauft!« Sie seufzte tief. »In der Küche müssten noch ein paar Teebeutel sein, mit mehr kann ich leider nicht dienen.«

»Dann war das wirklich der Grund, wieso du neulich Abend im Buchladen warst?«, fragte Oliver erstaunt.

Sofort stand er ihr in dem aufgeknöpften Hemd und den vom Liebesspiel zerzausten Haaren vor Augen. Ebenso wie der verräterische Lippenstiftfleck auf seinem Kragen. Annie atmete langsam durch und kämpfte um ihre Selbstbeherrschung. Sie sollte nie vergessen, dass Oliver niemals das für sie sein konnte, was sie sich wünschte. Und sie nicht für ihn.

»Sicher.« Im Stillen gratulierte sie sich, wie gefasst ihre Stimme klang. »Über Tee mache ich keine Scherze.«

»Wo ist denn die Küche?«, fragte er peinlich berührt. Vermutlich hatte er sich ebenfalls daran erinnert, wo *er* an dem Abend gewesen war.

»Aus der Wohnungstür raus und rechts durch den Speisesaal«, erklärte Annie. »Ich zieh mir nur eine andere Hose an, dann zeige ich sie dir.«

»Ich denke, ich finde mich zurecht.« Hastig verließ Oliver den Raum.

Das Teewasser kochte bereits, als Annie kurze Zeit später die Küche betrat.

»Die Ausbeute war wirklich mau.« Oliver deutete entschuldigend auf zwei Becher, in denen jeweils ein Teebeutel hing. Er goss den Tee auf und reichte Annie einen der Becher.

Dankbar schloss sie ihre kalten Finger darum. Ihr Magen knurrte.

Ein schuldbewusster Ausdruck trat auf Olivers Gesicht. »Du bist heute nicht mal zum Essen gekommen, oder?«

»Nicht so richtig«, gab Annie zu. »Du bestimmt auch nicht.« Sie schaute sich prüfend in der Küche um, als hoffte sie, dass wie von Zauberhand irgendetwas Essbares erscheinen würde. »Ich würde dir ja gern etwas anbieten, aber ...«

»Aber du hast in den letzten Tagen so viel gearbeitet, dass du nicht zum Einkaufen gekommen bist«, vollendete er ihren Satz. »Vielleicht kann ich dich als Wiedergutmachung zum Essen einladen?«

Annie schaute aus dem Fenster, sie verspürte keinerlei Lust, wieder nach draußen zu gehen. Außerdem würde es ihrem Seelenfrieden nicht guttun, den Abend mit Oliver in einem romantischen, schummrigen Restaurant zu verbringen. »Es regnet«, sagte sie lahm.

»Wofür gibt es Lieferdienste?« Er deutete auf die Pinnwand, an der tatsächlich einige Menükarten hingen.

»Lieferdienste?« Annie verschluckte sich fast an ihrem Tee. Sie konnte sich Oliver absolut nicht mit einem Stück Pizza in der Hand vorstellen, das er sich in den Mund schob.

»Ja. Den Inder kann ich wirklich empfehlen, wenn du würziges Essen magst.«

Annie prustete. Die Welt war wieder in Ordnung. Selbst beim Imbiss legte Oliver Wert auf Stil.

»Was ist daran so lustig?« Er schaute sie verwundert an.

»Gar nichts«, winkte Annie ab. »Ich habe nur versucht, dich mir vor einer großen Pizza-Schachtel vorzustellen. Es hat nicht geklappt. Da passt indisches Essen viel besser ins Bild.«

Seine Augenbrauen fuhren amüsiert nach oben. »Ich esse gern Pizza«, betonte er. »Zwar mit Messer und Gabel, aber ich esse sie.«

Annie schnaufte belustigt. »Pizza isst man mit der Hand!«, klärte sie ihn auf. »Zumindest wenn man in Amerika lebt.«

»Das könnte ich meiner Mutter niemals antun.« Selbstironie und eine Spur von Bitterkeit lagen in seiner Stimme. »Das hat sie uns schon als Kinder niemals gestattet.«

»Das hört sich nicht nach einer besonders glücklichen Kindheit an«, sagte Annie behutsam. Sie wollte so gerne mehr über ihn erfahren, und hatte zugleich Angst, aufdringlich zu wirken.

»Ach, so schlimm war es nicht.« Oliver ließ sich auf einen Küchenstuhl sinken. »Meine Schwester und ich hatten fast alles, was wir uns wünschen konnten. Wir mussten uns nur an ein paar Regeln halten. Meine Eltern haben sehr viel Wert auf gute Manieren und angemessenes Verhalten gelegt. Wie gesagt, das war halb so wild, nur manchmal etwas öde. Unangenehm wurde es erst, als ich älter wurde und feststellte, dass meine Ansichten bezüglich meines Lebens sich nicht mit denen meiner Eltern deckten.«

Gespannt wartete Annie, ob er weitersprechen würde, doch er blieb still.

»Vermisst du sie?«, fragte sie schließlich.

»Meine Eltern?« Oliver zuckte mit den Schultern. »In letzter Zeit standen wir uns nicht mehr besonders nah. Meine Sehnsucht hält sich daher in Grenzen. Ich bin froh, endlich meine Ruhe zu haben.«

Er sagte es ganz lässig, trotzdem spürte Annie, dass er nicht so ungerührt war, wie er sich gab. Es musste belastend sein, keine gute Beziehung zu seinen Eltern zu haben.

»Und deine Schwester?«

Er lächelte leicht. »Sie ist in Ordnung. Wir haben noch immer regelmäßig Kontakt. Auch wenn sie nicht mehr ganz so viel Zeit für mich hat. Sie hat kurz vor meinem Weggang geheiratet und hat vor vier Monaten ihren ersten Sohn zur Welt gebracht.«

»Ist es nicht schwer, so weit weg von deiner Familie zu sein?«

»Durch Catherine kriege ich das meiste mit.« Ein wehmütiger Ausdruck trat auf sein Gesicht. »Nur meinen Babyneffen würde ich gern mal in echt sehen.« Er atmete tief durch. »Alles in allem ist es besser so, wie es ist. Das Einzige, was ich wirklich vermisse, ist die Landschaft. Die sanften, immergrünen Hügel, die Burgen und Ruinen, die Felsen und Klippen.«

Annie gab einen leisen, faszinierten Laut von sich. »Das würde ich unglaublich gerne mal sehen.«

Er schmunzelte. »Bei deinem Faible für Jane Austen hätte ich auch nichts anderes erwartet.«

»Was für ein Faible?« Annie nahm einen Schluck von ihrem Tee, um ihre Verlegenheit zu überspielen.

Olivers blaugrüne Augen funkelten vergnügt. »Selbst wenn mir nicht aufgefallen wäre, wie oft du dich in der entsprechenden Ecke des Buchladens aufhältst und die Schmuckausgaben bewunderst, hätte ich daran keinen Zweifel.«

»Und wieso nicht?«, fragte Annie eine Spur zu herausfordernd. Hielt er sie etwa für weltfremd, naiv oder verträumt – wie es den Leserinnen solcher Bücher oft nachgesagt wurde?

»Sonst hättest du in deiner Masterarbeit kaum moderne Regency-Romane mit den Werken von Jane Austen verglichen.«

Annie schnappte nach Luft. »Woher weißt du das? Hast du mir nachspioniert?«

»Ich habe lediglich Mr. Google bemüht.« Er grinste. »Ich musste schließlich sichergehen, dass dein Literaturstudium nicht bloß eine Erfindung von dir war.«

»Pah! Als hätte ich so etwas nötig!« Annie schüttelte empört den Kopf.

Schlagartig wurde Oliver ernst. »Das hast du ganz sicher nicht.« Dann schlich sich wieder das Funkeln in seinen Blick. »Mich würde dein Fazit interessieren.«

»Mein Fazit wozu?«, fragte sie verwirrt und hatte kurz das Gefühl, dass er ihre Bekanntschaft meinte.

»Zu deiner Masterarbeit.«

»Ach so.« Annie atmete erleichtert und enttäuscht zugleich durch. »Eigentlich habe ich mir das Ergebnis auch gleich denken können. Die neuen Romane sind ganz nett, aber sie reichen niemals an die Werke von Jane Austen heran. Wie sollten sie auch? Jane hat in dieser Zeit gelebt, sie hautnah erfahren. Alles, was heute geschrieben wird, basiert mehr oder weniger auf dem, was sie uns überliefert hat.«

»Du bist wirklich ein großer Fan, was?«

»Bin ich«, erklärte sie würdevoll. »Du solltest ihre Bücher auch mal lesen.«

»Oh, das habe ich«, gab Oliver ungeniert zu.

»Tatsächlich?«, entfuhr es Annie überrascht. »Du bist der erste Mann, den ich treffe, der das freiwillig ...« Erschrocken hielt sie inne. Er war auch der erste *homosexuelle* Mann, mit dem sie über diese Bücher redete. Sie räusperte sich hastig. »Ich meine, für gewöhnlich mögen Männer diese Art von Geschichten nicht«, schloss sie diplomatisch.

»Vielleicht bin ich kein *gewöhnlicher* Mann«, sagte Oliver leise.

Leider, fügte Annie in Gedanken hinzu.

»Was ist eigentlich mit deiner Familie?«, fragte Oliver und verteilte das gerade gelieferte Essen auf die Teller. Ein himmlisch würziger Duft erfüllte die Küche und Annie lief das Wasser im Mund zusammen.

»Was soll mit ihr sein?« Sie holte Besteck aus einer Schublade. Dann schaute sie sich suchend in der Küche um. Sie hatte nicht einmal vernünftige Servietten oder eine Blume, die sie auf den Tisch stellen konnte, um es etwas gemütlicher zu machen.

»Du hast eine Schwester, so viel weiß ich schon.« Oliver drehte sich mit zwei Tellern in der Hand zu ihr um. Irgendwie hatte er es geschafft, das Essen aus den Thermobehältern richtig hübsch anzurichten.

»Lernt man das bei euch in der Schule oder hast du extra einen Kurs belegt?«, fragte Annie beeindruckt.

»Weder noch. Ich habe es mir beim Butler abgeschaut.«

Noch bevor Annie darauf reagieren konnte, verzog Oliver ertappt das Gesicht, als täte es ihm leid, sich verplappert zu haben.

»Ihr hattet einen Butler?«, entfuhr es Annie fassungslos. Sie starrte Oliver ungläubig an. Sie war noch nie jemandem begegnet, der mit einem *Butler* aufgewachsen war.

»Nun.« Oliver räusperte sich. »Ich nehme an, dass meine Eltern Thomas noch immer beschäftigen. Zumindest habe ich nichts Gegenteiliges gehört. Aber du lenkst vom Thema ab. Eigentlich habe ich nach *deiner* Familie gefragt.«

»Wir haben definitiv keinen Butler«, murmelte Annie. »Ansonsten kann ich mich nicht beschweren. Meine Eltern wohnen in Redford und wir stehen uns sehr nahe. Da fällt mir ein«, Annie seufzte, »sie kommen morgen aus dem Urlaub zurück und ich muss ihnen beichten, dass aus der geplanten Traumhochzeit im Sommer leider nichts wird. Dass ich jetzt außerdem allein in einem verlassenen Hotel in Silver Creek hause und meinen Job gekündigt habe, um als Aushilfe in einem Buchladen zu arbeiten.«

Betroffen musterte Oliver sie. »Du bist nicht nur eine Aushilfe für mich.«

»Ich weiß.« Dankbar lächelte Annie ihn an. »Und der Rest hört sich auch viel dramatischer an, als er ist.«

»Dann bereust du es nicht?«

Entschieden schüttelte Annie den Kopf. »Nichts davon, kein bisschen.«

»Was glaubst du, was deine Eltern davon halten werden?«

»Sie werden bestimmt nicht begeistert sein, doch sie werden zu mir stehen«, sagte sie fest.

Nachdenklich schaute Oliver sie an. »Ich hoffe, du weißt, was für ein Glück du damit hast.«

Es war fast Mitternacht, als Oliver sich verabschiedete. Nach dem Essen hatten sie über Gott und die Welt und über Bücher geredet und schlechten Tee dazu getrunken. Als der Regen nachgelassen hatte, hatte Oliver darauf bestanden, die Kisten, die noch in Annies Wagen lagen, in ihre Wohnung zu tragen. Und bei alldem hatte Annie zunehmend das Gefühl bekommen, dass er sich genauso wenig von ihr hatte verabschieden wollen wie sie sich von ihm.

Als sie immer öfter zu gähnen begann und ihren Kopf kaum noch aufrecht halten konnte, machte Oliver sich schließlich auf den Weg. Annie meinte, Bedauern in seinen so ausdrucksstarken, warmen Augen zu sehen. Sie seufzte, als sie die Tür hinter ihm schloss. Dann presste sie die Hände an ihre Brust, lehnte sich an die Wand und schaute durch die Glastür des Hotels seiner aufrechten, eleganten Gestalt hinterher.

Warum musste sie sich ausgerechnet in ihn verlieben?

Am nächsten Morgen stand Annie viel länger als nötig vor dem Kleiderschrank und überlegte, was sie anziehen sollte. Natürlich wusste sie, dass es albern und völlig überflüssig war. Erstens würde sie den ganzen Tag vermutlich wieder im Feenkostüm verbringen und zweitens spielte es für Oliver kaum eine Rolle, was sie anhatte, solange es halbwegs angemessen war.

Trotzdem hatte sie Olivers intensive Blicke und das fast schon zärtliche Lächeln vor Augen, mit dem er sie immer wieder bedacht hatte. Und daran konnte auch ihr Entschluss, einen kühlen Kopf zu bewahren, nichts ändern.

Annie schaute auf die Uhr und entschied sich für eine goldbraune Tunika, die hervorragend mit ihrem Teint harmonierte. Dazu wählte sie eine enge weiße Jeans und ihre Lieblingsballerinas.

Sie kämmte sich noch einmal durch die Haare, schnappte ihre Handtasche und eilte zur Tür.

Etwas außer Atem erreichte sie den Buchladen. Durch das Fenster konnte sie Oliver bereits im Inneren herumgehen sehen. Unwillkürlich machte ihr Herz einen kleinen Sprung. Annie zählte innerlich bis zehn, besann sich auf ihre Contenance und öffnete die Tür.

»Annie.« Die Freude, die kurzzeitig Olivers Gesicht erhellte, war wie warmer Sonnenschein auf ihrem Gesicht.

»Guten Morgen.« Sie nickte ihm zu und ging nach hinten, um ihre Sachen abzulegen. Als sie Olivers schnelle Schritte hinter sich hörte, fuhr sie überrascht herum.

Oliver schaffte es noch gerade rechtzeitig, seinen Schwung so abzubremsen, dass er nicht mit ihr zusammenstieß. Er packte Annies Schultern, um sein Gleichgewicht zu wahren. »Wow!«, entfuhr es ihm erschrocken.

Annie starrte seine breite Brust in dem hellblauen Hemd an, die direkt auf ihrer Augenhöhe lag. Oliver trug heute keine Krawatte. Der oberste Hemdknopf stand auf und zog ihren Blick wie magisch auf die kleine Kuhle an seinem Hals, die wie gemacht dazu schien, ihr Gesicht darin zu vergraben. Annie schluckte.

Oliver ließ sie so abrupt los, als hätte er sich verbrannt.

Hastig trat Annie einen Schritt zurück, um etwas Sicherheitsabstand zwischen ihn und sich zu bringen, bevor sie etwas unsagbar Dummes tat. »Ist etwas?«

»Ja.« Er schnaufte verlegen. »Ich habe hier eine Kleinigkeit für dich.« Mit diesen Worten drängte Oliver sich an ihr vorbei in die enge Teeküche.

Aufregung kribbelte durch Annies Körper. Oliver hatte ein Geschenk für sie? Neugierig folgte sie ihm hinein. »Du hast nicht noch ein Kostüm dabei, oder?«, fragte sie, um ihre plötzliche Vorfreude zu dämpfen.

»Nein.« Lächelnd drehte er sich zu ihr um und reichte ihr ein kleines, würfelförmiges Päckchen.

Gespannt riss Annie das Papier auf. Eine hübsche Teedose in pastellrosa kam zum Vorschein. Etwas raschelte darin, als Annie sie schüttelte.

»Auf die Schnelle habe ich keine hübschere Dose gefunden«, erklärte Oliver. »Dafür kommt der Tee direkt aus England. Vor ein paar Tagen habe ich erst wieder eine neue Lieferung von meiner Schwester bekommen.«

Gerührt schaute Annie ihn an, die Dose an ihr wild pochendes Herz gepresst. »Danke.« Es war das süßeste, aufmerksamste Geschenk, das ihr je jemand gemacht hatte.

Oliver lächelte. Ganz offensichtlich genoss er die gelungene Überraschung. »Das ist das Mindeste, nach allem, was du für den Laden tust. Außerdem konnte ich nicht zulassen, dass du weiterhin diese grausige Brühe trinkst, die der Rest der Welt großzügig als Tee bezeichnet.«

Annie schmunzelte. »Gib es zu, du willst bloß selbst nicht wieder diese *Brühe* trinken müssen, wenn du mich das nächste Mal besuchst.«

»Erwischt.« Ein Kranz feiner Fältchen erschien um Olivers Augen, als sein Lächeln sich vertiefte. »Das ist aber noch nicht alles«, verkündete er. »Ich habe Vorsorge getroffen, damit du mir heute nicht wieder halb verhungerst.« Er deutete auf ein kleines Tablett, das hinter ihm auf dem Tisch stand und eine beeindruckende Anzahl dreieckiger Sandwiches enthielt. »Ich hoffe, du magst Gurke und Thunfisch, etwas anderes hatte ich nicht da.«

»Zusammen?« Annie gelang es nicht, ihre Skepsis zu verbergen.

»Natürlich nicht.« Oliver lachte auf. »Obwohl ich es, nur um dein entgeistertes Gesicht zu sehen, einmal riskieren sollte.«

Annie widerstand dem Impuls, ihm die Zunge herauszustrecken. »Welche sind mit Gurke?«

»Die sind links und rechts sind die mit Thunfisch.«

»Hast du das auch von eurem Butler gelernt?«, fragte Annie und nahm sich ein Häppchen.

»Ja. Erstaunlich, was mit den Jahren so hängen bleibt. Aber jetzt genieße dein Frühstück. Der Tee müsste auch schon so weit sein.« Er deutete auf die bauchige Teekanne, die einen angenehmen Duft nach schwarzem Tee und Bergamotte verbreitete.

Bedächtig holte Annie sich eine Tasse aus dem Schrank. Die Art, wie Oliver sich bemüht hatte, ihr eine Freude zu machen, ließ ein wunderschönes, perlendes Gefühl in ihrer Brust aufsteigen. Außerdem war wieder dieser ganz besondere Ausdruck in seinem Gesicht gewesen. Annie biss sich auf die Unterlippe, um ihr Lächeln zurückzuhalten. Sie konnte ihm unmöglich gleichgültig sein.

Gegen elf war der Laden noch voller als am Vortag. Und es kamen deutlich mehr Ortsfremde herein. Offenbar nutzten viele Menschen den Sonntag für einen Tagesausflug. Annie hatte alle Hände voll zu tun und musste sogar noch eine zusätzliche Bastelstunde anbieten, weil sie nicht genügend Platz für alle Kinder hatten.

Oliver sah sie an diesem Tag nur aus der Ferne oder flüchtig, weil sie beide so in Beschlag genommen wurden. Nur einmal stieß sie beinah mit ihm zusammen, als er kauend aus der Teeküche kam, in die sie gerade huschen wollte. Seine Idee mit den Sandwiches erwies sich nämlich als weise Voraussicht. Sonst wären sie überhaupt nicht zum Essen gekommen.

Annie merkte gar nicht, wie der Tag verflog, nur dass ihre Stimme immer heiserer wurde. Sie hatte gerade einer äußerst unentschlossenen Touristin aus Europa, die sie mindestens eine Viertelstunde beschäftigt hatte, einen Bildband über die Großen Seen angedreht, als plötzlich ihr Handy klingelte.

Überrascht ging Annie ran.

»Hallo Süße«, erscholl Beths gut gelaunte Stimme. »Ich möchte nur sichergehen, dass du vor lauter Arbeit den Spaß nicht vergisst.«

»Welchen Spaß?« Annie winkte einem Mann, der sich suchend umsah, kurz zu, um anzudeuten, dass sie gleich bei ihm sein würde.

»Wir sind zum Tanzen verabredet.«

»Ach ja.« Annie stand der Sinn überhaupt nicht mehr danach. Alles, was sie wollte, war, die Füße hochzulegen und sich mit einem Buch aufs Sofa – oder noch besser in die Badewanne – zu verkriechen.

»Du willst doch nicht etwa einen Rückzieher machen?«, fragte Beth streng.

»Ich ... Ähm ...«

»Du musst unter Leute, Annie«, sagte ihre Schwester eindringlich. »Bücher sind schön und gut, aber das wirkliche Leben findet außerhalb von ihnen statt.«

Seufzend schaute Annie sich im Buchladen um. Ihr Blick fiel auf Oliver und ihr Herz machte den inzwischen vertrauten freudig-schmerzhaften Sprung. Beth hatte recht. Es war nicht gut für sie, sich in ihrer Verliebtheit zu suhlen oder in Traumwelten zu flüchten.

»Also gut«, sagte sie schließlich, »Wenn ich nicht lange bleiben muss, ich bin ziemlich k. o.«

»Kein Problem!«, flötete Beth erfreut. »Wir holen dich in zwei Stunden im Hotel ab, dann hast du noch genug Zeit, um dich umzuziehen. Richard sagt, es geht bei dem Tanz eher elegant zu.«

Auch das noch. Annie verzog das Gesicht. Sie hatte absolut keine Lust, sich in Schale zu werfen. Außerdem lag ihr einziges Cocktailkleid gut verstaut in irgendeiner Kiste. Denn natürlich war sie noch nicht zum Auspacken gekommen. »Ich werde sehen, was sich machen lässt«, brummte sie müde.

»Wenn du magst, komme ich ein wenig früher und mache dir die Haare«, bot Beth versöhnlich an. Sie schaffte es meist, mit wenigen Handgriffen eine Frisur zu zaubern, für die Annie Stunden gebraucht hätte.

»Vielleicht komme ich auf dein Angebot zurück. Erst muss

ich sehen, wann ich hier überhaupt wegkomme.« Immerhin schloss das Books'n'Dreams offiziell erst in fünfzig Minuten.

»Du arbeitest zu viel, das weißt du, oder? Besonders angesichts des Hungerlohns, den dein Chef dir bezahlt. Ich hätte Mr. Ward nicht für so einen Ausbeuter gehalten.«

»Das ist er nicht!«, verteidigte Annie ihn heftig. »Ich mache das freiwillig.«

»Annie ...« Beths Stimme bekam einen mahnend-besorgten Unterton. »Dein Arbeitseifer hat hoffentlich nichts mit *ihm* zu tun, oder? Du weißt, dass er ...«

»Natürlich weiß ich das!«, unterbrach Annie sie aufgebracht. Ihre Schwester musste es ihr nicht dauernd unter die Nase reiben. »Und nein, es hat nichts mit ihm zu tun«, zischte sie deutlich leiser, als ihr die neugierigen Blicke auffielen, die einige Kunden ihr zuwarfen. »Ich habe bloß endlich etwas gefunden, was mir wirklich Spaß macht. Nach Jahren, in denen ich in dieser Versicherungsagentur versauert bin.«

»Dann ist ja gut.« Beth klang nicht restlos überzeugt, ließ es jedoch dabei bewenden. »Wir sehen uns dann nachher.«

»Ja, bis dann.« Annie legte auf und eilte zu dem wartenden Kunden.

»Hast du mal einen Moment?«, wandte sie sich etwa fünfzehn Minuten später an Oliver. Außer ihnen beiden befanden sich nur noch zwei weitere Menschen im Laden. Der größte Ansturm war also vorbei.

»Sicher. Ist alles in Ordnung?« Sein Blick zuckte besorgt zu der Tasche, in der ihr Handy verstaut war. Oliver hatte ihr Telefonat also auch mitbekommen. Zum Glück hatte sie nichts Verfängliches gesagt.

»Ja. Ich wollte nur fragen, ob ich heute etwas früher gehen kann.«

»Da du heute eigentlich gar nicht hättest arbeiten müssen, kann ich kaum etwas dagegen haben.« Oliver lächelte. »Du hast dir den Feierabend mehr als verdient.« Er zögerte. »Oder hast du noch etwas vor?«

Sie nickte. »Ich werde bei dem Tanzfest vorbeischauen.«

»Du bist verabredet?« Der alarmierte Ton seiner Stimme war wie eine Liebkosung für Annies Herz.

»Ja.« Sie grinste und genoss für einen Moment den Schatten, der sein Gesicht verfinsterte. Das sah eindeutig nach Eifersucht aus, auch wenn es keinen Sinn ergab. »Mit meiner Schwester und ihrem Freund.«

»Ach so.« Oliver atmete erleichtert auf. »Dann wünsche ich euch viel Spaß.«

»Danke. Ich würde ja fragen, ob du auch kommen möchtest, aber du sagtest schon, dass du nicht gerne tanzt.« Sie konnte es sich nicht verkneifen, ihn ein wenig herauszufordern.

»Genau.« Oliver presste die Lippen zusammen. »Das habe ich gesagt.«

»Dann sehen wir uns morgen.« Sie wandte sich ab und ging, um ihre Jacke zu holen.

Zum gefühlt hundertsten Mal sortierte Oliver die Bücher im Regal um. Es gab einfach nichts mehr für ihn zu tun. Der Laden war aufgeräumt und bereit für den nächsten Tag. Und für Buchhaltung war er einfach nicht in der Stimmung. Normalerweise hätte er sich jetzt mit einem Buch zurückgezogen, doch er fand nicht die nötige Ruhe dafür. Immer wieder wanderten seine Gedanken zu Annie und dem, was sie wohl gerade machte.

Er malte sich aus, wie sie mit anderen Männern tanzte, lachte und flirtete. Denn daran, dass sie es tat, hatte er keinen Zweifel. Das war schließlich der Zweck eines Tanzabends.

Oliver ballte die Hände zu Fäusten. Er war selber schuld. Er hätte jetzt an Annies Seite sein können, mit ihr tanzen, sie in seinen Armen halten, sie umwerben.

Er kniff die Augen zu, massierte frustriert den Punkt über seiner Nasenwurzel und zählte innerlich bis zehn. Er war um die halbe Welt geflogen, hatte den Ozean zwischen sich und seine Familie gebracht und trotzdem bestimmte sie noch immer über sein Leben.

Es wäre nur ein Tanz, flüsterte eine verführerische Stimme in seinem Hinterkopf. Ein bisschen Spaß, nichts weiter. Und wenn sich mehr daraus entwickeln sollte, dann war das eben so. Spaß war nicht verboten. Er musste Annie ja nicht gleich heiraten. Gleichzeitig wusste er, dass Annie keine Frau war für eine Nacht, nicht einmal für eine Affäre. Mehr konnte er ihr aber nicht bieten. Nicht ohne ...

Oliver schluckte. Auch nur daran zu denken, war ungeheuerlich. Es widersprach all dem, was ihm seit Kindesbeinen anerzogen worden war. Und es würde Konsequenzen nach sich ziehen.

Vielleicht wäre sie all das trotzdem wert.

Das würde er allerdings nie erfahren, wenn er sich in seinem Laden verkroch. Wenn er anderen das Feld überließ, ohne auch nur den Versuch zu wagen, es herauszufinden.

Vielleicht machte er sich völlig umsonst verrückt und Annie hatte überhaupt kein Interesse. Oder sie war einfach nicht die richtige Frau für ihn, auch wenn es ihm im Augenblick so vorkommen mochte.

Er musste Gewissheit haben, bevor er es ernsthaft in Erwägung zog, endgültig mit seiner Familie und seiner Verantwortung zu brechen.

Kapitel 8

»Und, habe ich dir zu viel versprochen?«, fragte Beth grinsend.

»Nein«, gab Annie lächelnd zu. Die festlich geschmückte Turnhalle war als solche kaum zu erkennen. Die besten zehn Musiker des gestrigen Wettbewerbs sorgten für stimmungsvolle Livemusik und die Tanzfläche war gut gefüllt. Außerdem war Richard, der abwechselnd mit Beth und ihr tanzte, ein begnadeter Tänzer.

»Dieser Mann schaut schon wieder zu dir herüber«, wisperte Beth ihr zu. »Wenn du ihn auch nur einmal anlächelst, kommt er mit Sicherheit her.«

»Ich wüsste nicht, wozu«, gab Annie leise zurück. Ihr stand der Sinn absolut nicht danach, irgendwelche Männer kennenzulernen. Ihr reichte das Gefühlschaos, das Oliver in ihr auslöste. Außerdem wüsste sie gar nicht, was sie dann tun sollte. Ihr letztes *erstes Date* lag über sieben Jahre zurück und zählte praktisch gar nicht. Immerhin war sie damals ein halbes Kind gewesen. Sie hatte keine Ahnung, was Männer heutzutage nach einem netten Abend erwarteten. Und wenn sie ehrlich war, wollte sie das auch gar nicht herausfinden.

»Och, mir würde da schon was einfallen.« Beth schmunzelte doppeldeutig.

Annie verdrehte die Augen. »Manchmal frage ich mich, ob wir wirklich Schwestern sind.« Bevor sie Richard kennengelernt hatte, hatte Beth ihr Singleleben voll ausgekostet. Sie wusste genau, wie man sich in allen möglichen Situationen verhielt. Im Gegensatz zu Annie.

»Nicht, was du wieder denkst!« Beth schüttelte in gespielter Empörung den Kopf. »Du könntest mit ihm tanzen. Dann müsste eine von uns nicht ständig aussetzen.«

Annie verspürte unverzüglich den Stich schlechten Gewissens. Es war nicht fair Beth gegenüber, dass sie die Hälfte der Zeit auf ihren Freund verzichten musste. »Auf deine Verantwortung!«, zischte sie ihrer Schwester zu. »Und wenn der absolut schrecklich sein sollte, versprichst du mir, ihn für mich loszuwerden.«

»Abgemacht.« Beth strahlte.

Richard gesellte sich mit drei vollen Gläsern zu ihnen, die er an der Bar besorgt hatte. »Tut mir leid, dass das so lange gedauert hat, es ist wirklich voll da vorne.« Er gab Beth einen Kuss auf die Wange und reichte zwei Gläser weiter. Dann schlang er seinen freien Arm um Beths Taille und zog sie verliebt an sich. Es war einfach süß, wie die beiden miteinander umgingen.

Genau das wollte Annie ebenfalls haben.

Langsam wandte sie den Kopf und schaute den Mann an, von dem Beth gesprochen hatte. Er gehörte zu einer kleinen Gruppe junger Leute und sah auf den ersten Blick recht nett aus. Er trug ein helles Hemd zu einer schwarzen Jeans, hatte blonde, etwas strubbelige Haare und einen kleinen Ring im Ohr. Zaghaft lächelte Annie ihn an.

Es dauerte ein paar Herzschläge, bis er das bemerkte, dann wanderten seine Augenbrauen überrascht nach oben. Er prostete Annie mit seinem Glas zu und sie erwiderte die Geste. Daraufhin sagte der Mann etwas zu seinen Freunden und setzte sich in Bewegung.

»Das war schon mal nicht schlecht«, raunte Beth anerkennend, während Annie sich plötzlich ganz weit weg wünschte.

Was, wenn sie gleich knallrot wurde oder zu stottern anfing? Sie war eine erwachsene Frau, die weniger vom Flirten verstand als eine durchschnittliche Fünfzehnjährige.

»Hi.« Der Mann hatte sie nun erreicht. »Ich bin David«, stellte er sich vor.

»Annie«, brachte sie mit etwas zu dünner Stimme hervor.

»Nette Party«, bemerkte er, nachdem sich Beth und Richard ebenfalls vorgestellt hatten.

»Oh ja.« Annie nickte und nippte an ihrem Getränk.

»Du bist nicht von hier, oder David?«, sprang Beth in die Bresche.

»Ist das so offensichtlich?« Er lachte gutmütig.

Beth zuckte mit den Schultern. »Es ist ein kleiner Ort.«

»Dann seid ihr drei von hier?« Die Frage war an die Runde gerichtet, aber er sah Annie dabei an.

»Mehr oder weniger.« Mutig erwiderte sie seinen Blick, obwohl es sie einige Überwindung kostete. »Ich bin vor etwa zwei Wochen hergezogen«, fügte sie hinzu, weil David offensichtlich auf eine Erklärung wartete.

»Was hat dich denn hierher verschlagen?«

Hastig ging Annie in Gedanken die Liste möglicher Antworten durch. Sie wollte ihm nicht bereits in den ersten fünf Minuten erzählen, dass sie frisch von ihrem langjährigen Freund getrennt war. »Ich brauchte einen Neuanfang«, sagte sie schließlich ausweichend. »Und da meine Schwester hier lebt, bot sich der Ort irgendwie an.«

Die Band stimmte einen neuen Song an und Beth fing unverzüglich an, im Takt mitzuwippen. »Ich liebe dieses Lied!«, verkündete sie. »Ihr entschuldigt uns?« Sie hakte sich bei Richard unter.

Annie schoss ihr so unauffällig wie möglich einen bitterbösen Blick zu. Das machte sie bestimmt mit Absicht! Leider erwies sich der Blick als *zu* unauffällig, denn Beth schien ihn überhaupt nicht zu bemerken. Sie stellte ihr Glas auf einem Stehtisch ab und zog Richard fröhlich in Richtung der Tanzfläche.

Eine peinliche Stille breitete sich zwischen Annie und David aus. Annie lächelte und nippte erneut an ihrem Getränk, während sie krampfhaft überlegte, was sie zu ihm sagen konnte.

»Möchtest du tanzen?«, fragte er.

»Ja«, entgegnete sie erleichtert. Dann standen sie zumindest nicht mehr ganz so blöd in der Gegend herum.

David streckte den Arm aus, um Annie den Vortritt zu lassen, und folgte ihr auf die Tanzfläche.

Er war kein so guter Tänzer wie Richard, aber er blieb im Takt, kannte zumindest ein paar Schritte und behielt seine Hände brav da, wo sie hingehörten.

Mit der Zeit schaffte Annie es tatsächlich, sich ein wenig zu entspannen, und sie merkte erstaunt, dass sie das Tanzen und den belanglosen Small Talk mit David sogar ein wenig genoss. Er war IT-Systementwickler aus Kalamazoo, der sich mit Freunden für ein paar Tage eine Hütte am Magician Lake gemietet hatte. Er war mit Sicherheit niemand, der ihr Herz höherschlagen ließ, aber er war sympathisch und klug. Und es war schließlich nur ein Tanz.

Aufmerksam schaute Oliver sich in dem Festraum um. Überall standen Grüppchen von einigermaßen schick gekleideten, lachenden Menschen, von denen manche bereits tüchtig angeheitert waren. Weiter vorne drängten sich die Tanzwütigen. Irgendwo neben ihm lachte eine Frau übertrieben laut und unwillkürlich fragte er sich, was seine Mutter wohl von ihm halten würde, wenn sie ihn jetzt in dieser kitschig geschmückten Turnhalle sehen würde.

Er schnaufte selbstironisch. Wenn er ihr zusätzlich erzählen sollte, dass er nicht nur völlig freiwillig hier war, sondern durchaus vorhatte, sich zu amüsieren, würde sie ihn in eine Klinik einweisen lassen.

Zum Glück lag ein ganzer Ozean zwischen ihr und ihm. Und er war frei zu tun und zu lassen, was ihm beliebte – zumindest innerhalb des ihm gesteckten Rahmens.

Entschieden drängte Oliver die bitteren Gedanken beiseite.

Stattdessen bemühte er sich, Annie in der Menge ausfindig zu machen.

»Mr. Ward?« Eine Hand strich leicht über seinen Arm. »Sie sind ja auch hier.«

Unwillig wandte Oliver den Kopf und schaute die Frau an, die gerade gesprochen hatte. Er hatte sie schon oft im Buchladen gesehen. Sie war recht hübsch, für seinen Geschmack jedoch etwas zu sehr geschminkt. Soweit er wusste, war sie Mitte dreißig und frisch geschieden, wie sie ihm direkt bei ihrer ersten Begegnung mitgeteilt hatte.

»Guten Abend.« Er lächelte unverbindlich und überlegte, wie er sie am schnellsten wieder loswerden konnte, ohne sie zu brüskieren. Immerhin kaufte sie tatsächlich hin und wieder ein Buch und gehörte somit zu seiner Stammkundschaft.

»Möchten Sie tanzen?«, fragte sie geradeheraus.

»Vielleicht später« entgegnete er abgelenkt, denn er glaubte, Annie in der Menge erspäht zu haben. »Bitte entschuldigen Sie mich.« Mit diesen Worten ließ er sie stehen und drängte sich weiter nach vorn. Dabei verlor er Annie aus den Augen und stellte sich suchend an den Rand der überfüllten Tanzfläche.

Das Lied, das gerade gespielt wurde, verklang. Einige Paare verließen die Bühne und gaben den Blick auf den mittleren Bereich frei.

Oliver stockte das Herz. Da stand Annie in einem dunkelblau schimmernden, ärmellosen Kleid, dessen sanft schwingender Rock knapp unterhalb ihrer Knie endete. Ihre Haare ergossen sich in sanften Locken auf die Schultern und wurden an den Seiten von ein paar glänzenden Spangen zusammengehalten. Ihre Wangen waren vom Tanzen erhitzt und mit einem strahlenden Lächeln schaute sie zu ihrem Partner empor, dessen Hand auf ihrer Hüfte ruhte, obwohl das Lied bereits zu Ende war.

Die rasende Eifersucht, die wie eine Welle über ihn hereinbrach, traf Oliver völlig unvorbereitet. Wie hypnotisiert starrte er Annie und den gut aussehenden, fremden Mann an, der ihr etwas zuflüsterte. Sie lachte fröhlich. Zitternd atmete Oliver durch und zwang sich, sich zu entspannen.

Sie hatte den Typen vermutlich gerade erst kennengelernt. Vorhin hatte sie gesagt, sie wäre lediglich mit ihrer Schwester und deren Freund verabredet. Er war also genau rechtzeitig gekommen.

Noch bevor er sich darüber klar werden konnte, was er tat, setzte Oliver sich in Bewegung. Die ersten Klänge eines neuen Stücks begleiteten seinen Auftritt. Er erreichte Annie, als sich der Arm ihres Partners wieder enger um sie schloss. Äußerlich gelassen, innerlich so gespannt wie eine Bogensehne legte Oliver die Hand auf Annies Schulter. »Darf *ich* um diesen Tanz bitten?«

»Oliver?« Annie fuhr ungläubig zu ihm herum. Die Freude in ihrem Gesicht entschädigte ihn vollständig für den qualvollen Moment, sie in den Armen eines anderen Mannes zu sehen.

»Ihr kennt euch?«, fragte ihr Tanzpartner überflüssigerweise und machte keine Anstalten, das Feld zu räumen.

»Ja. Oliver ist ... mein Chef.«

Täuschte er sich oder wurde sie tatsächlich ein wenig rot?

»Wie gut, dass du jetzt Feierabend hast.« Der Kerl grinste herausfordernd.

»Es ist wichtig«, sagte Oliver mit undurchdringlicher Miene, um den Typen möglichst schnell loszuwerden.

Der Mann schaute Annie fragend an und ließ sie, auf ihr Nicken hin, endlich los. »Wir sehen uns später?«

»Bestimmt.« Sie lächelte.

Erneut verspürte Oliver einen schmerzhaften Stich. *Ihm* sollte dieses Lächeln gelten, ihm und keinem anderen. Besitzergreifend zog er Annie an sich und registrierte zufrieden ihren überraschten Gesichtsausdruck. Langsam begann er, sich mit ihr im Takt der Musik zu wiegen, und konnte nicht fassen, wie unglaublich gut sich das - sich Annie - anfühlte.

»Was ist passiert?« Ihre Frage riss ihn aus seiner Schwärmerei.

»Was meinst du?«

»Du sagtest, es sei wichtig«, erinnerte sie ihn.

Oliver war es, als hätte ihn eine eisige Windbö erwischt. Tanzte sie etwa nur mit ihm, weil sie dachte, dass es um den Buchladen ging? Hatte sie ihn deshalb als ihren Chef vorgestellt, weil sie nicht mehr in ihm sah?

Er räusperte sich. »Das habe ich nur gesagt, weil ich mit der hübschesten Frau im Saal tanzen wollte.« Er vollführte eine Drehung, um sie nicht merken zu lassen, wie viel ihm an ihrer Reaktion lag.

»Haha«, sagte Annie leise, hörte sich jedoch geschmeichelt an. »Nein, im Ernst, was machst du hier?«, fügte sie nach einer kurzen Pause hinzu.

»Mir war nach Gesellschaft zumute. Und da du der Mensch bist, den ich in Silver Creek am meisten mag, bin ich nun hier.«

»Das liegt vermutlich daran, dass du hier kaum Menschen kennst.«

Verstimmt drehte Oliver sie noch einmal im Kreis herum. Annie weigerte sich schlichtweg, auf seine Flirterei einzugehen. »Das ist nicht wahr«, widersprach er und bemühte sich, sich ihrem leicht humorvollen Ton anzupassen. »Ich kenne die alte Mrs. Brown und der Reverend schaut auch hin und wieder bei mir vorbei.«

Annie musterte ihn belustigt. »In diesem Fall nehme ich alles zurück.«

Annies Herz trommelte wie verrückt und das lag nicht nur an den schwungvollen Drehungen, mit denen Oliver mit ihr über die Tanzfläche glitt. Gott, konnte dieser Mann tanzen!

Ihre Hand ruhte auf seinem Oberarm und sie spürte die festen Muskeln unter dem dunklen Stoff des Anzugs. Olivers ganzer Körper strahlte Stärke, Souveränität und Männlichkeit aus. Seine Hand an ihrer Taille gab ihr Halt, führte sie mit sanftem, sicherem Druck selbst durch die komplizierteren Figuren und vermittelte ihr beinah das Gefühl zu schweben. Wann immer sich ihre Oberschenkel berührten, durchfuhr Annie ein angenehmes Kribbeln und ihre Knie drohten weich zu werden.

Wenn sie nur wüsste, was Oliver damit bezweckte.

War er sich seiner Wirkung auf sie bewusst? Wieso war er hier? Wieso tanzte er auf eine Weise mit ihr, als würde sie zu ihm gehören? Oder ging gerade ihre Fantasie mit ihr durch und es war nichts weiter als ein harmloser Tanz unter Freunden?

Aufgewühlt versuchte Annie, so viel Abstand wie möglich zwischen Oliver und sich zu bringen, um einen halbwegs klaren Kopf zu bewahren. In der Hoffnung, auf andere Gedanken zu kommen, ließ sie die Augen schweifen. Dabei bemerkte sie die Blicke, die Oliver und ihr neugierig, neidisch oder sensationslüstern folgten. Einige Anwesende steckten sogar die Köpfe zusammen und tuschelten.

Sie bildete es sich also nicht ein. Olivers Verhalten *war* ungewöhnlich für ihn.

Die letzten Akkorde des Songs verklangen. Annie nahm ihre Hand von Olivers Schulter und rückte noch ein Stück weiter von ihm ab.

»Darf ich auch um den nächsten Tanz bitten?«, fragte er.

Angestrengt versuchte Annie, in seinem Gesicht zu lesen – mit mäßigem Erfolg. Oliver sah so beherrscht aus wie immer. Nur seine Hand, die warm und fest, fast schon besitzergreifend auf ihrer Taille lag, ließ vermuten, dass ihm einiges an ihrer Antwort lag.

Annie gab sich einen Ruck. Es gab nichts, was sie lieber tun würde, als den ganzen Abend lang mit ihm über die Tanzfläche zu gleiten. Und eigentlich war auch nichts dabei. Sie waren bloß zwei Freunde, Kollegen, die gemeinsam tanzten. Es musste keiner erfahren, welch aufgeregte Purzelbäume ihr Herz gerade schlug.

Oliver lächelte, als sie ihm zunickte, und zog sie näher zu sich heran.

Beim dritten Tanz beschloss Annie, alle Bedenken in den Wind zu schlagen und einfach den Moment zu genießen. Es spielte keine Rolle, was danach kam - oder auch nicht -, es war ein wunderschöner Abend mit einem großartigen Mann. Nur der Gedanke an David ließ ein schlechtes Gewissen in ihr aufsteigen. Immerhin hatte er sie zuerst aufgefordert und war von Oliver recht entschieden, fast schon unhöflich, abgelöst worden. Annie biss sich auf die Lippe, um nicht dämlich loszugrinsen. Es musste Oliver schon sehr wichtig gewesen sein, er legte schließlich sonst nur tadellose Manieren an den Tag.

Nach einer langsamen Drehung erspähte sie David in der Menge der Tanzenden. Er hatte eine junge Frau im Arm und lachte ausgelassen. Zufrieden entspannte Annie sich. Dann bemerkte sie Beth, die sie vom Rand aus mit großen Augen anstarrte.

Die Musik verklang und Beth winkte Annie energisch zu sich.

»Ist irgendwas?«, fragte Oliver, als Annie entschieden den Kopf schüttelte.

»Ähm, nein. Da ist nur meine Schwester.«

Olivers Blick folgte dem ihren. »Es sieht aus, als möchte sie etwas von dir.«

Das war nicht zu übersehen. Annie gab einen undefinierten Laut von sich. Sie konnte sich ziemlich gut vorstellen, was Beth auf der Seele lag. Ebenso wie viele andere Personen im Raum schien ihre Schwester ihren Augen nicht recht zu trauen.

»Wir sollten ohnehin eine kurze Pause einlegen und etwas trinken«, schlug Oliver vor.

Jetzt, wo er das sagte, spürte Annie tatsächlich, wie trocken ihre Kehle war, und nickte widerstrebend.

Schicksalsergeben gesellten sie sich zu ihrer Schwester. »Oliver, das ist Beth. Beth - Oliver«, stellte Annie sie gegenseitig vor.

»Ich habe schon viel von dir gehört.« Beth musterte ihn aufmerksam.

Auch Annie betrachtete ihn intensiv. Sie wusste, dass ihre

Schwester eine viel auffälligere Erscheinung war als sie selbst. Beth war nicht nur groß, schlank und bildhübsch, sie besaß auch diese ganz besondere Ausstrahlung und das Selbstbewusstsein, um Männer um den kleinen Finger zu wickeln. Egal, wo sie auftauchte, sie zog alle bewundernden Blicke auf sich. Umso gespannter war Annie, wie Oliver auf sie reagieren würde.

Er nickte ihr freundlich zu. »Es freut mich sehr, Beth.« Er schien gegen ihre Reize vollkommen immun zu sein.

Was bedeutete das jetzt bloß? Ließ Beths Anblick ihn kalt, weil er sich im Stillen für Annie interessierte oder weil ihn *jede* Frau kaltließ? Annie unterdrückte ein Seufzen.

Es wäre ihr sogar lieber gewesen, er wäre auf Beth angesprungen, dann wüsste sie zumindest, dass er *nicht* schwul war und sie nicht auf ganz verlorenem Posten kämpfte.

»Wo ist denn Richard?« Annie reckte suchend den Hals.

»Der holt was zu trinken. Ich muss mir dringend die Nase pudern, kommst du mit?« Der bedeutungsvolle Blick, der diese Worte begleitete, machte es überdeutlich, dass ihre Nase das Letzte war, was Beth gerade interessierte.

Annie nickte resigniert. Besser, sie brachten das Gespräch gleich hinter sich, sonst würde die ganze Situation noch krampfiger werden.

»Also, was läuft da zwischen dir und *Oliver Ward*?«, raunte Beth aufgeregt, kaum dass sich die Tür der Damentoilette hinter ihnen geschlossen hatte.

»Nicht so laut!«, zischte Annie. Außer ihnen beiden war zwar gerade niemand im Waschraum, doch sie wusste nicht, wer sich alles in den Kabinen befand. Und sie wollte nicht zum Ursprung irgendwelcher Gerüchte werden. Sie nahm Beth an der Hand und zog sie in die gegenüberliegende Ecke. »Gar nichts ist zwischen uns«, flüsterte Annie eindringlich. »Er ist schwul, schon vergessen? Das hast du mir selbst gesagt.«

»So sieht es aber nicht aus!«, gab Beth ebenso leise zurück. »Hast du nicht bemerkt, wie er dich anschaut?«

»Wie denn?«, fragte Annie mit viel zu hoher Stimme und hoffte, dass sie nicht rot anlief.

Beth verengte die Augen und Annie bemühte sich um einen entspannten Gesichtsausdruck. Die Mundwinkel ihrer Schwester zuckten. »In etwa genauso wie du ihn.«

»Ich sehe ihn überhaupt nicht *irgendwie* an!«, wehrte Annie ab.

»Okay.« Beth hob besänftigend die Hände. »Du musst es am besten wissen.« Sie schmunzelte und klang nicht im Geringsten überzeugt. »Dann solltest du ihm das allerdings möglichst schnell klarmachen. Nicht, dass der arme Kerl sich noch in dich verliebt. Falls es dazu nicht schon zu spät ist.«

Misstrauisch beäugte Annie ihre Schwester. Machte sie sich gerade über sie lustig? Sie holte zitternd Luft. Spott konnte sie gerade am allerwenigsten gebrauchen, nicht, wenn ihr Herz zwischen absurder Hoffnung und der bitteren Gewissheit zerriss, dass aus Oliver und ihr nie das werden könnte, was sie sich so sehr wünschte. »Ich habe mit Dorothy geredet«, gab Annie verzweifelt zu. »Er hat ihr selbst erzählt, dass er sich nicht für Frauen interessiert.«

»Vielleicht hat er seine Meinung geändert«, sagte Beth sanft. »Vielleicht ist er bi, oder er ist einfach noch nie der Richtigen begegnet. Auf jeden Fall steht es außer Frage, dass er dich über alle Maßen mag.«

Annie nickte tapfer. »Lass uns wieder rausgehen«, sagte sie noch verunsicherter als zuvor.

Annie schlüpfte in die Jacke, die Oliver ihr galant hinhielt. Es war schon kurz nach Mitternacht, Beth und Richard hatten sich vor etwa einer Stunde verabschiedet, nur Oliver und sie waren stillschweigend bis zum Schluss geblieben. Er war den ganzen Abend nicht von ihrer Seite gewichen, sie hatten getanzt, geredet und gelacht. Mal mit Beth und Richard und mal ohne sie. Es war der schönste Abend, den Annie seit einer Ewigkeit erlebt hatte.

Doch egal, wie ausgelassen oder romantisch die Stimmung

gewesen war, Oliver hatte nie die rein platonische Grenze über-schritten. Selbst als sie sich im Takt eines wunderschönen, lang-samen Liedes gewiegt hatten, waren seine Hände brav auf ihrem Rücken geblieben und seine Wange hatte nie die ihre berührt.

Kühle Nachtluft schlug ihnen entgegen, sobald sie nach draußen traten. Der Mond schien hell am sternklaren Himmel und tauchte alles in sein silbriges Licht.

Oliver reichte Annie den Arm und sie hakte sich bei ihm un-ter, als sie sich auf den Weg zu ihrer Wohnung machten. Es herrschte fast absolute Stille auf den nächtlichen Straßen und Annie kam es beinah vor, als wären Oliver und sie die einzigen Menschen auf der ganzen Welt. Sie widerstand dem Impuls, sich enger an seinen Oberarm zu schmiegen, auch wenn es ihr unsag-bar schwerfiel. Sie wollte ihm so sehr nahe sein, wollte wissen, ob er - zumindest annähernd - das Gleiche für sie empfand wie sie für ihn.

Ihr Herz klopfte so laut in ihrer Brust, dass er das sicherlich hören musste. Immerhin war es das einzige Geräusch außer ih-ren hallenden Schritten auf dem Bürgersteig.

Annie schaute zum Himmel empor. Sie konnte sich nicht er-innern, wann sie das letzte Mal so viele Sterne gesehen hatte. In der Großstadt wurde ihr Schein stets von unzähligen Lichtern überlagert. Hier wirkten sie so nah und zugleich unerreichbar fern. So wie der Mann neben ihr.

Oliver sprach kein Wort, schien - genau wie sie - seinen eige-nen Gedanken nachzuhängen. Ob er auch die besondere Atmo-sphäre der Nacht spürte, merkte, wie romantisch ihr Spazier-gang im Mondschein war?

Das Hotel kam in Sicht und eine Erkenntnis reifte in Annie heran. Wenn er sie gleich nicht küsste, wenn er diese Gelegen-heit einfach verstreichen ließ, wenn er nach dem wundervollen Abend in dieser magischen Nacht sich nüchtern und freund-schaftlich von ihr verabschiedete, dann hatte er in der Tat kein Interesse an ihr.

An der Eingangstür blieb sie stehen, drehte sich halb zu ihm und schaute ihn erwartungsvoll an. »Danke für den schönen Abend.«

Er öffnete den Mund, wie um etwas zu sagen, schloss ihn wieder, seufzte leicht und lächelte sie an. »Ich danke dir für das ganze fantastische Wochenende. Es ist unglaublich, was du im Buchladen auf die Beine gestellt hast.«

Der Buchladen, natürlich, was sonst. Annie setzte ein tapferes Lächeln auf. »Habe ich gern gemacht«, murmelte sie.

»Das weiß ich. Trotzdem hast du sehr viel gearbeitet in letzter Zeit. Wieso nimmst du dir morgen nicht einmal frei?«

»Frei?«, wiederholte Annie verdattert. Ihr war es, als hätte er einen ganzen Kübel Eiswasser über ihr ausgekippt. Oliver wollte sie nicht nur nicht küssen, er wollte sie morgen überhaupt nicht sehen.

»Ja. Morgen wird vermutlich ohnehin nicht viel los sein. Schlaf dich einfach mal aus, entspann dich, tu dir was Gutes, lies ein Buch ... Du hast dir eine Pause redlich verdient.«

»Danke«, brummte Annie bitter. »Komm gut heim, Oliver.« Mit diesen Worten drehte sie sich um, steckte den Schlüssel ins Schloss und verschwand, ohne sich noch einmal umzudrehen, im Inneren des Gebäudes.

Erst, als sie sicher in ihrer kleinen Wohnung war, warf Annie sich auf das Sofa und ließ die Tränen, die in ihren Augen brannten, frei.

Sie war selber schuld. Sie hatte sich in eine Idee verrannt, obwohl sie oft genug gewarnt worden war. Die Enttäuschung, die sie nun verspürte, war heilsam. Sie war das Ende der *Selbst*-Täuschung.

Oliver war bloß ihr Arbeitgeber. Und auch, wenn er behauptet hatte, sie wäre weit mehr als nur eine Aushilfe für ihn, war sie genau das. Eine Person, die stundenweise in seinem Laden arbeitete und der er von heute auf morgen freigeben oder gar kündigen konnte.

Annie richtete sich auf, wischte die Tränen von ihren Wangen und wankte ins Badezimmer. Weinen würde sie nicht weiterbringen. Sie mochte ihr Herz kurzzeitig verloren haben, aber sie hatte noch immer ihre Selbstachtung, ihren Stolz und ein Ziel. Sie würde Oliver dazu bringen, sie als reguläre Mitarbeiterin anzustellen – oder sich einen anderen Buchhändler suchen, der dazu bereit war.

Oliver hatte sich nie für einen Feigling gehalten, aber vorhin hatte er sich eindeutig wie einer benommen. Alles in ihm hatte danach gedrängt, Annie festzuhalten und nie wieder loszulassen. Den ganzen Abend hatte er sich danach gesehnt, sie zu küssen, ihre weichen Lippen auf den seinen zu spüren. Nur mit Mühe war es ihm gelungen, seine Selbstbeherrschung zu wahren, sich davon abzuhalten, sein Gesicht in ihren weichen, duftenden Locken zu vergraben und ihren Körper fest an den seinen zu pressen, während sie gemeinsam über die Tanzfläche geglitten waren.

Und das war noch nichts verglichen mit den Bildern, die ihm zum Abschied durch den Kopf geschossen waren. Annie hatte bestimmt keine Ahnung, wie wunderschön, unschuldig und verführerisch zugleich sie im Mondschein wirkte. Sie hatte ihn so erwartungsvoll angesehen, als spürte sie genau, was in ihm vorging, als wollte sie genau das Gleiche wie er.

Und vielleicht stimmte das sogar.

Es war nicht die Angst vor Zurückweisung, die ihn hatte zögern lassen. Wäre es nur das gewesen, hätte er alles auf eine Karte gesetzt. Aber es wäre Annie gegenüber nicht fair, etwas zu versprechen, was er nicht halten konnte. Und selbst ein Kuss wäre in diesem Fall ein Versprechen, für Annie genauso wie für ihn. Er hatte nie gedacht, sich einer Frau jemals so verbunden fühlen zu können, ohne sie auch nur ein einziges Mal geküsst zu haben.

Oliver holte tief Luft und starrte zum Nachthimmel empor.

Wenn Annie in seiner Nähe war, fühlte er sich, als steckte das Leben voller Möglichkeiten. Dabei wurden für die meisten Menschen die Weichen schon in sehr frühen Jahren gestellt. Und wer daraus ausbrechen wollte, hatte die Konsequenzen zu tragen.

Sein Handy gab ein leises Vibrieren von sich, als wollte es ihm die Richtigkeit seiner Gedankengänge bestätigen. Um diese Uhrzeit konnte es nur seine Schwester Catherine sein. In England war es jetzt ungefähr sieben.

Oliver zögerte, bevor er das Smartphone aus der Tasche holte. Er war zu müde, um sich jetzt mit seiner Familie auseinanderzusetzen. Andererseits brachte es nichts, das Unvermeidliche hinauszuzögern.

Ruf mich an, wenn du das liest. Es ist wichtig. C.

Beunruhigt starrte Oliver auf den Bildschirm. Diverse Horrorszenarien fluteten seinen Geist. Hatte sein Vater einen weiteren Herzinfarkt erlitten? War etwas mit Catherines Mann oder dem Baby?

Mit einem flauen Gefühl im Magen rief Oliver sie zurück.

»Habe ich dich geweckt?«, meldete sich Catherine wenige Sekunden später erstaunt.

»Nein, ich war noch unterwegs. Was ist los?« Oliver hielt sich nicht mit Small Talk auf.

»Ich wollte dich schon gestern anrufen, aber dann bin ich mit Henry zusammen eingeschlafen.« Sie klang zerknirscht.

Oliver wusste, dass sein Babyneffe seine Schwester nachts in letzter Zeit ziemlich auf Trab hielt, denn Catherine ließ es sich nicht nehmen, sich selbst um den Kleinen zu kümmern. »Was ist passiert?«, wiederholte er ein wenig besänftigt. Es konnte zumindest nicht um Leben und Tod gehen, wenn Catherine eingeschlafen war, ohne es ihm zu sagen.

»Vater hat gestern seinen siebzigsten Geburtstag gefeiert.« Ein leiser Vorwurf schwang in ihrer Stimme.

»Ich weiß!« Sofort ging Oliver in den Rechtfertigungsmodus. »Hat er mein Paket etwa nicht bekommen?«

»Oh doch, das hat er. Er hat sich über dein Geschenk gefreut. Noch mehr hätte er sich allerdings gefreut, wenn sein Sohn persönlich aufgetaucht wäre.«

»Das ... Das war nicht möglich. Ich konnte hier nicht weg.« Er wusste selbst, wie lahm seine Ausrede klang. Es war auch nicht so, als wäre er leichtfertig weggeblieben. Aber er hatte keine Lust gehabt, von allen wie ein Aussätziger oder wie der verlorene Sohn behandelt zu werden. Außerdem hätte ihn seine Mutter bestimmt nicht ohne Weiteres wieder gehen lassen.

»Ist im Buchladen so viel los, ja?« Er hörte die leise Ironie in ihrer Stimme.

»Du würdest dich wundern«, brummte Oliver.

Catherine atmete hörbar durch. »Schon gut, ich bin auf deiner Seite. Ich glaube, sogar Vater hat deine Beweggründe halbwegs verstanden. Es geht ihm gesundheitlich nicht gut, vielleicht wäre er sogar bereit, seine Einstellung zu überdenken. Ich denke, sein Zustand lässt ihn einiges in einem anderen Licht sehen.«

Oliver fuhr sich mit der Hand über die Stirn. Na super, jetzt fühlte er sich doppelt schuldig. »Ist es mit ihm so viel schlechter geworden?«, fragte er gepresst.

»Es war bestimmt nicht deine letzte Gelegenheit, ihn zu sehen, falls du darauf anspielst«, sagte seine Schwester spitz. »Und es ist auch nicht der Grund für meine Nachricht. Vater mochte es gestern recht gelassen aufgefasst haben, aber Mutter war außer sich. Ihm gegenüber hat sie sich natürlich nichts anmerken lassen, dafür hat sie bei mir ihren Unmut voll abgeladen. Sie hat gedroht, nun härtere Geschütze aufzufahren, um dich zur Heimkehr zu zwingen.«

»Was will sie tun? Mich am Hemdkragen zurück nach England schleifen?«

»Nein«, entgegnete Catherine ruhig. »So etwas Profanes ist nicht ihr Stil. Ich fürchte, sie wird deine Konten sperren.«

»Von mir aus!« Oliver schnaubte. Die ihm eigentlich zustehenden Einkünfte aus dem Familienbesitz hatten seine Eltern ihm ohnehin verweigert, sobald er seinen Fuß in ein Flugzeug gesetzt hatte. Bis auf den Fonds seiner Großmutter, über den er seit seinem 18. Geburtstag verfügen durfte, hatte er seit fast vier Jahren keinen müden Penny gesehen.

»Auch den Fonds«, sagte Catherine düster.

»Dazu hat sie kein Recht!«, rief Oliver empört. Das Geld gehörte ganz offiziell ihm.

»Das stimmt. Und ich bin sicher, es wird sich alles aufklären, sobald du wieder in England bist.«

»Was verspricht sie sich davon?«, entfuhr es ihm irritiert.

»Ich könnte raten«, erwiderte seine Schwester leise. »Du bist ihr Sohn und sie liebt dich.«

»Dann hat sie eine sehr merkwürdige Art, es zu zeigen.«

»Sie will, dass du das Leben führst, das dir zusteht«, fuhr Catherine unbeirrt fort.

»Nein. Sie will, dass ich das Leben führe, das *sie* für mich ausgesucht hat. Aber das ist nicht *mein* Leben, verstehst du? Du kannst ihr ausrichten, dass ich nicht kommen werde, ganz egal, was sie anstellt. Und finanzielle Fragen lassen sich genauso gut mit einem Anwalt von hier aus klären.«

»Du würdest Mutter verklagen?« Catherine klang entsetzt.

»Wenn sie mir keine andere Wahl lässt«, sagte Oliver viel entschlossener, als er sich fühlte.

»Ihr solltet wirklich mal in Ruhe miteinander reden.«

Oliver schnaufte. »Glaubst du, ich hätte es noch nie versucht?«

»Versuche es noch einmal«, sagte Catherine ernst. »Was anderes bleibt dir ohnehin nicht übrig.«

»Wie auch immer.« Oliver seufzte müde. »Danke für die Warnung. Und gib Henry einen Kuss von mir, ja.«

»Mache ich.« Sie zögerte. »Es tut mir wirklich leid, Oliver.«

»Ich weiß.« Leider machte es das nicht besser. Catherine hatte bereits oft genug versucht, sich für ihn einzusetzen, aber sogar die Lieblingstochter stieß auf taube Ohren, wenn es um den missratenen Sohn ging.

Oliver legte auf und schaute an der Fassade des Books'n'Dreams empor. Wie lange hatte er davon geträumt, einen Ort wie diesen zu haben, welche Hoffnungen daran geknüpft. Leider waren Träume oft wirklich Schäume, Sandburgen auf einem sturmumtosten Strand.

Eine Zeit lang konnte man sich vorgaukeln, dass sie wahr und unzerstörbar waren. Doch irgendwann musste man sich der bitteren Realität stellen und zusehen, wie das unbarmherzige Meer alles verschlang.

Kapitel 9

Hastig verstaute Annie ihre Einkäufe in den Küchenschränken. Sie hatte das Gefühl, den kleinen Lebensmittelladen halb leer gekauft zu haben. Hoffentlich hatte sie nun genug Vorräte für die nächsten Tage. Sie wollte sich nämlich voll und ganz auf ihr Ziel konzentrieren.

Annie schnappte sich ihren Autoschlüssel und setzte sich ans Steuer. Der Plan für den Tag war ganz einfach. Sie würde möglichst viele Buchläden abklappern und sich Anregungen holen, wie sie das Books'n'Dreams erfolgreicher machen konnten. Dann würde sie ihre Ideen Oliver vorstellen und im Gegenzug eine Festanstellung verlangen.

Zumindest in der Theorie klang das ganz einfach. Ob sie wirklich den Mut aufbringen würde, irgendwelche Forderungen zu stellen, wusste Annie natürlich nicht. Doch noch war es nicht so weit. Sie würde einen Schritt nach dem anderen tun. Und für heute standen die Buchläden auf dem Programm. Natürlich hatte sie in ihrem Leben schon unzählige Male verschiedene Buchhandlungen besucht, allerdings nur als Kundin, ohne auf irgendwelche Details bezüglich Sortimentauswahl oder Buchpräsentation zu achten. Jetzt hatte sie einen ganz anderen Blick dafür.

Leider waren Buchläden auf dem Land nicht gerade dicht gesät, mit etwas Glück würde sie drei oder vielleicht vier besuchen können. Da diese Läden Olivers direkte Konkurrenz darstellten, musste das eigentlich genügen. Ansonsten blieben nur noch die

Onlinehändler, aber mit denen konnte sich ein kleiner Laden ohnehin nicht vergleichen.

Annie gab die erste Adresse in die Navigationsapp ein und brauste davon.

»Der gewünschte Gesprächspartner ist vorübergehend nicht erreichbar.«

Genervt machte Oliver das Handy aus und warf es neben sich auf den Tisch. Als Erstes hatte er am Morgen die Bank kontaktiert, nur um bestätigt zu bekommen, dass sein Konto vor wenigen Stunden eingefroren worden war. Oliver hatte es erst sachlich versucht und dann getobt und geschimpft - beides ohne Erfolg. Der Bankmitarbeiter war sehr hilfsbereit und höflich und versicherte, dass sich alles unverzüglich klären würde, sobald Oliver persönlich vorbeikam. Blöd nur, dass sich die Bank in *London* befand, genau dort, wo seine Mutter bestimmt schon Hände reibend auf ihn wartete. Er wollte sich gar nicht vorstellen, mit welchen Mitteln sie die Bank dazu gebracht hatte, sein Konto zu sperren. Vermutlich hatte sie damit gedroht, das Familienvermögen woanders unterzubringen.

Seit dem Telefonat mit der Bank versuchte Oliver, seine Mutter zu erreichen, leider ohne Erfolg. Seinen Vater wollte er - gerade nach dem letzten Gespräch mit Catherine - lieber nicht zusätzlich aufregen.

Oliver wischte sich frustriert über das Gesicht und vertiefte sich wieder in seine Buchhaltung. In den letzten Tagen hatte der Laden einen kleinen Aufschwung erlebt und gerade am Wochenende war mehr Geld hereingekommen, als sonst in einer ganzen Woche. Trotzdem war er weit davon entfernt, nennenswerte Gewinne einzubringen. Und jetzt musste nicht nur er selbst davon leben, er musste auch Annie bezahlen. Im Grunde finanzierte sie sich gerade selbst.

Wie gern hätte er ihr eine Vergütung gezahlt, die ihrer Leistung angemessen war, aber die bittere Wahrheit war, dass er es sich nicht leisten konnte. Die nächste Kreditzahlung stand in ein paar Tagen an und würde ihn praktisch mittellos zurücklassen.

Er brauchte sich nichts vorzumachen. Ohne seinen Fonds würde er das Books'n'Dreams nicht halten können.

Unglaublich, wie treffsicher Mutter seinen Schwachpunkt gefunden und den Finger in die Wunde gelegt hatte. War das etwa der viel zitierte *Mutterinstinkt*?

So sehr es ihm auch widerstrebte, hatte Oliver in den letzten Jahren immer wieder kleinere Summen aus seinem Vermögen entnommen, meist um die Kreditraten bezahlen zu können.

Tja, wäre er von Anfang an nicht so stolz gewesen, hätte er einfach direkt das Geld für die Einrichtung des Ladens genommen und überhaupt keinen Kredit gebraucht. Dann hätte seine Mutter ihn jetzt nicht in der Hand. Aber er hatte es ja unbedingt allein schaffen wollen.

Oliver hieb mit der Faust auf den Tisch. Es musste irgendeine Lösung geben! Der Laden war auf einem guten Weg, das spürte er. Er musste nur noch ein paar Monate, vielleicht ein halbes Jahr durchhalten. Und zur Not würde er eben nach London fliegen und sein Geld zurückfordern. Es war eh nicht mehr allzu viel da. Gerade genug, um ihm weitere zwei oder drei Jahre den Rücken freizuhalten, bis der Laden endlich vernünftig lief.

Oliver seufzte und rief die Seite der Fluglinie auf. Er würde nach London fliegen. Aber wenn seine Mutter glaubte, sie hätte damit irgendetwas gewonnen, dann täuschte sie sich gewaltig.

Müde und ziemlich ernüchtert ließ Annie sich auf den Fahrersitz sinken. Sie hatte in den letzten Stunden vier Buchläden abgeklappert und außer einem Stapel neuer Bücher kaum etwas erreicht. Sie hatte etwa eine Stunde in jedem Laden verbracht und soweit sie das in der Kürze der Zeit beurteilen konnte, lief keiner von ihnen nennenswert besser als das Books'n'Dreams. Alle beschwerten sich über sinkende Besucherzahlen sowie die großen Handelsketten und Onlinehändler, mit deren Preisen man absolut nicht mithalten konnte.

Darüber hinaus waren die Läden vollkommen austauschbar. Es wurden weitgehend die gleichen Bücher präsentiert, die gleichen Poster hingen an den Wänden, sogar die ausgestellten Lesezeichen und Tassen trugen sehr ähnliche Motive - lesende Eulen, aufgeklappte Bücher und bunte Einhörner.

Annie war es, als hinge eine gewisse Resignation in der Luft. Man wusste, dass man den Kampf gegen die Giganten der Szene nicht würde gewinnen können, also versuchte man es gar nicht. Doch damit wollte sie sich nicht zufriedengeben.

Sie biss von dem Schokobrötchen ab, das sie sich unterwegs besorgt hatte, und holte ihr Handy hervor. Dann rief sie die Seite des größten Onlinehändlers auf. Es musste irgendetwas geben, was man dort - abgesehen von der kostenlosen Lieferung und den günstigeren Preisen - anders machte.

Fast eine halbe Stunde lang stöberte sie im Internet, bis allmählich eine Idee in ihr heranreifte. Sie hatte keine Ahnung, ob es tatsächlich reichen würde, doch es war immerhin ein Ansatz.

Aufgeregt startete Annie den Motor. Sie musste das direkt mit Oliver besprechen.

Die Rückfahrt zog sich ins Unermessliche und als sie den Laden erreichte, war es bereits kurz vor acht. Das Geschlossen-Schild hing an der Eingangstür und es brannte kein Licht mehr.

Annie verharrte unsicher. Sollte sie Oliver jetzt noch stören? Immerhin konnte sie alles genauso gut auch morgen mit ihm besprechen. Gleichzeitig wusste sie, dass sie keine Ruhe finden würde, bevor sie ihre Idee mit ihm teilte. Außerdem war es noch nicht *so* spät.

Aufgeregt schloss sie die Tür auf und schlüpfte hinein. Rasch durchquerte sie den stillen Laden und ging die schmale Treppe hoch, die zu Olivers Wohnung führte.

Annie kämpfte ihre Nervosität nieder und klopfte mutig an die Tür.

Es dauerte so lange, bis sie Schritte auf der anderen Seite vernahm, dass sie schon fast wieder gehen wollte. Annie hielt inne und wartete. Langsam wurde die Tür geöffnet und Oliver lugte misstrauisch heraus. Als er Annie erkannte, schien er erleichtert. Sie jedoch wich überrascht zurück. Er sah nicht gut aus.

Die Haare standen ihm wirr vom Kopf ab, tiefe Sorgenfalten zeichneten sein Gesicht und war das etwa Alkohol, den sie in seinem Atem roch?

»Ist alles in Ordnung?«, entfuhr es ihnen beiden wie aus einem Mund. Oliver lächelte, während sie ihn weiterhin besorgt musterte. Was war geschehen, das ihn derart aus der Fassung brachte? Ihn, der stets so unerschütterlich und beherrscht erschien?

»Komm rein.« Oliver trat ein Stück zurück, damit Annie eintreten konnte.

Schüchtern und neugierig zugleich folgte sie der Aufforderung. Sie fand sich in einem kleinen Flur wieder, von dem links eine halb offene Tür abging, die offenbar ins Schlafzimmer führte. Zumindest erhaschte Annie einen flüchtigen Blick auf ein breites Bett.

Oliver ging nach rechts voran in einen gemütlichen Wohn- und Kochbereich, dessen Schrägen gut genutzt waren, um möglichst viele Bücher unterzubringen. Annie fühlte sich hier auf Anhieb wohl.

»Möchtest du was trinken?«, fragte Oliver und begann damit, Papiere und seinen Laptop von dem kleinen Esstisch abzuräumen, der in der Mitte des Raumes stand.

»Einen Tee?«, fragte Annie zögernd, als ihr die Flasche Scotch ins Auge fiel, die Oliver, ebenso wie das halb volle Glas, hastig wegnahm.

»Kommt sofort.« Oliver bemühte sich um einen lockeren Tonfall, aber er konnte sie nicht täuschen.

»Was ist passiert?«, fragte Annie mitfühlend und trat zu ihm.

Oliver schluckte und schaute sie gequält an. Dann schüttelte er den Kopf. »Nicht so wichtig. Sag mir lieber, was dich hergeführt hat. Hast du den freien Tag genossen?«

»Wie man's nimmt.« Annie zuckte mit den Schultern. Natürlich musste er ihr nicht erzählen, was ihm auf der Seele lag, trotzdem fühlte sie sich von ihm zurückgewiesen. Sie tat gut daran, nicht zu vergessen, dass ihre Beziehung rein beruflich war. Und nur deshalb war sie schließlich hier. »Ich habe heute ein paar Buchläden besucht, um neue Ideen zu sammeln.«

»Du hast was?« Oliver, der lose Teeblätter in ein Sieb löffelte, drehte sich überrascht zu ihr um. »Du nutzt deinen freien Tag, um trotzdem zu arbeiten?« Er schüttelte ungläubig lachend den Kopf.

Die Bewunderung, die dabei aus seinen Augen sprach, schmeichelte Annie mehr, als sie sich eingestehen wollte. »Ja, ich dachte, ein paar neue Ideen könnten nicht schaden.«

»Und, hast du etwas entdeckt?« Oliver wandte sich wieder dem Tee zu.

»Nicht in den Buchläden direkt. Ich habe mir ein paar eigene Gedanken gemacht.«

»Lass hören.« Oliver reichte Annie zwei Tassen und stellte die dampfende Teekanne auf den Tisch. Einladend zog er einen Stuhl zurück, damit Annie sich setzen konnte.

»Ich habe mich gefragt, wieso immer weniger Menschen in Buchhandlungen gehen«, setzte sie bedächtig an. »Ich glaube, es liegt daran, dass die kaum einen Mehrwert bieten.«

Oliver runzelte die Stirn. »Persönliche Beratung ist ein großer Mehrwert«, widersprach er.

»Einerseits schon«, lenkte Annie ein. »Andererseits bekommt man auch im Internet haufenweise passende Vorschläge, man kann die Bücher direkt miteinander vergleichen, es gibt unzählige Lesermeinungen, günstige Preise und ein viel größeres Angebot.«

»Wenn du mich komplett deprimieren wolltest, hast du es geschafft«, sagte Oliver trocken.

»Ganz im Gegenteil.« Annie lächelte ihn aufmunternd an. »Es gibt im Internet nämlich keine persönlichen Begegnungen. An dieser Stelle und am Angebot könnten wir gezielt ansetzen.«

»Und wie?«

»Zum einem mit Lesungen und Events. Das Musikfestival hat schließlich auch richtig gut funktioniert.«

»Die Idee ist nicht schlecht.« Oliver seufzte. »Ich habe bereits versucht, Lesungen zu organisieren. Leider kann ich die Honorare kaum bezahlen. Wenn ich Pech habe, bleibe ich voll auf den Kosten sitzen, weil niemand kommt oder zu wenig Bücher gekauft werden.«

Annie nickte. Damit hatte sie schon gerechnet. »Vielleicht hast du die falschen Autoren angesprochen.«

»Jemanden einzuladen, den keiner kennt, bringt leider ebenso wenig. Außerdem, wenn jemand wirklich gute Bücher für ein breites Publikum schreiben würde, wäre der nicht unbekannt.«

»Was wäre, wenn es jemand ist, dessen Bücher schon zig Tausende von Lesern begeistert haben und der trotzdem als Geheimtipp gilt? Als ein unentdeckter Schatz, sozusagen? Die Online-Charts sind voll von unabhängigen Autoren, deren Bücher in kaum einer Buchhandlung ausliegen.« Erneut spürte Annie kribbelnde Aufregung in sich aufsteigen. »Mir war nicht bewusst, wie viele es davon inzwischen gibt und welch großes Feld sie abdecken. Darauf verzichten wir bisher komplett, blenden dieses Angebot einfach aus und überlassen den Markt kampflos den Onlinehändlern.«

»Die Qualität lässt da ja meist auch zu wünschen übrig. Außerdem werden bei mir kaum elektronische Bücher gekauft.« Oliver wirkte, als wollte er das Gespräch möglichst schnell beenden.

Enttäuschung stieg in Annie auf. Sie war von ihrer Idee so überzeugt und er wollte ihr nicht einmal eine Chance geben. »Natürlich gibt es solche und solche«, sagte sie rasch. »Aber einige der Autoren sind richtig gut, vor allem die, die es regelmäßig an die Spitze der Charts schaffen. Was wäre, wenn wir jeden Monat mindestens ein unabhängiges Buch aus den gängigsten Genres auswählen und in einem gesonderten Regal präsentieren? Wenn wir die entsprechenden Autoren zu uns einladen, eine Buchparty oder Genre-Abende veranstalten? Das wäre für beide Seiten eine tolle Chance. Wir könnten den Kunden eine breitere Auswahl und Geheimtipps bieten, uns von anderen Buchhandlungen mit deren Standardprogramm abgrenzen. Und die Autoren bekommen eine neue Plattform. Wenn du magst, kann ich mich auch hauptverantwortlich darum kümmern.« Sie machte eine effektvolle Pause. »Dann allerdings nicht als Aushilfe.« Gespannt hielt Annie die Luft an.

Oliver atmete tief durch und schloss die Augen. Als er sie wieder öffnete, stand tiefes Bedauern darin. »Du glaubst gar nicht, wie gern ich deinen Vorschlag umsetzen und wie gern ich dich fest einstellen würde. Und das nicht nur, weil du so viel für diesen Laden tust und dich mit so viel Herzblut und Kreativität hier einbringst, sondern vor allem, weil ich mir das Books'n'Dreams ohne dich nicht mehr vorstellen kann und weil ich dich so unglaublich gern um mich habe.«

»Aber?«, fragte Annie zitternd und befürchtete halb, ihre leise Frage würde im Hämmern ihres Herzens untergehen. Olivers Worte hallten bittersüß in ihrem Inneren nach. Sie zeigten, wie viel sie ihm inzwischen bedeutete, und machten gleichzeitig deutlich, dass es nicht genug war.

Oliver schluckte. Das, was er zu sagen hatte, fiel ihm offensichtlich nicht leicht. »Ich kann nicht«, sagte er leise. »Nicht sofort zumindest«, fügte er hinzu, als Annie ihn verständnislos anblinzelte. »Ich muss für ein paar Tage verreisen.«

»Wohin denn?« Annie versuchte, irgendwie schlau aus ihm

zu werden. Eine Reise war definitiv das Letzte, was sie von ihm gerade erwartet hätte. Doch wie sie oft selbst bemerkt hatte, wusste sie kaum etwas über ihn.

»Nach London«, sagte Oliver grimmig. »Meine Mutter zieht gerade alle Register, um mein Leben zu sabotieren.«

»Oh mein Gott!« Annie schlug die Hand vor den Mund. Es musste furchtbar sein, seine eigenen Eltern als Gegner zu haben.

Annies Eltern waren bei dem Telefonat heute Vormittag von der Wendung, die ihr Leben in den letzten Wochen genommen hatte, zwar – gelinde gesagt – überrascht, aber sie akzeptierten Annies Entscheidung. Und spätestens nachdem sie ihnen alles erzählt hatte, standen sie voll und ganz hinter ihr. Ihr Vater freute sich sogar schon darauf, dem Books'n'Dreams einen Besuch abzustatten.

Allein bei dem Gedanken daran, dass ihre Eltern sie ablehnen oder verurteilen könnten, zog sich Annies Inneres schmerzhaft zusammen. Mitfühlend schaute sie Oliver an. »Das tut mir so leid.« Sie zögerte. »Vielleicht ... Vielleicht könntet ihr noch einmal darüber reden? Immerhin ist sie deine Mutter.«

Er schnaufte freudlos. »Du hörst dich schon an wie meine Schwester! Leider bringt das nichts, glaube mir. Ich habe es oft genug versucht. Sie wird nie verstehen, was mich bewegt, mich nie so akzeptieren, wie ich bin.«

Der Schmerz in seiner Stimme berührte Annie zutiefst. Selbst all seine Bitterkeit und Wut konnten das nicht überlagern. Egal, wie unabhängig und erwachsen man war, man sehnte sich immer danach, von seinen Eltern geliebt zu werden. Empörung stieg in Annie auf und der dringende Wunsch, ihn zu trösten. »Wie kann sie nicht sehen, was für ein großartiger, warmherziger und kluger Mensch du bist? Du hast so viel erreicht! Du hast ganz allein diesen wunderbaren Buchladen aus dem Boden gestampft. Mir ist noch nie jemand begegnet, der so charmant und unglaublich hilfsbereit ist. Welche Rolle spielt es da, dass du schwul bist? Du kannst schließlich überhaupt nichts dafür!«

Das warme Lächeln, das sich bei Annies Worten auf Olivers Gesicht ausgebreitet hatte, gefror. »Du denkst, dass ich schwul bin?«, raunte er entgeistert.

»Ähm.« Annies Wangen färbten sich krebsrot. »Ja?« Sie sah ihn unsicher an und versuchte, die unbändige Hoffnung, die plötzlich in ihr aufstieg, mit aller Kraft einzudämmen. »Du hast es Dorothy selbst gesagt?«

Oliver stutzte. Verstehen breitete sich auf seinen Zügen aus. »Sie hat dir das erzählt? Wieso?«, fragte er interessiert und beugte sich forschend nach vorn.

»Nur so«, entgegnete Annie schwach. Oliver war ihr so nah, dass er sie ganz durcheinanderbrachte. Was wollte er denn von ihr?

Skeptisch zog er eine Augenbraue hoch. Die Situation schien ihm auch noch Spaß zu machen. »Dorothy ist dir auf der Straße begegnet und hat dir ganz nebenbei erzählt, dass ich schwul bin?«

»Natürlich nicht!« Und streng genommen war es ursprünglich gar nicht Dorothy gewesen, die es ihr verraten hatte, aber sie wollte nicht auch noch Beth ins Spiel bringen. »Sie ... Sie hat mich vor dir gewarnt, als sie mir von der offenen Stelle erzählt hat. Sie sagte, du hättest kein Interesse an Frauen. Sie wusste, dass ich mich frisch getrennt hatte, und hatte wohl Angst, dass ich deinem Charme erliege.« Annie merkte, dass sie ins Plappern geriet.

»Und bist du es?«, fragte Oliver rau und lehnte sich noch näher zu ihr heran.

Annie sah dunkle Wirbel in seinen Augen tanzen und ein warmes, zärtliches Lächeln auf seinen Lippen. »Bin ich was?«, murmelte sie heiser.

Sein Atem strich über ihr Gesicht. »Meinem Charme erlegen?«

Annie schluckte, dann setzte sie alles auf eine Karte. »Das kommt ganz darauf an, ob du wirklich schwul bist.«

»Das bin ich nicht.«

Im nächsten Moment trafen seine Lippen auf die ihren und Annie schloss überwältigt die Augen. Olivers Bartstoppeln kratzten leicht über ihre Haut, aber seine Lippen waren so unglaublich weich und sanft. Schüchtern hob Annie die Hand und legte sie in seinen Nacken, um ihn noch näher an sich heranzuziehen. Oliver folgte bereitwillig ihrer stummen Aufforderung und intensivierte den Kuss.

Annie zuckte überrascht zusammen, als seine Zungenspitze ihre Lippen streifte. Empfindungen, die sie seit einer Ewigkeit nicht mehr verspürt hatte, fluteten ihren Körper. Es war wunderschön und erschreckend zugleich.

Als hätte er ihr leichtes Zögern bemerkt, löste Oliver sich von ihr. Annie schlug die Lider auf und versank in seinen unergründlichen Augen, deren Farbe gerade einem aufgewühlten Ozean glich.

Annies Herz flog ihm förmlich entgegen und sie wünschte sich nichts mehr, als dass er sie wieder an sich ziehen und sie küssen würde. Gleichzeitig tobten Fragen in ihrem Kopf herum, auf die sie unbedingt eine Antwort brauchte, bevor sie dem Drängen ihres Herzens nachgab. »Wieso hast du erzählt, du wärst schwul?«

Oliver wirkte plötzlich verlegen. »Das habe ich gar nicht, zumindest nicht direkt. Ich habe es höchstens angedeutet.« Er kaute auf seiner Unterlippe. »Diese Dorothy scheint hin und wieder sehr regen Anteil am Privatleben ihrer Mitbürger zu nehmen. Und kurz nach meiner Ankunft hat sie mich zu ihrem *Ziel* erkoren.« Er schmunzelte. »Vielleicht hat sie ebenfalls eine Schwäche für Jane Austen und meint, dass jeder Junggeselle unbedingt eine Frau benötigt. Ich habe nur versucht, ihr klarzumachen, dass ich nicht auf der Suche nach irgendwelchen Frauen bin.«

Sein Blick wurde ernst. Er legte die Hand an Annies Wange und streichelte zärtlich mit dem Daumen darüber. »Du bist aber nicht *irgendwer*, Annie«, gestand er rau und küsste sie erneut.

Annie hatte das Gefühl, sich in einem Strudel aus Glück und Leidenschaft zu verlieren. Olivers Kuss riss sie mit und ließ sie alles andere vergessen.

Er saugte leicht an ihrer Unterlippe und entlockte ihr damit ein verzücktes, kleines Stöhnen. Hitze sammelte sich in Annies Körper und gab ihr einen Vorgeschmack darauf, was noch kommen könnte. Als hätte er ihre Gedanken gelesen, schob Oliver seine Hand unter den Saum ihres Shirts und legte sie auf Annies nackte Haut. Ein Schauer durchfuhr sie. Sie hatte gar nicht mehr gewusst, dass sich eine Berührung so gut anfühlen konnte. Olivers Lippen wanderten an ihrem Hals hinab, während seine Hand weiterhin ihre Haut liebkoste.

Annie schloss die Augen und atmete zitternd durch. Sie konnte nicht in Worte fassen, was Oliver mit ihr anstellte, wie sehr sie sich wünschte, er möge nie wieder damit aufhören und noch mehr, viel mehr tun. Die Sehnsucht, die Leidenschaft, die er in ihr entfachte, überraschten sie selbst. Trotzdem wusste sie nicht, ob sie bereit dazu war. Sie hatte bisher nur mit einem einzigen Mann geschlafen. Wenn sie ehrlich war, war es schon ziemlich lange her, dass sie *überhaupt* mit irgendwem geschlafen hatte. Und ganz sicher hatte sie dabei nicht annähernd das empfunden, was Oliver in ihr auslöste.

Annie wurde zunehmend unsicher. Sie war nicht gut in so etwas. Sex hatte in ihrer Beziehung mit Mark keine besonders große Rolle gespielt. Und ihre Unterwäsche passte nicht einmal zusammen.

»Was ist los?« Oliver löste sich von ihr und schaute sie besorgt und fragend an.

»Nichts.« Annie schüttelte hastig den Kopf und versuchte sich an einem Lächeln. Sie wollte nicht prüde erscheinen. Immerhin war sie eine erwachsene Frau und kein unschuldiges Mädchen.

»Das ist nicht wahr«, widersprach Oliver sanft. »Es tut mir leid, ich wollte dich nicht bedrängen.« Er nahm seine Hände weg und richtete ihr Shirt. Sein Atem ging schwer und seine Augen glühten dunkel, trotzdem war er wieder der perfekte Gentleman.

Annie fröstelte, seiner warmen Berührung so plötzlich beraubt. Sie wollte nicht, dass er sich von ihr zurückzog. Sie streckte den Arm aus und strich ihm durch das dichte, dunkle Haar, bevor sie seinen Kopf mit sanftem Druck zu sich führte. Behutsam streifte sie seine Lippen mit den ihren.

Sie spürte, wie Olivers Körper erbebte. »Wir werden nichts tun, was du nicht willst«, versprach er heiser.

Annie nickte. Dann stand sie auf und streckte Oliver die Hand entgegen.

»Was hast du vor?«, entfuhr es ihm halb alarmiert, halb gespannt.

Sie lächelte schüchtern. »Was auch immer wir nicht tun, auf einem Bett ist es gemütlicher.«

Oliver stand ebenfalls auf und drückte sie fest an sich, vergrub sein Gesicht in ihren Haaren und atmete tief ein. »Danach habe ich mich schon so lange gesehnt«, raunte er, »und dabei nicht geahnt, wie unglaublich gut du dich anfühlst.«

Annie lächelte, während Erregung in heißen Wellen über sie hinwegspülte. Das musste er gerade sagen. Er hielt sie so fest, dass sich ihre Körper auf voller Länge berührten, und plötzlich wollte Annie nichts mehr, als all die störende Kleidung zwischen ihnen loszuwerden. Sie wollte seine Haut auf der ihren spüren, seinen Körper mit ihren Händen und ihren Lippen erkunden. Bebend hob sie den Kopf und schaute ihn an, wartete, bis sich ihre Blicke verhakten. Das Herz klopfte ihr bis zum Hals, überschüttete sie mit kribbelnder Aufregung und Euphorie. Noch nie hatte sie so etwas getan. »Schlaf mit mir, Oliver«, raunte Annie, bevor ihr eigener Mut sie verließ.

Ein wahrer Sturm tobte in seinen Augen. Aufgewühlt betrachtete Oliver sie, seine Brust hob und senkte sich mit seinen schweren Atemzügen. Er schluckte und atmete krampfhaft durch. »Bist du sicher? Wenn du es nicht wirklich möchtest ...«

Annie stellte sich auf die Zehenspitzen und verschloss seinen Mund mit einem Kuss. »Ich möchte es«, raunte sie gegen seine Lippen. Er hatte ja keine Ahnung wie sehr.

»Aber?«

»Mark ist der Einzige, mit dem ich ... es ... jemals gemacht habe«, gestand sie stotternd und schämte sich für ihre Unerfahrenheit.

Oliver lächelte und strich ihr zärtlich über die Wange. »Dann werde ich mir Mühe geben, ihm in nichts nachzustehen.«

Selig kuschelte sich Annie an Oliver, während ihr wilder Herzschlag sich allmählich beruhigte. Sie fühlte sich wohlig entspannt und herrlich träge. Der Sex mit Oliver war der absolute Wahnsinn gewesen, so etwas hatte sie bei Mark niemals verspürt, hatte nicht einmal gewusst, dass sie zu solchen Empfindungen überhaupt in der Lage war. Noch immer kribbelte es in ihrem gesamten Körper.

Olivers Hand legte sich auf die Rundung ihres Pos und Annie erschauerte. Sie hatte noch nicht genug von ihm, bei Weitem nicht. Er lächelte, seine Hand wanderte höher und begann, mit sanftem Druck ihre Brust zu massieren, deren Spitze sich sofort verlangend aufrichtete.

»Was hast du vor?«, fragte Annie atemlos. Sie hatten gerade erst miteinander geschlafen.

Ein verheißungsvolles Glitzern trat in seine Augen. »Dort weitermachen, wo wir soeben aufgehört haben«, raunte er und küsste sie voller Leidenschaft.

Das Erste, das Annie wahrnahm, als ihr Bewusstsein aus dem Schlaf an die Oberfläche drang, waren tiefe Atemzüge neben ihr und Olivers Arm, der besitzergreifend auf ihrer Hüfte ruhte. Ein überwältigendes Glücksgefühl folgte sowie die Erinnerung an das, was in dieser Nacht zwischen ihnen geschehen war. Sie hatten sich ausgiebig und immer wieder geliebt und waren dazwischen eng umschlungen eingedämmert. Selbst jetzt, im Tiefschlaf, schien Oliver unwillig, sie loszulassen.

Diese unbewusste Geste berührte Annies Herz und ließ es überquellen vor Glück. Sie wandte den Kopf und betrachtete lächelnd den neben ihr liegenden Mann. Er hatte sich seine Ruhepause redlich verdient. Die Nacht war schlichtweg unglaublich gewesen. *Er* war unglaublich.

Annie widerstand der Versuchung, die Linie seines Kinns mit dem Finger entlangzufahren, aus Angst, ihn aufzuwecken, und beschränkte sich stattdessen auf ihre Augen. Es war unfassbar, wie anziehend, wie attraktiv er war, und das lag nicht nur an seinen ebenmäßigen, maskulinen Zügen, sondern viel mehr an seiner Persönlichkeit und dem besonderen Charme, den er ausstrahlte.

Zum ersten Mal fragte sie sich, wie alt er eigentlich war. Er war stets so höflich, so beherrscht, dass sie ihn auf den ersten Blick auf Mitte dreißig geschätzt hatte. Doch nun lag er so entspannt und gelöst neben ihr, dass er viel junger wirkte. Vielleicht waren es nur die Umstände, die ihn meist älter erscheinen ließen, als er eigentlich war. Er lächelte im Schlaf und Annie ertappte sich dabei, wie sie das Lächeln erwiderte. Es kam ihr vor wie ein Geschenk. Nicht viele bekamen diese Seite von ihm zu Gesicht.

Sie biss sich auf die Lippe, als ihre Gefühle sie zu überwältigen drohten. Sie hatte sich in den unnahbaren, unbezwingbaren Oliver Ward verliebt und auch sein Herz - zumindest ein Stück weit - erobert. Obwohl sie nicht über Gefühle gesprochen hatten, war sie sich dessen ganz sicher. Oliver hätte eine Menge Frauen haben können, wenn er es darauf angelegt hätte. Aber das hatte er nicht. Er hatte nur sie gewollt.

Kurz drängte sich erneut das Bild seines mit Lippenstift verschmierten Kragens in Annies Bewusstsein und sie scheuchte es entschieden fort. Er war ein Mann, jung und ungebunden, und alles, was vor gestern Abend passiert war, fiel nicht ins Gewicht.

Annie war gewiss nicht dasselbe für ihn wie diese unbekannte, fremde Frau, mit der er eine Nacht verbracht hatte. Trotzdem stieg plötzlich Eifersucht in ihr auf und ein hässliches Gefühl der Unsicherheit. Hatte er diese Frau auch so hingebungsvoll geliebt wie sie? Ihr die gleichen wundervollen Empfindungen beschert? Hatte er ihr Zärtlichkeiten zugeflüstert?

Annie holte tief Luft und zwang sich, diese Gedanken loszulassen. Sie würde sich den Morgen nicht damit vergällen.

Um sich abzulenken, ließ sie ihre Augen durch das Schlafzimmer wandern und stockte. Ein halb gepackter Koffer stand auf einem Stuhl.

Schlagartig kehrte die Erinnerung an all das zurück, was vor ihrem Kuss passiert war.

Oliver wollte verreisen. Er hatte sich ihre Vorschläge zum Buchladen höchstens halbherzig angehört. Er wollte sie nicht fest einstellen. Und wenn er nicht schwul war - was sie definitiv bezeugen konnte -, was hatte er dann für ein Problem mit seiner Familie?

Annie wandte den Kopf und schaute Oliver erneut an. Jetzt allerdings war der rosarote Schleier vor ihren Augen verschwunden. Zurück blieb ein Mann, über den sie viel zu wenig wusste.

Ernüchterung machte sich in ihr breit. Ihr Wolkenschloss fiel in sich zusammen. Sie konnte nicht einmal mit Gewissheit sagen, ob ihm die Nacht mit ihr irgendetwas bedeutet hat - außer einer Menge Spaß. Vorsichtig begann sie, sich unter seinem Arm hervorzuwinden.

»Was hast du vor?«, erklang es schläfrig neben ihr, als sie es fast geschafft hatte.

Erschrocken fuhr Annie herum und riss sich das Laken vor die Brust. Nicht, dass es irgendeine Stelle von ihr gäbe, die Oliver noch nicht gesehen hätte. Aber so fühlte sie sich weniger verletzlich.

»Was ist los?« Er zog alarmiert die Augenbrauen zusammen und setzte sich auf.

»Ich muss nur kurz auf die Toilette.« Annie deutete zur Tür.

»Gut. Und nachher können wir vielleicht gemeinsam duschen, was meinst du?«

»Ähm ...« Annie fühlte sich zunehmend unwohl in ihrer Haut und hasste sich selbst dafür. Sie könnte jetzt einen wunderschön romantischen Morgen mit Oliver genießen, stattdessen fuhren ihre Gedanken Achterbahn.

Sie war niemand für unverbindliche Nächte. Andererseits war es noch viel früh, um schon über Gefühle zu reden. Heutzutage schlief man erst miteinander und verliebte sich dann, eventuell. Nur weil sie anders war, konnte sie von Oliver nicht dasselbe erwarten, das war ihr klar. Trotzdem musste sie wissen, wo sie jetzt standen. Waren sie zusammen? Oder war es nur so etwas wie ein erstes Date? Oder gar ein One-Night-Stand? Vielleicht sollte sie aus dem Badezimmer heimlich Beth anrufen. Wenn sich jemand mit solchen Dingen auskannte, dann sie.

»Was ist los, Annie?«, wiederholte Oliver eindringlich und rückte näher an sie heran. Er streckte den Arm aus, als wollte er sie an sich ziehen, überlegte es sich mitten in der Bewegung aber anders. »Bereust du, was passiert ist?«, fragte er angespannt.

»Nein.« Annie schüttelte entschieden den Kopf. Sie bereute es nicht, dafür war es zu schön, zu einmalig gewesen. »Bereust du es denn?«, fragte sie und wappnete sich innerlich gegen die Antwort.

»Nein, wie könnte ich?« Oliver umarmte sie nun doch und streifte ihre Wange mit seinen Lippen. »Die Nacht mit dir war wunderschön.«

»Trotzdem wirst du fliegen?« Annie traute sich nicht, die Frage zu stellen, die ihr wirklich auf der Seele brannte, stattdessen deutete sie auf den Koffer.

»Ja.« Oliver atmete tief durch. »Das lässt sich leider nicht vermeiden, so schwer es mir auch fällt. Ich bleibe nicht lange weg, ich verspreche es. Mit etwas Glück bin ich in drei oder vier Tagen wieder da.« Er hauchte einen Kuss auf ihre Lippen.

Annie lächelte besänftigt. Das hörte sich an, als würde ihm wirklich etwas an ihr liegen. »Erzählst du mir, worum es geht?«, bat sie zögernd.

»Es geht um meine Familie, ich will dich damit nicht belasten«, winkte Oliver ab.

»Ich möchte es wirklich gern verstehen. Ansonsten würde ich unentwegt darüber grübeln. Und was auch immer es ist, es kann unmöglich schlimmer sein, als das, was ich mir ausmalen würde.«

»Oh, hast du eine so schmutzige Fantasie?« Oliver begann, an ihrem Ohrläppchen zu knabbern.

Ein paar Herzschläge lang genoss Annie die Zärtlichkeit und das Kribbeln, das sie in ihrem Körper auslöste, dann rückte sie bedauernd von ihm ab. Ihr war klar, dass er nur vom Thema abzulenken versuchte. »Wir können uns später gern intensiver mit meiner Fantasie beschäftigen«, versprach sie ihm. »Jetzt hätte ich gern eine Antwort. Außerdem sollte der Laden bereits vor fünf Minuten geöffnet haben.«

»Ach, wen kümmert schon der Laden.« Oliver streifte das Laken von ihrer Brust.

»Bitte sag es mir, Oliver«, beharrte Annie und schob sein Gesicht sanft hoch, bevor sich seine Lippen um ihre erwartungsvoll aufgerichtete Brustwarze schließen konnten. »Ich dachte immer, deine Familie kommt nicht damit klar, dass du schwul bist. Aber offenbar muss es einen anderen Grund für euer Zerwürfnis geben.«

»Offenbar«, bestätigte er grinsend und hauchte einen Kuss zwischen ihre Brüste. Dann richtete er sich widerwillig auf. »Meine Familie ist recht vermögend«, setzte er bedächtig an.

Für Annie klang es, als suchte er angestrengt nach den richtigen Worten. Sie ließ ihm die Zeit, die er brauchte, und griff nach ihrer Kleidung.

»Hey!«, beschwerte sich Oliver. »Ich dachte, wir wollten im Anschluss deine Fantasien erforschen.«

»Schon bald werden die ersten Kunden auf der Matte stehen und denen möchte ich lieber anständig bekleidet gegenübertreten«, erwiderte Annie zuckersüß. »Für alles Weitere haben wir nach Feierabend Zeit. Oder fliegst du schon heute?«, fügte sie erschrocken hinzu.

»Nein, mein Flug geht erst morgen. Ich wollte heute alles für meine Abwesenheit mit dir besprechen. Ich konnte ja nicht ahnen, dass du gestern noch vorbeikommen und mich verführen würdest.«

»Ich habe dich nicht verführt!«

»Oh doch, das hast du«, widersprach er ihr mit samtiger Stimme. »Du hast einfach zum Anbeißen ausgesehen.«

»Ich sah aus wie immer!«, rechtfertigte Annie sich lachend.

»Sage ich doch.« Er zog bedeutungsvoll die Augenbrauen hoch.

»Du lenkst schon wieder ab«, wies Annie ihn zurecht. »Du wolltest mir von deiner vermögenden Familie erzählen.« Sie verstummte, unsicher, ob sie die nächste Frage wirklich stellen sollte. Dann gab sie sich einen Ruck. Sie konnte nicht verhehlen, dass sie neugierig war. »Wenn du *vermögend* sagst, was genau meinst du damit?«

Oliver zuckte mit den Schultern. »Dass meinen Eltern ein paar Ländereien und Immobilien gehören.«

»Wow!«, entfuhr es Annie beeindruckt. »Das hört sich gewichtig an.«

»Du würdest dich wundern«, brummte Oliver düster. »Das ist aber nicht das Schlimmste.«

»O-kay«, sagte Annie gedehnt und schlüpfte in ihre Hose. *Schlimm* war nicht gerade das Wort, das ihr im Zusammenhang mit Grundbesitz als Erstes eingefallen wäre. »Was ist es dann?«

»Mein Vater war Richter. Mein Großvater war Richter. Und du kannst dreimal raten, was unzählige Generationen vor ihnen gewesen sind.«

»Richter?«

»Scharfsinnig kombiniert, Miss Watson. Wobei, ein paar Staatsanwälte könnten auch mit darunter gewesen sein.«

»Ich verstehe, deine Familie hat sich dem Gesetz verpflichtet.«

»So ungefähr. Du kannst dir also vorstellen, wie wenig begeistert sie alle waren, als ich mein Jurastudium abbrach, um lieber Literatur zu studieren. Und dass ich im Anschluss nicht zumindest einen Professorenposten in Oxford angestrebt habe, war wohl der endgültige Schlag ins Gesicht.«

»Das ist alles?« Schockiert starrte Annie Oliver an. »Sie sind mit deiner Berufswahl nicht einverstanden und haben deshalb mit dir gebrochen? Nur deshalb hast du deine Heimat verlassen, um hier einen Buchladen zu eröffnen?« Sie schüttelte fassungslos den Kopf. »So engstirnig kann doch niemand sein!«

»Du kennst eben meine Familie nicht.« Er klang resigniert.

»Und wieso musst du jetzt wieder zurück?«

Oliver schien mit sich selbst zu ringen. »Du hast bestimmt schon gemerkt, dass der Laden nicht sonderlich profitabel ist. Ohne kleine Finanzspritzen hätte ich mich in den letzten Jahren nicht über Wasser halten können. Jetzt hat mir meine Mutter den Geldhahn zugedreht. Anscheinend ist es ihre Art, mir mitzuteilen, dass meine Gnadenfrist abgelaufen ist.«

»Und was hast du jetzt vor?« Annie versuchte, all diese neuen Informationen irgendwie unter einen Hut zu bekommen. Olivers Laden stand auf der Kippe? Er musste nach London zurückkehren? Sie fühlte sich, als würde der Boden unter ihren Füßen wegbrechen. Alles, was sie sich wünschte, schien plötzlich in unerreichbare Ferne zu rücken.

»Das Geld, das ich für den Laden benutzt habe, gehört ausschließlich mir. Meine Mutter hat ihre Kompetenzen weit überschritten, als sie das Konto sperren ließ. Ich werde das regeln und dann unverzüglich zurückkehren.«

»Du bleibst nicht dort?«, vergewisserte Annie sich besorgt.

Oliver trat zu ihr und nahm ihr Gesicht in beide Hände.

»Um nichts in der Welt«, versprach er ihr fest und beugte sich zu ihr, um sie küssen.

Das Klingeln eines Glöckchens ließ ihn verwundert innehalten. »War das im Laden?«

»Ups!« Annie verzog schuldbewusst das Gesicht. »Kann sein, dass ich gestern Abend vergessen habe, die Tür abzuschließen. Ich war mit meinen Gedanken ganz woanders«, fügte sie mit einem entschuldigenden Lächeln hinzu.

Es klingelte erneut, als die Tür wieder ins Schloss fiel.

»Ich gehe schon«, sagte Annie, da Oliver noch immer völlig nackt neben ihr stand. »*Dich* kann ich so schließlich nicht nach unten lassen.«

Er grinste. »Das behalten wir uns als allerletzten Marketingtrick vor.«

»Untersteh dich!« Annie drohte ihm scherzhaft mit dem Finger. »Wie sehe ich aus?«, fügte sie dann hinzu und fuhr sich notdürftig durch die Haare.

»Zum Anbeißen«, versicherte Oliver.

Das war nicht ganz der Eindruck, den sie bei potenziellen Kunden erwecken wollte, aber für mehr blieb ihr leider keine Zeit. Zum Glück bevorzugte sie für gewöhnlich ohnehin den natürlichen Look, da würde der Unterschied hoffentlich nicht so sehr auffallen.

»Sieh zu, dass du Wen-auch-immer so schnell wie möglich loswirst, und vergiss danach nicht, die Tür abzuschließen. Ich warte hier solange.«

Annie warf ihm einen überraschten Blick zu, doch sie konnte nicht leugnen, dass sich die Idee ziemlich verlockend anhörte. »Ich bin gleich wieder da«, versprach sie ihm und hastete nach unten.

Eine elegante Frau, etwa Ende fünfzig, stand im Laden und schaute sich irritiert um.

»Guten Morgen.« Lächelnd eilte Annie auf sie zu.

Die Frau maß sie mit einem abschätzenden Blick und rümpfte missbilligend die Nase.

Plötzlich kam sich Annie geradezu schäbig vor, in ihrer Kleidung von gestern, ungeschminkt und ungekämmt. Sie hatte nicht einmal Zeit gehabt, sich die Zähne zu putzen. Mit Sicherheit sah man ihr an, dass sie gerade erst aus dem Bett gekommen war. Und vermutlich auch, was sie dort die ganze Nacht über getrieben hatte. Ihre Lippen kribbelten noch immer von Olivers leidenschaftlichen Küssen.

Annie räusperte sich, bevor ihre Gedanken sich verselbstständigen konnten, dennoch spürte sie, wie ihr leichte Röte in die Wangen kroch.

»Kann ich Ihnen helfen?«, wandte sie sich freundlich an die Frau. Immerhin ging es diese Fremde nichts an, wie Annie aussah oder womit sie sich die Nächte um die Ohren schlug. Sie wollte lediglich ein Buch haben.

Ein scharfer Blick heftete sich auf Annie und jagte ihr eine Gänsehaut über den Körper. Etwas an dieser Frau kam ihr bekannt vor, obwohl sie ihr gewiss noch nie begegnet war.

»Ich möchte mit dem Besitzer dieses Ladens sprechen.«

»Er ist noch nicht da«, entgegnete Annie überrumpelt. Mit jeder Sekunde wurde ihr diese Frau unsympathischer. Ihre Stimme klang herablassend und kalt und sie bemühte sich nicht einmal, freundlich zu erscheinen.

»Dann warte ich«, bestimmte die Frau und wandte sich von Annie ab.

Annie zählte innerlich bis zehn, um den aufsteigenden Ärger in den Griff zu bekommen. »Kann ich Ihnen in der Zwischenzeit ein paar Bücher zeigen?«

»Das ist nicht nötig«, beschied die Frau ihr. »Der Laden ist ja recht ... übersichtlich.«

Annie runzelte die Stirn. Aus ihrem Mund klang das, als wäre es etwas Schlechtes. Sie fand das Books'n'Dreams viel schöner und gemütlicher als die Filialen der riesigen Buchhandelsketten mit ihrer klimatisierten Luft und der viel zu hellen Beleuchtung.

Die Frau begann langsam die Regale abzuschreiten und ignorierte Annie vollkommen.

Unschlüssig sah Annie sie an. Da Oliver oben auf sie wartete, würde er in absehbarer Zeit wohl kaum nach unten kommen. Vorher würde die Frau aber offenbar nicht verschwinden.

Ein Teil von Annie wollte es darauf ankommen lassen. Sollte die Frau doch an den Regalen entlangwandern, bis ihr die Füße wehtaten. Annie konnte es egal sein. Gleichzeitig wollte sie den vorerst letzten Tag, der ihr mit Oliver blieb, nicht damit verschwenden, einer unfreundlichen Fremden zuzusehen, die ihren geliebten Laden mit verkniffener, missbilligender Miene betrachtete.

Natürlich konnte sie die Frau auch fragen, was sie von Oliver wollte, aber sie bezweifelte irgendwie, dass sie eine Antwort bekommen würde. Vielleicht gehörte sie einfach zu den eingebildeten Menschen, die meinten, immer vom Chef persönlich bedient werden zu müssen. Immerhin hatte sie gar nicht nach Oliver, sondern nur nach dem *Besitzer* gefragt.

Annie seufzte, was ihr erneut einen scharfen Blick einbrachte. Diese Frau hatte wohl Ohren wie ein Luchs. Es half nichts. Je schneller sie Oliver herbrachte, desto schneller würde die unangenehme Person verschwinden. Annie überlegte, ob sie ihr Bescheid geben sollte, und entschied sich schließlich dagegen. Sie war der Frau keine Rechenschaft schuldig. Und wenn sie in ihrer Abwesenheit beleidigt verschwand, umso besser.

Annie ging die Treppe zur Wohnung hinauf und klopfte an.

»Da bist du ja endlich!« Oliver riss grinsend die Tür auf.

Er trug eine tief sitzende Jogginghose, sein Oberkörper war nach wie vor nackt und ein Handtuch, mit dem er sich soeben die Haare trocken gerubbelt haben musste, hing um seinen Hals. Offensichtlich hatte er ihre Abwesenheit für eine Dusche genutzt. Er wirkte entspannt, glücklich und viel jünger als sonst.

Plötzlich huschte sein Blick an Annie vorbei nach hinten und alle Farbe wich aus seinem Gesicht.

»Mutter!«, entfuhr es ihm schockiert.

Kapitel 10

Oliver stand da, wie vom Donner gerührt. Wie in Zeitlupe sah er Annie erschrocken herumfahren, während seine Gedanken rasten.

Was machte seine Mutter hier? Hatte sie Annie irgendetwas gesagt? Vermutlich nicht, denn diese wirkte ebenso überrumpelt wie er selbst. Sie hatte nicht gewusst, wer diese Frau war.

Wortlos starrte er seine Mutter an, die sich nun in Bewegung setzte und sich an Annie vorbeischob. Sie war älter geworden, seit er sie das letzte Mal gesehen hatte. Die Linien um ihren Mund und zwischen den Augenbrauen waren viel deutlicher, als er es in Erinnerung hatte. Sorgen und Kummer hatten sich in ihr Gesicht gegraben.

Unverzüglich stiegen Schuldgefühle in ihm hoch, gepaart mit Trotz und dem dringenden Wunsch, sich zu rechtfertigen – der übliche Cocktail, wann immer er an sie dachte.

Gewaltsam schob Oliver alles beiseite und stülpte eine Maske über den Aufruhr, der in ihm tobte – eine Kunst, die er in den letzten zehn Jahren perfektioniert hatte. Seine Mutter mochte es nicht, wenn man in ihrer Gegenwart die Contenance verlor, das gehörte sich einfach nicht.

»Mutter«, wiederholte Oliver nun deutlich beherrschter und machte einen Schritt zur Seite. »Welch Überraschung. Möchtest du reinkommen?« Nur zu deutlich war er sich des Blickes bewusst, mit dem sie seine lässige Erscheinung bedachte, doch er verzog keine Miene. Viel dringender beschäftigte ihn die Frage, wie Annie zu dieser Entwicklung stand.

Sie wirkte verunsichert, als wüsste sie nicht, was sie nun tun sollte.

Oliver konnte ihr darauf keine Antwort geben. Er wollte sie nicht fortschicken, sie nicht noch mehr vor den Kopf stoßen, als sie es ohnehin vermutlich war. Gleichzeitig hatte er Angst davor, was gleich zur Sprache kommen könnte. Er wollte nicht, dass Annie es *so* erfuhr. Die Situation drohte ihm vollständig zu entgleiten.

Er öffnete den Mund, um Annie auf später zu vertrösten, als sie aus ihrer Starre erwachte und seiner Mutter in die kleine Wohnung folgte. In Annies Gesicht las er die feste Entschlossenheit, ihn in dieser Situation nicht allein zu lassen. So viel dazu.

Oliver drückte die Tür hinter den beiden zu und wischte sich übers Gesicht. Zum ersten Mal seit Jahren hatte er sich heute zumindest kurz unbeschwert und vollkommen glücklich gefühlt. War klar, dass das seine Mutter sofort auf den Plan rufen musste.

»Möchtest du einen Tee, Mutter?«

Sie schaute sich naserümpfend in seiner liebevoll eingerichteten, kleinen Wohnung um, als wäre diese eine stinkende Absteige. Dann wanderte ihr Blick über Annie zu ihm und heftete sich an seinen nackten Oberkörper. Es war eindeutig, dass sie leider die richtigen Schlüsse zog.

Natürlich konnte er sich damit herausreden, dass er gerade geduscht hatte, aber eine Rechtfertigung würde ihren Verdacht bloß erhärten. »Tee?«, wiederholte er daher ungerührt und wartete auf ihre Antwort.

Indigniert ließ sie sich auf einen ungepolsterten Holzstuhl sinken, auf dem lediglich ein dünnes Sitzkissen lag. »Gern. Wenn du dich vorher anziehst.«

Betont lässig ging Oliver zuerst zu der Küchenzeile und stellte Wasser zum Kochen auf. »Ich bin gleich wieder da«, sagte er dann und sah aus dem Augenwinkel, wie sich Annie angespannt ebenfalls auf eine Stuhlkante sinken ließ.

Sein Herz raste, während er sich in Windeseile etwas überwarf. Was, wenn Mutter Annie in seiner Abwesenheit etwas erzählte? Etwas, das nicht für ihre Ohren bestimmt war. Zumindest jetzt noch nicht.

Er hätte nicht mit ihr schlafen sollen.

Aber er hatte einfach nicht anders gekonnt. Es mochte ein Fehler gewesen sein, doch er bereute ihn nicht. Annie war alles, was er sich jemals erhofft hatte, wovon er geträumt hatte, ohne zu wissen, dass es eine Frau wie sie überhaupt gab. Die Nacht mit ihr war berauschend und wunderschön gewesen – und das nicht nur, weil er Annie körperlich überaus anziehend fand, sondern weil er sich jeden Tag immer mehr in sie verliebte. Und spätestens nach dieser Nacht musste er sich eingestehen, dass seine Gefühle für Annie viel tiefer gingen als für irgendeine Frau vor ihr. Dafür war das Glück, das er empfand, wann immer er in ihre Augen schaute, wenn sie ihn anlächelte oder seinen Namen aussprach, zu intensiv, zu pur.

Und das würde er sich von seiner Mutter nicht nehmen lassen.

Oliver eilte zurück ins Wohnzimmer. Erleichtert stellte er fest, dass seine Sorge unbegründet war, zwischen Mutter und Annie herrschte eisiges Schweigen. Offenbar befand sie es als unter ihrer Würde, auch nur ein Wort an Annie zu richten.

»Da bist du ja endlich«, empfing sie ihn kühl.

Obwohl er nichts anderes erwartet hatte, versetzte ihr Tonfall ihm einen Stich. Sie hatten sich fast ein Jahr lang nicht mehr gesehen und sie hatte nicht ein einziges freundliches Wort für ihn übrig. Oliver wandte sich dem Tee zu, um sich nichts anmerken zu lassen. »Was verschafft mir die unverhoffte Ehre deines Besuchs?«, fragte er so ungerührt wie möglich.

»Wir haben dich bei der Geburtstagsfeier deines Vaters vermisst.«

»Und deshalb fliegst du den ganzen Weg hierher?«

»Einer muss es ja tun.«

»Ich hätte nicht gedacht, dass deine Sehnsucht nach mir so groß ist. Du hättest auch mal anrufen können.« Er stellte die Teekanne und das Geschirr auf den Tisch, setzte sich neben Annie und legte demonstrativ den Arm um sie. Er konnte ohnehin nicht abstreiten, dass sie mehr war als eine Angestellte. Und er wollte es auch nicht.

Seine Mutter kniff verstimmt die Lippen zusammen. »Also gut.« Sie atmete tief durch und sah ihm fest in die Augen. »Ich bin hier, um dich an deine Pflicht zu erinnern. Und um dich endlich nach Hause zu holen. Du hast dich jetzt lang genug ausgetobt.« Ihr Blick blieb bedeutungsvoll an Annie hängen, die unsicher zu ihm herübersah.

Unwillkürlich verstärkte Oliver den Griff um Annies Schulter. Seine Mutter ging beim Eröffnungszug direkt in die Offensive. »Ich führe hier einen Buchladen, Mutter. Das würde ich nicht gerade als *Austoben* bezeichnen«, widersprach er ihr grimmig.

Ihre Lippen kräuselten sich leicht. »Wir wissen beide, dass du hier weit mehr tust, als bloß das.«

Oliver spürte, wie sich Annies Körper versteifte. Sie dachte bestimmt an diesen einen Abend, als sie ihn beim Nachhausekommen erwischt hatte.

»Mir ist das egal«, winkte seine Mutter großzügig ab. »Du bist ein junger Mann und es ist ja fast Tradition, dass die Jugend in der Welt herumreist und sich die Hörner abstößt.«

Vorsichtig begann Annie, sich von ihm zu lösen. Oliver biss die Zähne zusammen. Das war genau die Reaktion, die seine Mutter beabsichtigte. Sie war eine Meisterin der Manipulation.

»Ich bin weder herumgereist noch habe ich mir die Hörner abgestoßen«, betonte er und zog Annie wieder näher an sich heran. »Unter uns befindet sich mein Buchladen, die Frau neben mir heißt Annie. Und beide gehören zu meinem Leben dazu. Es tut mir leid, wenn du das nicht akzeptieren kannst, aber das ändert nichts.«

Bedächtig goss seine Mutter Tee in ihre Tasse und inhalierte das würzige Aroma, bevor sie vorsichtig einen Schluck von der heißen Flüssigkeit nahm. »Gar nicht mal übel«, murmelte sie anerkennend.

»Catherine hat ihn mir geschickt.« Oliver beobachtete sie aufmerksam. Es musste noch etwas kommen. So leicht gab Mutter nicht klein bei.

»Das hier ist also dein Leben?« Sie ließ den Blick demonstrativ durch den kleinen Raum gleiten und zwang Oliver so, ihn durch ihre Augen zu sehen. Eine winzige Zweizimmerwohnung auf dem Dachboden eines Buchladens in einer unbedeutenden, amerikanischen Kleinstadt.

Oliver atmete tief durch und ließ die Luft langsam entweihen. Er würde sich *nicht* rechtfertigen. »Ja.«

»Dann hättest du es vielleicht nicht auf so wackeligem Fundament aufbauen sollen.« Seine Mutter nahm einen weiteren Schluck Tee. »Wie lange, glaubst du, wirst du den Buchladen noch halten können? Einen Monat oder zwei?« Sie lächelte.

Oliver ballte die Hände zu Fäusten. »Ich werde mir das Geld aus dem Fonds zurückholen!«

»Natürlich wirst du das.« Sie wirkte unbekümmert. »Schließlich gehört es dir. Du glaubst doch nicht, dass ich meinen eigenen Sohn bestehlen wollte.«

»Und was wolltest du dann?«, zischte er.

»Dir vor Augen führen, dass du hier bloß dein Geld und dein Potenzial verschwendest. Wenn du es in drei Jahren nicht geschafft hast, diesen Laden profitabel zu machen, wird es dir auch zukünftig nicht gelingen«, beschied sie unbarmherzig. »Du zögerst hier lediglich das Unvermeidliche hinaus. Das Geld in deinem Fonds wird nicht ewig reichen. Und dann hast du gar nichts mehr.«

Oliver presste die Lippen zusammen. »Das werden wir ja noch sehen.«

Annie griff tröstend nach seiner Hand und drückte sie, als

wollte sie ihm Mut und Zuversicht geben. Dankbar lächelte Oliver sie an. Es bedeutete ihm viel, sie an seiner Seite zu haben.

Er wollte den Gedanken nicht zulassen, dass seine Mutter möglicherweise recht hatte. Aber es gab keine Garantie dafür, dass der Laden tatsächlich anlief. Die allgemeine Marktentwicklung sprach sogar eher dagegen.

Als hätte sie den Zweifel gespürt, der sich in ihm regte, setzte seine Mutter direkt nach: »Außerdem bist du der nächste Earl of Wardingham. Du hast Verantwortung und Pflichten.«

Neben ihm holte Annie erschrocken Luft.

Seine Mutter lächelte zufrieden, als hätte sie geahnt, dass er es Annie bisher verschwiegen hatte. »Es wird Zeit, dass du dich ihnen stellst, anstatt hier weiter Kaufladen zu spielen.«

»Was für Pflichten?« Es war das erste Mal, dass Annie etwas zum Gespräch beisteuerte.

»Jemand muss den Familienbesitz verwalten, außerdem möchte mein Mann seinen Sitz im House of Lords endlich weitergeben, weil es ihn in letzter Zeit zu sehr anstrengt«, gab seine Mutter viel zu bereitwillig Auskunft. »Und dann ist da natürlich noch Olivers Verlobte«, ließ sie mit einem liebenswürdigen Lächeln die größte Bombe platzen.

Das Wort traf Annie mit der Wucht eines Vorschlaghammers. »Eine Verlobte?«, keuchte sie entsetzt.

Schlagartig rückten alle Puzzlesteine an ihren Platz. Deshalb hielt er sich von Frauen fern. Deshalb hatte er nur flüchtige Abenteuer, wobei auch das seinen Charakter plötzlich in einem völlig neuen Licht erscheinen ließ. Wie konnte er mit anderen Frauen schlafen, während er verlobt war? Wie konnte er *ihr* so etwas antun?

Annie sprang auf, schüttelte die Hand ab, mit der er sie festzuhalten versuchte.

»Caroline und ich sind nicht verlobt!«, rief Oliver erschrocken.

Caroline! Sie hatte also einen Namen. Selbstverständlich hatte sie einen! Annie war zu keinem klaren Gedanken fähig.

»Natürlich seid ihr das, mein Lieber. Der Ring an ihrem Finger lässt keinen Zweifel zu.«

Vor Annies Augen begann sich alles zu drehen, ihr war, als zöge ihr jemand den Boden unter den Füßen weg.

»Annie, hör mir zu!«, beschwor Oliver sie.

Sie schüttelte erschüttert den Kopf. Wie sollte sie ihm jetzt noch glauben können? Krampfhaft hielt sie sich an der Stuhllehne fest und starrte Olivers Mutter an. »Ist das wahr?«, fragte sie zitternd.

»Oh ja.« Die Frau seufzte und sah Annie fast schon mitfühlend an. »Ich weiß nicht, was zwischen euch geschehen ist und was er dir versprochen haben mochte. Aber für ihn bist du nichts weiter als ein Zeitvertreib. Männer von Stand heiraten keine Mädchen wie dich.«

Eine Ohrfeige mitten ins Gesicht hätte sich weniger schmerzhaft, weniger beleidigend angefühlt als diese Worte.

»Ich muss hier raus!«, presste Annie hervor und hastete zur Tür.

»Annie, warte!« Oliver versuchte sie aufzuhalten, doch sie riss sich los.

Blind vor Tränen stolperte sie die Treppe hinunter. Das Poltern hinter ihr verriet, dass Oliver ihr folgte. Sie fuhr herum. »Lass mich!«, schrie sie ihn an. Sie wollte keine Ausflüchte hören und keine Entschuldigungen.

Er war verlobt.

Er hatte mit ihr geschlafen.

Zumindest hatte er den Anstand besessen, ihr nichts zu versprechen.

Sie war ja so dämlich gewesen.

Annie stürmte aus dem Laden.

»Lass uns später in Ruhe darüber reden!«, rief Oliver ihr hinterher.

Darauf konnte er lange warten. Laut fiel die Tür hinter ihr ins Schloss.

Mit zitternden Fingern angelte Annie nach ihrem Handy und wählte die Nummer ihrer Schwester.

»Hallo Beth«, schluchzte sie. »Bist du da? Ich brauche dich so dringend.«

Keuchend starrte Oliver Annie nach. Panik breitete sich in seinem Inneren aus und ein furchtbares Gefühl des Verlusts. Er hatte es vermasselt.

Nein, eigentlich nicht er, sondern die Frau, die oben seelenruhig ihren Tee trank.

Sie hatte Annie in voller Absicht verletzt. Überdeutlich hatte er den Schmerz, die Erschütterung in ihrem Gesicht gesehen. Damit war seine Mutter endgültig zu weit gegangen. Er war diese Behandlung von ihr gewöhnt, aber Annie hatte das nicht verdient.

Oliver ballte die Fäuste, bis sich die Fingernägel in seine Haut bohrten. Mühsam drängte er seine Wut zurück. Er würde die Sache jetzt ein für alle Mal mit seiner Mutter klären und dann zu Annie gehen, ihr alles erzählen und hoffen, dass sie es verstand.

»Ist sie weg?«, erkundigte sich Mutter im Plauderton, als er zurück in die Wohnung kam.

»Übertreib es nicht«, zischte Oliver.

Sie musterte ihn verwundert. »Hast du die Kleine etwa wirklich ins Herz geschlossen?«

»Ihr Name ist Annie«, betonte Oliver. »Und ja.« Er setzte sich hin. »Du musst es auch gespürt haben, sonst hättest du wohl kaum Caroline ins Feld geführt.«

»Ich habe von Caroline gesprochen, weil sie deine zukünftige Frau ist.«

»Das ist sie nicht und wird es niemals sein«, widersprach Oliver entschieden. Seine Mutter konnte ihn schließlich nicht zwingen, eine Frau zu heiraten, die er nicht liebte.

»Sie ist die perfekte Partie für dich. Sie ist hübsch, klug, gebildet und unsere Familien sind seit Ewigkeiten befreundet.«

»Sie ist eine Freundin«, stimmte Oliver zu.

»Du hast sie gebeten, dich zu heiraten.«

Oliver lachte auf. »Wir waren *achtzehn*, Mutter, von Hormonen geflutet und bemüht, unseren Eltern zu gefallen.«

Pikiert presste sie die Lippen zusammen. »Es hat dich keiner gezwungen, ihr den Ring anzustecken.«

»Natürlich nicht!«, entfuhr es ihm sarkastisch. »Weder Vater, der mir den Ring mit den Worten reichte, dass jetzt die richtige Zeit dafür wäre, Caroline zu fragen. Noch du, als du ihn persönlich ausgesucht hast.«

In ihrem Gesicht arbeitete es. Sie war nicht daran gewöhnt, dass Oliver so offen und schonungslos mit ihr sprach. »Wenn du so sehr dagegen warst, wieso hast du die Verlobung nicht gelöst?«

Das war eine verdammt gute Frage, auf die es keine einfache Antwort gab. »Caroline und ich sind seit zehn Jahren kein Paar mehr. Ich dachte, das hätte sich damit von selbst erledigt.«

»Für sie offensichtlich nicht. Denn sie trägt immer noch deinen Ring. Ich habe ihn erst letzte Woche an ihrem Finger gesehen.«

Das überraschte Oliver. »Vielleicht gefällt er ihr einfach.«

»Keine Frau trägt einen Verlobungsring, wenn sie den Mann nicht heiraten möchte. Und du hast den Ring niemals zurückgefordert.«

»Caroline und ich hatten uns auseinandergelebt. Ich hatte gerade mein Jurastudium abgebrochen und ihr wart ohnehin nicht besonders gut auf mich zu sprechen. Ich wollte nicht noch mehr Öl ins Feuer gießen«, gestand Oliver leise.

»Wie überraschend rücksichtsvoll von dir. Sonst hast du dich auch nicht darum gekümmert, was man über dich sagte. Hast einfach das getan, wonach dir war.«

Der Vorwurf verschlug Oliver für einen Moment die Sprache. »Ich musste den *Kontinent* verlassen, Mutter, um überhaupt atmen zu können. Jura, Gerichtshöfe, die Politik – das ist nicht meine Welt.«

»Und das hier ist es?«, fragte seine Mutter bitter und ließ den Blick erneut durch die Wohnung schweifen.

»Ja. Ich bin hier glücklich. Glücklicher, als ich es auf unserem Anwesen jemals sein könnte.« Oliver schaute sie an und hoffte so sehr, endlich zu ihr durchzudringen.

Sie atmete tief durch und schien zu einer Entscheidung gekommen zu sein. »Das kannst du gar nicht beurteilen, denn du hast es nicht einmal versucht. Es wird Zeit, das zu ändern.« Sie erhob sich.

»Was meinst du damit?« Oliver musterte sie alarmiert.

»Deine Schonzeit ist vorbei. Du wirst mich nach Hause begleiten, Caroline heiraten und endlich den Platz einnehmen, der dir als Earl of Wardingham zusteht.«

Sprachlos starrte Oliver sie an. Hatte sie auch nur ein Wort von dem verstanden, was er gesagt hatte? »Und wenn ich mich weigere?«

Ein erschrockener Ausdruck huschte über ihr Gesicht. Damit hatte sie wohl nicht gerechnet. »Von mir aus muss es auch nicht Caroline sein«, lenkte sie ein, »solange deine Wahl standesgemäß ist.«

Das schloss Annie wohl aus. »Und wenn ich meine Wahl schon getroffen habe?«

»Du meinst doch nicht etwa dieses *Mädchen*?«

Herausfordernd erwiderte Oliver ihren Blick.

»Wie lange kennt ihr euch? Ein paar Wochen oder Monate? Und da willst du schon von einer gemeinsamen Zukunft sprechen? Oder machst du das jetzt nur, um mich zu ärgern?«

»Ich habe in meinem Leben nichts getan, *nur* um dich zu ärgern, Mutter. Annie bedeutet mir wirklich viel.«

»Tatsächlich? Und hat irgendetwas in ihrer Herkunft oder Erziehung sie auf die Rolle vorbereitet, die sie als Herrin von Wardingham Hall einnehmen würde? Kannst du sie dir dort wirklich vorstellen?«

Das konnte er nicht. Wenn er ehrlich war, konnte er sich nicht einmal sich selbst dort vorstellen. Oliver seufzte und wischte sich müde über das Gesicht. »Ich will das alles nicht, Mutter.« Wieso konnte er nicht das Leben führen, das er sich selbst ausgesucht hat? Unter normalen Menschen, die nicht glaubten, etwas Besseres zu sein, bloß weil sie ihre Ahnenreihe zehn Generationen zurück aufsagen konnten. »Und du kannst mich nicht zwingen.«

Ein harter Glanz trat in ihre Augen. »Wir werden sehen. Glaube ja nicht, dass du dein Erbe von diesem Buchladen aus antreten könntest.«

Daher wehte also der Wind. Angst griff nach Olivers Herzen. »Geht es Vater so schlecht?«

»Wir werden alle nicht jünger. Und es würde ihm deutlich besser gehen, wenn sein Sohn an seiner Seite wäre.«

Forschend musterte Oliver seine Mutter. War das wieder nur ein Trick? In ihrem Gesicht stand leider echte Sorge geschrieben.

»Da sind noch Catherine und ihr Mann«, machte er einen Versuch, die Bürde, die auf ihm lag, leichter zu machen.

»Keiner von ihnen ist der nächste Earl.«

Oliver schnaufte bitter. Sie drehten sich im Kreis.

»Du weißt genau, dass der Titel nicht nur Pflichten birgt«, sagte seine Mutter deutlich sanfter. »Damit ist ein erhebliches Vermögen verbunden.«

»Das Geld ist mir egal«, sagte Oliver geradeheraus. Es hatte ihn noch nie interessiert.

»Du würdest darauf verzichten, nur um ... nur um ...« Ihr fehlten offenbar die Worte.

»Nur um glücklich und frei zu sein? Ja.«

»Du kehrst deiner Familie den Rücken zu?« Sie klang schockiert, ungläubig, verletzt.

»Nur, wenn ihr mir den Rücken zukehrt. Ich habe mich lange genug nach eurer Anerkennung und Liebe gesehnt. Inzwischen habe ich gelernt, ohne sie klarzukommen.«

»Natürlich lieben wir dich«, entfuhr es ihr verwundert. »Wir haben immer nur dein Bestes gewollt.«

Aus ihrer Sicht stimmte das wahrscheinlich sogar. Leider schieden sich ihre Geister bei der Frage, was dieses Beste war.

Ratlos schaute Oliver seine Mutter an. Er hatte keine Ahnung, wie es nun weitergehen sollte. Er wollte seiner Familie keine Schwierigkeiten bereiten, wollte die Gesundheit seines Vaters nicht weiter untergraben. Aber er wollte auch nicht sein eigenes Glück für irgendwelche verstaubten Traditionen opfern.

»Mein Flug geht morgen Abend«, sagte seine Mutter leise. Sie wirkte plötzlich müde, bedrückt und ausgelaugt, als setzte ihr der ewige Kampf zwischen ihnen beiden ebenso sehr zu wie ihm. »Ich hoffe wirklich, dass du mit mir kommst. Bis dahin hast du noch Zeit, dich zu entscheiden.«

Mit diesen Worten wandte sie sich ab und verließ mit hoch erhobenem Haupt die Wohnung.

»Er hat WAS?« Entgeistert starrte Beth ihre Schwester an.

»Eine Verlobte«, bestätigte Annie niedergeschlagen und wischte sich über die Wangen. Sie hatte Beth von ihrer Nacht mit Oliver und dem Auftauchen seiner Mutter erzählt. Es noch einmal zu durchleben, hatte sie genauso mitgenommen wie beim ersten Mal und nun fühlte sie sich ausgelaugt und leer.

»Bist du sicher?«

»Seine Mutter ließ diesbezüglich keinen Zweifel zu.« Annie zog die Knie an ihre Brust und lehnte sich in die weichen Polster der Couch. Ihr Herz tat so unglaublich weh. Wobei sie nicht zu sagen vermochte, was schlimmer war – die Tatsache, dass Oliver verlobt war, oder die Gewissheit, dass es für sie und ihn – selbst wenn es anders gewesen wäre – keine Zukunft gab.

Männer von Stand heiraten keine Mädchen wie dich, hallten die gehässigen Worte seiner Mutter in ihrem Kopf wider. Nicht, dass sie Oliver direkt heiraten wollte, aber welchen Sinn hatte eine Beziehung, wenn das von vornherein ausgeschlossen war?

Wie sie es drehte und wendete, Annie fühlte sich von Oliver hintergangen, benutzt. Das strahlende Bild, das sie sich von ihm gemacht hatte, hatte hässliche Risse bekommen. Sie hatte ihn für durch und durch ehrenhaft gehalten, doch das war er nicht.

»Hat Oliver auch etwas dazu gesagt?«, fragte Beth.

»Er hat versucht, es zu leugnen. Er klang dabei aber nicht besonders überzeugend. Außerdem trägt diese Caroline noch immer seinen Verlobungsring.«

»Hat das auch seine Mutter gesagt?« Beth wirkte skeptisch. »Vielleicht wollte sie nur etwas Gift versprühen, um dich gegen Oliver aufzubringen. Nach dem, was du erzählt hast, wirkt sie nicht gerade wie der liebevolle, freundliche Typ.«

»Das war gar nicht nötig.« Annie seufzte tief. »Er ist ein *Earl*, Beth!«, entfuhr es ihr fassungslos. »Und er heißt gar nicht Ward, sondern *Wardingham*!« Sie schlug die Hände vors Gesicht, als würde das etwas besser machen. Sie hatte das Gefühl, Oliver überhaupt nicht zu kennen. Nicht einmal seinen richtigen Namen hatte er ihr gesagt. »Er hat irgendwelche hoheitlichen Pflichten und Verantwortungen«, fuhr sie bitter fort. »Sein Leben hat mit dem hier«, sie machte eine hilflose Geste durch den Raum, »nichts zu tun. Seine Familie haust auf einem Schloss und natürlich muss er standesgemäß heiraten, um seine Linie fortzuführen und weitere kleine Earls in die Welt zu setzen.«

»Ich fasse es nicht.« Beth kicherte. »Meine kleine Schwester hat sich einen Prinzen geangelt.«

»Das ist nicht witzig!«, zischte Annie. Sie wusste, dass Beth sie nur aufzuheitern versuchte, aber sie war noch nicht bereit dazu. »Ich habe mir niemanden geangelt«, sagte sie düster. Viel eher war sie selbst in ein Netz gegangen.

Beth schaute sie nachdenklich an und zog sie dann sanft in ihre Arme. »Du magst ihn wirklich sehr, oder?«

Annie nickte unglücklich.

»Du solltest mit ihm reden«, fuhr Beth bedächtig fort, »dir seine Seite der Geschichte anhören. Da muss noch mehr sein, als seine Mutter dich glauben lässt.«

Annie schüttelte den Kopf. Erneut stiegen Tränen in ihre Augen. »Du verstehst das nicht«, murmelte sie leise. »Ich habe ihm vertraut. Und er hat mich enttäuscht.« Natürlich lag der Fehler einzig und allein auf ihrer Seite, immerhin hatte er ihr gar nichts versprochen, das machte die Erkenntnis aber nicht weniger schmerzhaft. »Er hätte mir sagen müssen, wer er ist, bevor er ...« Sie schluckte krampfhaft. »Bevor er mit mir geschlafen hat.« Annie blinzelte, als Tränen ihren Blick verschleierten. Sie war niemand, der Sex und Gefühle trennen konnte, das eine gab es für sie ohne das andere nicht. Das musste auch Oliver bewusst gewesen sein. Trotzdem hatte er einfach genommen, was er kriegen konnte.

Beth gab ihr einen tröstenden Kuss auf die Stirn. »Ich bin sicher, es wird sich alles klären.«

»Ich wüsste nicht, wie.« Annie drückte sich mühsam hoch. »Ich bin müde«, gab sie tonlos zu. In der Nacht hatte sie nicht viel Schlaf bekommen und die Traurigkeit raubte ihr nun die letzte Kraft. Sie fühlte sich wie eine leere Hülle, wollte nichts anderes, als sich aufs Bett zu werfen und in den Schlaf zu weinen.

»Natürlich«, entgegnete Beth sanft. »Du kannst es dir im Gästezimmer gemütlich machen. Soll ich dir einen Tee kochen oder hast du Lust auf ein Eis? Schokolade und viel Sahne können bei Liebeskummer wahre Wunder wirken.«

»Nein, danke.« Annie war viel zu schlapp, um etwas essen oder trinken zu können. »Danke«, fügte sie noch einmal hinzu und drückte Beth fest an sich. »Danke, dass du für mich da bist.«

»Immer, Kleines.« Beth lächelte sie aufmunternd an. »Ruh dich jetzt etwas aus. Ich bin sicher, in ein paar Tagen sieht die Welt wieder besser aus.«

Das konnte Annie sich nicht vorstellen, doch sie sagte nichts. Als sie die Tür des Gästezimmers hinter sich schloss, überkam sie plötzlich ein Déjà-vu. Zum zweiten Mal in noch nicht mal drei Wochen war sie nun hier, wegen eines Mannes, um ihre Wunden zu lecken und wieder zu sich zu kommen.

Schwer ließ Annie sich auf das Bett sinken. Wie weit entfernt, wie unwirklich ihr die Trennung von Mark nun vorkam. Sie hatte Jahre an seiner Seite verbracht und ihn innerhalb weniger Tage fast vollkommen aus ihren Gedanken gestrichen und sich stattdessen Hals über Kopf in Oliver verliebt. Er war ihr wie der absolute Traummann erschienen - kultiviert, höflich, fast schon vornehm, mit einer Begeisterung für Bücher, die der ihren glich. Ein fleischgewordener Mr. Knightley, der sich nun als eine Art Mr. Rochester entpuppt hatte, der eine Ehefrau geheim hielt.

»Argh!« Annie presste sich die Hände an den Kopf. Sie tat es schon wieder! Oliver war weder der eine noch der andere. Er war keine Romanfigur. Er war ein Mann, der nicht dem Bild gerecht wurde, das sie sich von ihm gemacht hatte.

Vielleicht war das ja ihre Art, mit der Trennung von Mark umzugehen. Sie hatte sich unglaublich schnell davon erholt. Möglicherweise hatte sie unbewusst ihre Gefühle und Sehnsüchte einfach auf Oliver projiziert und er war nur der Übergangsmann, der ihr half, einen neuen Lebensabschnitt zu beginnen.

Annie holte tief Luft und ließ sie langsam entweichen, versuchte, alles loszulassen, was ihr nicht guttat. Dann lächelte sie. Ja, das musste es sein. Oliver hatte sie nur auf den richtigen Weg gebracht, ihr die Zukunft gezeigt, die sie sich wünschte, ihr ein neues Ziel gegeben. Daran würde sie festhalten. Alles andere, was ihn betraf, stellte lediglich eine kurze, unwichtige Episode in ihrem Leben dar.

Annie nahm einen Stift und einen Schreibblock zur Hand. Sie würde nicht weinen. Stattdessen würde sie etwas Sinnvolles tun. Da ihr Laptop noch immer im Wagen lag, würde sie eben analog an ihrem Konzept weiterarbeiten. Oliver hatte davon nicht viel hören wollen. Aber irgendwo würde sie schon einen Ladenbesitzer finden, der ein offeneres Ohr für ihre Ideen besaß, der das Potenzial darin erkannte. Annie hatte keinen Zweifel daran, dass ihr Konzept zum Erfolg führen konnte, wenn man seine Komfortzone verließ und bereit war, neue Wege zu gehen.

Kapitel 11

»Weiß Mutter schon von deiner Idee?«, fragte Catherine skeptisch.

»Nein, ich wollte sie erst mit dir besprechen.« Oliver tigerte mit dem Handy am Ohr in seiner Wohnung herum. Nachdem seine Mutter gegangen war, hatte er sich den Kopf zerbrochen, wie er aus der Situation wieder rauskommen konnte.

Annie ging nicht an ihr Handy, und selbst wenn sie es getan hätte, hätte er nicht gewusst, was er ihr sagen sollte, außer, dass es ihm leidtat. Er brauchte mehr Informationen und vor allem brauchte er einen Plan, bevor er Annie aufsuchte. Sowohl der Plan als auch die Erklärung sollten wirklich gut sein, denn vermutlich würde er nur eine einzige Chance bekommen.

»Mutter wird nicht begeistert sein«, sagte Catherine nachdenklich.

»Das ist auch nicht mein Ziel«, stellte Oliver klar. »Wäre es für euch denn in Ordnung?«

Er hörte, wie seine Schwester durchatmete. »Ich weiß es ehrlich gesagt nicht. Bist du sicher, dass du das möchtest?«

»Ja«, kam es von ihm, ohne zu zögern.

»Und das alles nur für den Buchladen? Das kann nicht dein Ernst sein!«

Nüchtern betrachtet hatte Catherine natürlich recht. Sein Vorschlag wirkte verrückt. Und nur für den Laden hätte er es vermutlich auch nicht durchgezogen. Es gab bestimmt auch andere Möglichkeiten, seiner Leidenschaft nachzugehen. Vielleicht könnte er tatsächlich eine Professur anstreben oder sich irgendwo an einem Laden beteiligen. Er könnte sogar der Universitätsbibliothek eine Spende zukommen lassen und im Austausch die Schirmherrschaft übernehmen. Dann wäre er einfach ein verschrobener Adliger, der einem harmlosen Hobby frönte. »Es geht nicht nur um den Laden«, hörte er sich sagen, auch wenn er überhaupt nicht vorgehabt hatte, seiner Schwester von Annie zu erzählen, nicht bevor er wusste, wie es mit ihnen weiterging. Aber zum einen würde Mutter es ihr ohnehin verraten, zum anderen wollte er, dass Catherine seine Beweggründe verstand, bevor sie ihre Entscheidung fällte.

»Um was dann?« Sie klang verwirrt.

»Ich habe jemanden kennengelernt. Ihr Name ist Annie ...«

»Und?«, fragte Catherine vorsichtig. Er hörte die Zurückhaltung in ihrer Stimme, als fürchtete sie, er würde sich wegen einer Frau zu einer Dummheit hinreißen lassen.

»Sie ist großartig. Sie ist warmherzig, klug, wunderschön und hat unglaublich tolle Ideen, was den Laden betrifft. Sie hat hier innerhalb weniger Wochen schon einiges verändert.«

»Du hast sie noch nie erwähnt.«

»Ich weiß.« Er zögerte. »Das mit uns ist noch relativ frisch.« Es fühlte sich merkwürdig an, von einem *uns* zu sprechen, solange er nicht wusste, wie Annie dazu stand. Gleichzeitig erschien ein Lächeln auf seinen Lippen, bloß, weil er dieses Wort ausgesprochen hatte.

»Du kennst sie noch nicht lange genug, um sie auch nur flüchtig zu erwähnen, und bist schon bereit, dein Leben für sie umzukrempeln?«, fragte Catherine so ungläubig, als hätte er den Verstand verloren.

»Sie macht mich glücklich«, erwiderte Oliver schlicht.

»Oh«, entgegnete Catherine nach einer Pause. »Das hast du noch nie von einer Frau gesagt.«

»Ich habe bisher auch keine wie Annie getroffen.«

»Es hat dich also wirklich erwischt? Mit allem drum und dran?«

»Keine Ahnung«, gestand Oliver. Er hatte schließlich kaum Vergleichsmöglichkeiten. »Aber es fühlt sich verdammt danach an.«

»Wow«, sagte Catherine fassungslos. »Und was ist, wenn es mit euch nicht hinhaut?«, fragte sie behutsam. »Das, was du vorschlägst, lässt sich nicht wieder rückgängig machen.«

»Dann bist du dafür?«, fragte Oliver begierig. Sein Herz begann, aufgeregt zu hämmern.

»Ist sie dir das alles wirklich wert?«

»Ja.« Selten war er sich einer Sache so sicher gewesen.

Seine Schwester seufzte. »Ich muss das erst mit William besprechen.«

»Er wird das machen, was du möchtest.« William hatte Catherine noch nie einen Wunsch abschlagen können.

»Wir werden sehen.«

»Danke!«, sagte Oliver voller Inbrunst.

»Die letzte Entscheidung liegt nicht bei uns«, erinnerte sie ihn.

»Ich weiß, aber wenn wir geschlossen auftreten, könnte es klappen.« Oliver wollte den Gedanken, dass seine Eltern es ablehnen könnten, nicht zulassen. Der Kompromiss, der ihm vorschwebte, war die einzige Lösung, die ihm eingefallen war, um alle halbwegs zufriedenzustellen. Er wollte seinen Vater, seine Familie nicht im Stich lassen, und hoffte sehr, dass seine Eltern das verstehen würden. Deshalb war es besonders wichtig, seine Schwester auf seiner Seite zu haben. Abgesehen davon, dass es ohne ihr Einverständnis überhaupt nicht ging.

»Oh, Henry weint!«, sagte Catherine plötzlich gehetzt. »Ich spreche mit William und melde mich dann bei dir. Mach's gut.« Sie legte auf.

Oliver atmete erleichtert durch. Zumindest Catherine hatte er von seinem Plan überzeugt. Nun würde er Annie mit ins Boot holen.

Eine Viertelstunde später stand Oliver vor dem Hotel und hämmerte laut an die verschlossene Eingangstür. Annie ging nach wie vor nicht ans Telefon. Entweder hatte sie es verlegt – oder sie *wollte* nicht mit ihm reden.

Zum unzähligen Mal verfluchte Oliver das Timing seiner Mutter. Sie hatte ihm die Chance genommen, Annie alles selbst und behutsam zu erklären. Gleichzeitig wusste er, dass es nicht allein an seiner Mutter lag. Er hatte mehr als genug Zeit gehabt, es Annie zu sagen. Spätestens gestern Abend wäre der richtige Zeitpunkt gewesen, aber er hatte gekniffen. Er wollte, dass sie ihm unvoreingenommen begegnete, und wusste, dass das unmöglich wäre, sobald sie die Wahrheit erfuhr. Außerdem hätte er ihr nie von Caroline erzählt oder davon, dass seine Familie eine standesgemäße Heirat erwartete, bevor er sein Erbe antrat.

Wäre seine Mutter nicht gekommen, hätte er Annie das alles nicht erzählt, um ihre anbahnende Beziehung nicht zu belasten. Er konnte sich also nur an die eigene Nase fassen.

Oliver beugte sich nach vorn, um durch die spiegelnde Glasscheibe der Tür nach innen sehen zu können. Nichts regte sich. Er klopfte erneut und wartete. Dann ging er entschlossen um das Gebäude herum, dorthin, wo seiner Einschätzung nach die Fenster der Einliegerwohnung sein mussten. Er schaute durch jedes Fenster, bis er sich eingestand, dass Annie nicht zu Hause war.

Ihr Wagen stand noch immer vor dem Laden, sie war also weder abgereist noch war sie zum Magician Lake gefahren, was sein nächster Tipp gewesen wäre. Zumindest zog es ihn selbst immer dorthin, wenn er Ruhe oder Trost brauchte.

Nachdenklich kaute Oliver auf der Unterlippe, während er zurück zur Straße lief. Wo könnte Annie denn noch sein? Ein paar Tropfen landeten auf seinem Gesicht und er schaute missmutig nach oben. Der Himmel hing voll dunkler Wolken.

Ihre Schwester!, fiel es ihm plötzlich ein und er stöhnte frustriert. Natürlich hatte er nie daran gedacht zu fragen, wo Beth wohnte. Angestrengt versuchte er, sich an alles zu erinnern, was er über sie wusste. Sie war vor einigen Monaten nach Silver Creek gekommen und hatte sich in Richard verliebt, dem auch das Hotel gehörte.

Oliver fuhr sich über das Gesicht. Das half ihm leider nicht weiter.

Anwalt! Richard war Anwalt. Zumindest hatte er bei dem Tanzabend so etwas gehört. Oliver holte sein Handy hervor und startete die Suchmaschine. So viele Anwaltskanzleien würde es in Silver Creek schon nicht geben. Er hatte Glück, ihm wurde nur eine einzige angezeigt, die einem Richard Stone gehörte. Hastig wählte Oliver die Nummer und lauschte mit rasendem Herzen dem Freizeichen.

»Stone Anwaltsbüro, Beth Andrews am Apparat, was kann ich für Sie tun?«

Oliver konnte sein Glück kaum fassen. »Hallo Beth, hier ist Oliver Ward. Ich suche Annie.«

»Oliver.« Die Art, wie sie seinen Namen in die Länge zog, ließ bei ihm keinen Zweifel zu, dass sie bereits in alles eingeweiht war. »Oder soll ich dich lieber mit Mylord ansprechen?«

»Wo ist Annie?« Oliver ging nicht auf ihre Spitze ein.

»Wieso willst du das wissen?«

»Ich muss mit ihr reden und sie geht nicht an ihr Telefon.«

»Vielleicht möchte sie das nicht.«

»Es ist wichtig«, beharrte Oliver.

»Hat es etwas mit deiner Verlobten zu tun?« Beth hörte sich an, als genieße sie es, ihn zu quälen.

»Mit meiner nicht existenten Verlobten, meinst du wohl.«

»Dafür hat sie einen sehr real klingenden Namen und – wie ich hörte – einen echten Ring am Finger.«

Olivers Geduld neigte sich dem Ende zu. »Ich würde das viel lieber mit Annie direkt besprechen. Wo finde ich sie?« Inzwischen hatte es richtig zu regnen begonnen. Oliver fröstelte. In seiner Eile hatte er nicht daran gedacht, eine Jacke überzuwerfen, und das dünne Hemd bot keinen Schutz vor der Feuchtigkeit.

»Gib mir einen Grund«, verlangte Beth.

»Einen Grund wofür?«

»Dich zu meiner Schwester zu lassen. Sie ist gerade ziemlich fertig wegen dir und deiner *Mom*.«

»Ich möchte mich entschuldigen und ihr alles erklären.«

»Und dann?«

Oliver stellte den Kragen seines Hemdes hoch und setzte sich in Bewegung, um sich zumindest notdürftig aufzuwärmen. »Das liegt ganz bei Annie.«

»Ich denke, du darfst nichts mit ihr anfangen?«

»Ich arbeite daran, das zu ändern. Kann ich jetzt *bitte* mit ihr reden?«

»Also gut«, gab Beth sich geschlagen und Oliver lächelte erleichtert, während sie ihm den Weg erklärte. »Klingel einmal durch, wenn du da bist, dann mache ich dir auf«, sagte Beth zum Abschluss. »Bis gleich.«

»Danke!« Im Eilschritt hastete Oliver davon.

Ein leises Klopfen an der Tür ließ Annie erschrocken zusammenzucken. Sie hatte geglaubt, Beth wäre wieder in ihrem Büro. »Danke, ich möchte immer noch kein Eis!«, rief sie ihrer Schwester zu, ohne von dem voll geschriebenen Blatt aufzusehen.

»Das ist gut, ich habe nämlich keins dabei.«

Oliver! Annie fuhr herum. Er stand in der halb offenen Tür und lächelte zerknirscht. Sein Anblick ließ ihren Atem stocken. Er sah so schuldbewusst, so süß ... und so vollkommen durchnässt aus. Die Haare standen feucht in alle Richtungen ab, als hätte er versucht, sie trocken zu rubbeln. Das helle Hemd klebte durchscheinend an seinem trainierten Oberkörper. Annie schluckte. »Was ist denn mit dir passiert?«

Er zuckte mit den Schultern. »Ich habe dich gesucht. Und es regnet. Darf ich reinkommen?«

Annie legte den Block beiseite und setzte sich aufrechter hin. Ihr Herz flatterte aufgeregt in ihrer Brust, bereit, zu Oliver zu fliegen.

So viel zu ihrer Hoffnung, er wäre nur ein Übergangsmann, der ihr im Grunde nichts bedeutete.

Annie befeuchtete ihre Lippen und hatte keine Ahnung, was sie sagen sollte. All ihr Groll auf ihn war wie weggefegt, da er nun nass und entschuldigend vor ihr stand.

Langsam trat Oliver ins Zimmer - er schien ihr Schweigen als Zustimmung zu werten - und schloss die Tür hinter sich.

»Du bist durch den Regen gelaufen?« Endlich fand Annie ihre Stimme wieder. Ungläubig musterte sie ihn. Noch nie hatte jemand etwas so Romantisches für sie getan.

»Ja.« Oliver lächelte. »Wenn ich es nicht gemacht hätte, wenn ich auf halber Strecke aufgegeben hätte, dann ...« Er trat näher, bis er vor dem Bett stand, und setzte sich auf seine Knie, um auf Augenhöhe mit ihr zu sein. »Dann wäre es schließlich keine Liebe.«

Seine Worte hallten im Raum wider und viel stärker noch in Annies Herz. Sie riss die Augen auf, während sie um Worte kämpfte. »Du liebst mich?«

Ernst hob Oliver seine Hand und strich ihr zärtlich eine Strähne aus der Stirn. »Zumindest bin ich auf dem besten Weg dorthin. Du hast mich verzaubert, Annie. Mehr, als du dir vorstellen kannst. Alles scheint so viel schöner und leichter, wenn du bei mir bist.«

Annie lachte glücklich auf und schlang ihre Arme um seinen Hals. Sofort spürte sie die kühle Feuchtigkeit seiner Kleidung an ihrer Haut. »Du musst dich ausziehen!«, entfuhr es ihr erschrocken.

»Oh.« Oliver grinste anzüglich. »Damit habe ich zwar nicht gerechnet, aber sehr gern!«

»Nicht *deswegen*!« Röte schoss in Annies Wangen, während

ihre Finger bereits seine Hemdknöpfe öffneten. »Du erkältest dich noch«, setzte sie rechtfertigend hinzu.

»Heißt das, du bist nicht mehr böse?«, fragte Oliver hoffnungsvoll.

Die Frage zerriss den rosa Schleier, der sich mit seinem unverhofften Erscheinen über Annie gelegt hatte. Sie zuckte zurück und wich seinem Blick aus. Die Sache mit der Verlobten und seiner Familie stand noch immer zwischen ihnen, ebenso wie die Tatsache, dass er ihr das alles verschwiegen hatte.

Oliver seufzte. »Offensichtlich doch.«

Er streifte das nasse Hemd ab und Annie reichte ihm mit abgewandtem Gesicht eine Decke. Sie wollte nicht riskieren, dass sein halb nackter Anblick sie vom Wesentlichen ablenkte.

»Wieso hast du mir nichts gesagt?«, fragte sie leise. »Ich habe dir vertraut.«

»Es tut mir leid, sehr, sehr leid«, betonte er.

»Das beantwortet nicht meine Frage.«

»Du hast recht.« Oliver setzte sich neben sie auf das Bett und achtete dabei darauf, ihr nicht zu nahe zu kommen. Als wollte er Annie ihren Freiraum lassen. »Ich habe dir nichts von meiner Herkunft und den Ansichten meiner Mutter erzählt, weil es mir nicht relevant erschien.«

»Du fandest es nicht relevant, dass wir nie eine Beziehung führen könnten?« Empörung und Traurigkeit trieben Annie erneut Tränen in die Augen.

»Nein«, widersprach Oliver sanft. »Ich fand es nicht relevant, dass meine Familie irgendwann einmal dagegen sein könnte.«

»Und wieso nicht?«

»Weil ich einfach sehen wollte, wohin der Weg uns führt, unvoreingenommen und unbelastet.«

Annie schnaufte bitter. »Und dann? Hättest du in ein paar Jahren aus heiterem Himmel Schluss mit mir gemacht?«

»Natürlich nicht!«, versicherte er entrüstet. »Dann hätte ich nach einer Lösung gesucht, so wie jetzt übrigens auch!«

»Und was ist mit dieser Verlobten?«, fragte Annie, deren Herz beim Wort *Lösung* einen aufgeregten Hüpfer machte. Oliver, wie er hier in eine Decke gewickelt neben ihr saß und von Liebe und Lösungen sprach, wirkte wirklich nicht wie jemand, der nur seinen Spaß haben oder sie absichtlich hintergehen wollte. Aber bevor sie sich ganz und gar auf ihn und diese neue Situation einließ, musste sie alles verstehen.

Das Handy in Olivers Tasche gab ein leises Summen von sich, doch er achtete nicht darauf.

»Caroline und ich waren vor Ewigkeiten zusammen. Unsere Eltern wollten die Verbindung und ich habe ihr auf Drängen der Familie einen Antrag gemacht. Natürlich diente das damals nur der Form, wir waren achtzehn und viel zu jung, um wirklich zu heiraten. drei Jahre später haben wir uns einvernehmlich getrennt. Ich habe den Ring zwar nicht zurückgefordert, trotzdem war die Sache für mich erledigt.«

»Und wieso trägt sie ihn immer noch?«

Oliver lächelte grimmig. »Das hat weniger mit mir, sondern mehr mit Caroline zu tun. Ich habe mit meiner Schwester darüber gesprochen. Man munkelt, dass Caroline eine sehr intensive Affäre mit einem Mann gehabt hat, der sie von heute auf morgen verließ. Das muss sie stark mitgenommen haben. Um nicht auch noch das Getuschel und Gerede ertragen zu müssen, hat sie sich wohl darauf besonnen, dass sie keine verlassene Singlefrau Anfang dreißig, sondern die ehrbare Verlobte des nächsten Earls of Wardingham ist.«

»Du hast also nicht vor, sie zu heiraten?«, vergewisserte sich Annie.

Oliver schmunzelte. »Wenn ich ehrlich bin, hatte ich das nie, nicht freiwillig zumindest. Ich habe seit Jahren nicht einmal mehr an sie gedacht.«

Nachdenklich sah Annie ihn an. »Wenn alles so unproblematisch ist, wieso machst du einen großen Bogen um alle Frauen?« Zumindest um die, die für mehr als eine Nacht infrage kämen.

Oliver senkte den Blick. »Ich habe nie behauptet, dass es unproblematisch wäre«, gestand er leise. »Mir war bewusst, dass meine Familie meine Wahl – auf wen auch immer sie hier fallen würde – niemals gutheißen würde. Ich wollte keine falschen Erwartungen wecken und mir außerdem das Drama ersparen.« Er zuckte hilflos mit den Schultern.

Annie verschränkte die Arme vor der Brust, um den Stich darin erträglicher zu machen. *Drama* – war es das, was ihre Gefühle, diese ganze Situation für ihn war? »Und wieso bist du deinem Vorsatz plötzlich untreu geworden?«

»Weil ich mich verliebt habe«, sagte Oliver schlicht. »Glaube mir, ich hatte das bestimmt nicht vor. Nun verstehe ich, dass mein Entschluss reiner Blödsinn war.« Er lächelte wehmütig. »Ich habe mich in meiner Zurückhaltung als so edel und rücksichtsvoll empfunden, doch die Wahrheit ist, es fiel mir überhaupt nicht schwer, weil ich keine Frau getroffen hatte, für die sich der Kampf gelohnt hätte. Bis jetzt.« Er streckte seine Hand aus und drückte Annies Finger.

Ein warmes Gefühl breitete sich in ihrem Inneren aus. Mit einem Mal kam sich Annie unglaublich wertvoll und besonders vor. Gleichzeitig machte ihr Olivers Geständnis Angst. »Ich möchte nicht, dass du dich meinetwegen mit deinen Eltern streitest.« Dabei konnten sie beide nur verlieren. Blut war schließlich dicker als Wasser.

»Ich streite schon seit Jahren mit ihnen«, sagte Oliver bedauernd. »Es wäre also wirklich nicht deinetwegen.«

Das beruhigte Annie nicht wirklich, aber sie wollte das Thema jetzt nicht vertiefen. »Was machen wir nun?«

Oliver rückte näher zu ihr heran. »Das kommt ganz auf dich an.« Ein verführerisches Funkeln trat in seine Augen.

»Ich meine es ernst«, beharrte Annie.

»Ich auch.« Sein Gesicht war nur noch wenige Zentimeter von ihrem entfernt. »Du könntest zum Beispiel die Arme um mich legen, mir sagen, dass auch du zumindest ein ganz kleines bisschen in mich verliebt bist, und mich dann küssen. Bisher war dieses Gespräch, was das angeht, nämlich sehr einseitig. Und jetzt bin ich ziemlich unsicher, ob du dich auf mich und all das *Drama*, das ich mitbringe, überhaupt einlassen möchtest.« Forschend und sehnsüchtig ruhte der Blick seiner so tiefen blaugrünen Augen auf ihr.

Lächelnd biss Annie sich auf die Unterlippe und verschränkte die Arme in seinem Nacken. Dann zog sie seinen Kopf näher zu sich heran, bis sich ihre Nasen berührten und sie in seinen Augen versank. »Ich *habe* mich in dich verliebt«, raunte sie, »und das nicht nur ein bisschen.«

Im nächsten Moment spürte sie Olivers heiße Lippen auf ihrem Mund und fand sich eng an seinen nackten Oberkörper gedrückt auf dem Bett wieder. Oliver küsste sie, als wäre er ein Ertrinkender und sie seine Rettung, als wäre sie alles, was er im Leben benötigte.

Annie erging es genauso.

Ein Summen, das von irgendwo auf dem Boden kam, riss Annie aus ihrem glückseligen Schlummer.

»Lass es liegen«, brummte Oliver unwillig, als sie sich aufzurichten begann, um das Handy aus seiner Hose zu fischen. Er zog Annie wieder enger an sich, um sie zu küssen.

»Hey, Mr. Ward«, protestierte sie lachend, als sie seine zunehmende Erregung spürte. »Es ist schon nach zwei, müssen Sie nicht endlich in Ihren Laden?«

Olivers Küsse wurden drängender. »Der kann auch mal einen Tag zu bleiben.«

Annie stöhnte wohlig auf, als seine Hände ihren Körper zu erforschen begannen. Es war so verlockend, sich einfach dem Moment - und Oliver - hinzugeben.

Aber sie durften sich vor der Realität nicht verschließen, konnten nicht so tun, als wäre alles in Ordnung, bloß weil sie zusammen waren.

Widerwillig legte Annie ihre Hände auf seine Brust und drückte ihn ein Stückchen von sich weg. »Wir müssen aufstehen«, sagte sie bedauernd. Ihre Zukunft - und die des Buchladens - war alles andere als gewiss.

Oliver atmete tief durch. »*So unbefriedigt willst du mich verlassen?*«, zitierte er seufzend.

Annie kicherte. »Du willst dich jetzt nicht ernsthaft beschweren! Nicht nach der letzten Stunde.«

»Ich wäre einer Wiederholung nicht abgeneigt.«

»Später«, vertröstete sie ihn. »Wir haben uns am Wochenende sehr viel Mühe gegeben, den Laden auf Kurs zu bringen, es wäre schade, wenn das alles wieder verpufft, nur weil wir nicht aus dem Bett kommen.«

»Sklaventreiberin«, murrte Oliver und angelte nach dem zerknitterten, aber zumindest wieder halbwegs trockenen Hemd. »Glaubst du wirklich, dass uns die Kunden heute die Bude einrennen werden?«

»Vermutlich nicht«, gab Annie zu und schlüpfte in ihre eigene Kleidung. »Dann können wir die Zeit nutzen und an meinem Konzept weiterarbeiten.«

»Deinem Konzept?« Fragend sah Oliver sie an.

»Ja. Du willst den Laden doch behalten?«, fügte sie erschrocken hinzu.

»Selbstverständlich!«, versicherte er hastig.

»Aber?«

»Es könnte schwieriger werden, als du denkst. Wenn wir nicht bald in die Gewinnzone kommen ...«

»Das werden wir«, versprach Annie sicherer, als sie sich fühlte. Es gab keine Garantie dafür, dass ihr Konzept aufging. Und der Erfolg würde sich bestimmt nicht über Nacht einstellen. Wenn sie allerdings von Anfang an nicht daran glaubten, würde es definitiv nicht klappen.

»In diesem Fall bin ich schon sehr auf Ihre Ideen gespannt, Miss Andrews«, sagte Oliver grinsend.

»Was ist denn das?«

Neugierig zog Annie einen kleinen Briefumschlag heraus, der zwischen Zarge und Eingangstür des Books'n'Dreams eingeklemmt war. Vorne stand nur ihr Name drauf, kein Absender, keine Adresse.

»Mach es auf, dann weißt du es«, sagte Oliver mit unheilschwangerer Stimme. »Es sieht aus wie Mutters Handschrift«, fügte er erklärend hinzu.

Mit hämmerndem Herzen holte Annie ein zusammengefaltetes Blatt Papier heraus. Was konnte Olivers Mutter bloß von ihr wollen? Rasch überflog sie die wenigen Zeilen, die ihr keine Antwort auf ihre Frage gaben.

»Sie will sich mit mir treffen«, sagte sie verständnislos und reichte das Blatt an Oliver weiter.

Er drehte es in der Hand, als erhoffte er sich einen weiteren, versteckten Hinweis. »Hmm.«

»Da steht keine Uhrzeit«, sagte Annie unsicher. Seine Mutter hatte lediglich um ein Treffen in Dorothys Pension gebeten. »Soll ich direkt hingehen?«

»Du musst das nicht tun.« Er wirkte besorgt.

»Gibt es denn noch etwas, das sie mir an den Kopf knallen könnte?«, fragte Annie zaghaft. Sie hoffte sehr, dass Oliver ihr nicht mehr Dinge verschwiegen hatte.

Er legte seinen Arm um sie und drückte einen Kuss auf ihre Stirn. »Höchstens weitere Beleidigungen«, brummte er.

»Ich sollte hingehen.« Annie schaute ihn fragend an. »Vielleicht ist das ein Friedenszeichen.« Immerhin war es direkt an sie - den Stein des Anstoßes - gerichtet.

»Unwahrscheinlich«, entgegnete Oliver düster. »Aber wenn du möchtest, hören wir uns an, was sie zu sagen hat.«

»Okay.« Annie lächelte ihn an, erleichtert darüber, dass sie seiner einschüchternden Mutter nicht allein gegenübertreten musste.

»Geht bitte schon vor. Ihre *Ladyschaft* wird gleich zu euch stoßen.« Mit unübersehbarer Neugier geleitete Dorothy Annie und
Oliver in den ansonsten leeren Speisesaal.

Nervös setzte Annie sich hin. Sie spürte Dorothys bohrende
Blicke, doch sie war einfach nicht in der Verfassung, irgendetwas
zu erklären. Konnte Dorothy sie nicht einfach allein lassen?

Offenbar überstieg das Dorothys Kräfte. Sie blieb vor ihnen
stehen und schüttelte fassungslos den Kopf. »Wer hätte gedacht,
dass unser Mr. Ward sich als waschechter Earl entpuppt? Wenn
das Marketing-Team der Stadt davon Wind bekommt ...«

»Sie haben das hoffentlich niemandem erzählt?«, fragte Oliver alarmiert.

»Keine Sorge.« Dorothy lächelte ihm verschmitzt zu. »Meine
Lippen sind versiegelt.«

»Gut.« Er sah sie nachdrücklich an. »Ich bin nämlich kein
Earl. Und werde es vermutlich niemals sein.«

Annie warf ihm einen verwirrten Blick zu. Er hatte ihr noch
immer nicht gesagt, was er eigentlich vorhatte. Sie hoffte, dass
Oliver sich nicht ihr zuliebe zu etwas hinreißen ließ, was er den
Rest seines Lebens bereuen würde.

»Miss Dorothy, würden Sie uns bitte einen Tee servieren?«
Olivers Mutter trat hoheitsvoll zu ihnen.

»Selbstverständlich.« Dorothys Knie zuckten, als wollte sie
einen Knicks machen.

Annie konnte es ihr nicht verübeln. Lady Wardingham hatte
eine überaus ehrfurchtgebietende Aura. Sie konnte sich bildlich
vorstellen, wie sie ganze Scharen von Dienstboten auf Trab hielt.

»Oliver.« Mildes Erstaunen und Tadel klangen in der Stimme
seiner Mutter mit. »Meine Einladung erstreckte sich nicht auf
dich. Ich möchte mit Miss ...« Sie verharrte fragend.

»Andrews«, sprang Annie schnell in die Bresche.

»Wie schön.« Das verächtliche Lächeln auf ihren Lippen
strafte ihre Worte Lügen. »Ich möchte mit Miss Andrews allein
sprechen.«

Annie schluckte. So viel zu ihrer Hoffnung, Olivers Mutter wollte das Kriegsbeil begraben. Unverhohlene Abneigung sprach aus dem Blick, mit dem sie sie musterte. Das war jetzt noch deutlicher als am Morgen.

»Ich hoffe, du siehst mir mein Erscheinen trotzdem nach, Mutter«, entgegnete Oliver kühl.

»Wie du willst.« Sie atmete durch und setzte sich ebenfalls an den Tisch. »Ein Gespräch unter vier Augen wäre zwar die elegantere Lösung gewesen, aber das Ergebnis bleibt wohl gleich.«

Dorothy erschien mit einem Tablett, auf dem Tee, Tassen und ein paar Cookies lagen.

Olivers Mutter nahm die mit Schokostückchen belegten Kekse naserümpfend zur Kenntnis. Vermutlich hatte sie Scones oder Shortbread bestellt.

Trotzig griff Annie nach einem Cookie und biss herzhaft hinein.

Lady Wardingham wartete, bis Dorothy den Raum verlassen hatte, dann richtete sich der durchdringende Blick ihrer blaugrünen Augen, die Olivers so schmerzlich ähnlich waren, auf Annie.

»Ich habe Erkundigungen über Sie eingezogen, Miss Andrews.«

Annie verschluckte sich an ihrem Keks und legte ihn hastig ab.

»Was für Erkundigungen?«, fragte Oliver scharf. »Du konntest bis vor fünf Minuten nicht mal ihren Nachnamen.«

»Das ist hier ohne Belang. Ich weiß, dass Sie meinen Sohn seit nicht einmal drei Wochen kennen und es in dieser kurzen Zeit irgendwie geschafft haben, ihm gehörig den Kopf zu verdrehen.«

Die Unverfrorenheit dieses Vorwurfs verschlug Annie die Sprache und es kostete sie alle Selbstbeherrschung, ihren Mund nicht aufklappen zu lassen.

»Mutter!«, kam es von Oliver empört.

Sie seufzte. »Mein Sohn hält offenbar große Stücke auf Sie«, korrigierte sie sich unwillig. »Er geht sogar so weit, seine Zukunft aufs Spiel zu setzen. Und das kann ich nicht zulassen.«

Annie nickte langsam. »Das möchte ich auch nicht.«

Überraschung flackerte in Lady Wardinghams Augen. »Gut. Dann werden Sie auch einsehen, dass mein Vorschlag der beste für alle ist.«

»Und der wäre?«, fragte Oliver misstrauisch.

Seine Mutter presste kurz die Lippen zusammen. »Ich hatte wirklich gehofft, das mit Miss Andrews allein zu besprechen. Ich bin sicher, sie hätte Wege gefunden, dich zu überzeugen. Aber nun ja.« Sie verschränkte die Hände auf der Tischplatte und schaute Annie durchdringend an. »Ich bin bereit, den Buchladen«, sie betonte das Wort so abfällig, als wäre es eine Spielhölle oder ein Bordell, »so lange zu finanzieren, wie mein Sohn es wünscht. Das würde vermutlich auch keine höhere Summe bedeuten als das, was mein Mann regelmäßig für seinen Golfklub ausgibt.«

Ungläubig hielt Annie den Atem an. Da musste noch etwas kommen.

»Unter einer Bedingung«, bestätigte Lady Wardingham ihre Vermutung. »Oliver überlässt Ihnen die Leitung des Ladens und kommt mit mir nach England zurück.«

»Was?« Entgeistert starrte Oliver seine Mutter an, während Annie zu verstehen versuchte, wie sie auf diese absurde Idee kam.

»Von mir aus darfst du den Laden und Miss Andrews auch regelmäßig besuchen.«

»Wie überaus *großzügig*«, höhnte Oliver.

»Das ist es in der Tat.« Seine Mutter musterte ihn herausfordernd. »Der Buchladen würde bestehen bleiben und Miss Andrews wäre rundum abgesichert.« Ihr Blick zuckte zu Annie. »Ist das nicht ein fantastisches Angebot? In drei Wochen von der Aushilfe zur Geschäftsführerin?«

Annie schien es die Sprache verschlagen zu haben. Kein Wunder, seine Mutter war eine Meisterin der Intuition. Wie sonst hätte sie nach so kurzer Bekanntschaft Annie genau das Angebot machen können, das ihr all ihre Wünsche erfüllte? Und außerdem voll und ganz ihrer Begabung entsprach. Annie war sicherlich viel besser dazu geeignet, den Laden zu führen, als er es war. Für Annie war das eine einmalige Chance.

»Wollen Sie mich bestechen?«, entfuhr es Annie schließlich empört. Sie blinzelte. »Wie kommen Sie darauf, dass dieser Laden ohne Oliver irgendeinen Wert für mich besitzt? Und selbst wenn, ich brauche keine Almosen! Wenn ich eines Tages in irgendeinem Buchladen Geschäftsführerin bin, dann, weil ich es mir erarbeitet habe! Ganz unabhängig davon, was Sie von mir glauben möchten, bin ich weder ein hirnloses Püppchen noch hinter dem großen Geld her.« Sie funkelte seine Mutter so aufgebracht an, wie Oliver es bei Annie noch nie gesehen hatte.

Er unterdrückte ein Schmunzeln, da war Mutter wohl an die Falsche geraten. Mit versteinerter Miene ließ sie Annies Tirade über sich ergehen. Annie ließ sich nicht kaufen, denn - wie sie selbst sagte - sie hatte das nicht nötig. Sie war nicht auf die Gunst von Lady Wardingham angewiesen.

»Außerdem verstehe ich nicht, was Oliver von dieser Vereinbarung hätte«, fügte Annie hinzu.

»Er würde den Platz einnehmen, der ihm zusteht, ohne ganz auf Sie und seinen Laden verzichten zu müssen. Von mir aus muss er auch nicht heiraten, bis er es selber möchte.«

Oliver wusste, wie viel Überwindung seine Mutter dieses letzte Eingeständnis kostete, doch es war nicht genug. »Meine Wahl müsste natürlich deine Zustimmung finden, nicht wahr?«

Das Schweigen seiner Mutter war Antwort genug.

»Siehst du das nicht etwas zu eng?«, fragte er aufgebracht. »Selbst in das Königshaus heiraten immer mehr Bürgerliche ein.«

217

»Aber auch die kommen aus angrenzenden Sphären. Sie sind reich oder berühmt, manchmal sogar beides. Und trotzdem geht es oft genug schief.«

»Das ist es also?«, entfuhr es Oliver ungläubig. »Annie ist euch nicht vermögend genug?« Eigentlich hatte er geglaubt, dass seine Familie genug Geld besäße.

»Natürlich nicht!«, winkte seine Mutter ärgerlich ab. »Aber jemand, der nicht in unseren Kreisen aufgewachsen ist, würde dort niemals zurechtkommen«, sagte sie eindringlich. »Du weißt, wie es da läuft, bist selbst davor geflüchtet. Miss Andrews ist sicherlich eine ganz reizende junge Frau, aber kannst du sie dir in der höheren Gesellschaft wirklich vorstellen? Du brauchst jemanden an deiner Seite, der dich unterstützt, dich berät und repräsentiert. Und niemanden, der sich selbst nicht wohl und unsicher fühlt. Sie würde dort niemals glücklich sein. Und du somit auch nicht.«

Die Wahrheit in ihren Worten traf ihn tief. Sie hatte recht. Selbst, wenn es mit Annie und ihm wirklich funktionierte, würde er ihr die High Society niemals antun wollen. Dazu war sie zu unverstellt, zu frisch. Es war keine Welt, in die sie hinein passte. Und im Gegensatz zu ihm war sie nicht ihr ganzes Leben lang darauf vorbereitet worden. Sie würde daran zugrunde gehen.

Er warf Annie einen betroffenen Blick zu. Bleich und angespannt saß sie mit zusammengepressten Lippen da und hörte zu, wie seine Mutter über sie urteilte. Sie wirkte schockiert und plötzlich fürchtete er, sie könnte seiner Mutter recht geben.

»Wie auch immer«, sagte Oliver langsam. »Selbst wenn ich niemals heiraten sollte, ist dein Vorschlag mit Annie und dem Laden absurd. Und um mindestens zweihundert Jahre veraltet. Die Zeit der Mätressen ist vorbei.«

»Oliver!«

»Das ist es doch, was du vorschlägst«, betonte er vorwurfsvoll.

»Und was ist dein Plan? Bist du wirklich bereit, der Familie für immer den Rücken zuzukehren?« Die Stimme seiner Mutter zitterte.

Für sie war das alles auch nicht leicht. Auf ihre Weise wollte sie ihn vor Fehlern und Schmerz bewahren. Wie gern wäre er der vorbildliche Sohn gewesen, den sie sich wünschte.

»Natürlich nicht«, sagte er deutlich sanfter. »Es sei denn, ihr brecht mit mir.«

Sein Handy summte schon wieder. Oliver tastete danach.

»Du kannst dir die Mühe sparen«, sagte seine Mutter müde. »Es ist mit Sicherheit deine Schwester, die dich vor mir warnen möchte. Ich habe vorhin mit ihr geredet.«

Daher also die Einsicht, wie wichtig Annie ihm inzwischen war.

Die Mundwinkel seiner Mutter hoben sich, in der Andeutung eines wehmütigen Lächelns. »Schön zu sehen, dass meine Kinder noch immer fest zusammenhalten. Dann habe ich zumindest ein paar Dinge richtig gemacht.« Der Ausdruck auf ihrem Gesicht erinnerte Oliver an glücklichere, unkompliziertere Zeiten. Ihr Verhältnis zueinander war nicht immer so angespannt gewesen. Das war erst passiert, als immer mehr Erwartungen auf ihn gerichtet wurden, die er nicht erfüllen konnte, ohne sich selbst aufzugeben.

»Ich habe auch mit Catherine gesprochen«, setzte er vorsichtig an. Er wusste, dass er sich auf dünnes Eis begab, weil er noch keine Antwort von seine Schwester hatte. Doch er konnte das Gespräch nicht so in der Schwebe lassen. »Ich möchte mich meiner Verantwortung nicht entziehen. Und auch Vater und dich nicht im Stich lassen. Dennoch ich kann nicht *euer* Leben führen.« Er machte eine Pause. »Catherine schon.« Seine Schwester bewegte sich mit der Anmut und dem Geschick einer wahren Lady in den Kreisen der höheren Gesellschaft.

Seine Mutter verengte unwillig die Augenbrauen. »Catherine kann den Titel nicht erben.«

»Sie nicht«, stimmte Oliver zu. »Aber ihr Sohn.«

Die Gesichtszüge seiner Mutter entgleisten. »Du willst, dass wir dich aus der Familie streichen?«

»Nein, nur aus der Erbfolge.«

»Du würdest auf alle Privilegien verzichten ...«

»Ich habe noch immer mein Privatvermögen.« Und natürlich stand es seinen Eltern frei, ihm einen gerechten Anteil an dem nicht titelgebundenen Teil des Besitzes und den daraus resultierenden Einkünften zu überlassen. Doch das wollte er jetzt lieber nicht ansprechen. Er würde auch ohne zurechtkommen.

»Dein *Vermögen* ist nicht der Rede wert«, hielt seine Mutter ihm vor. Sie wirkte noch immer wie erschlagen von seiner Idee.

Oliver zuckte mit den Schultern. »Andere haben noch weniger als das.« Er griff nach Annies Hand, die nach ihrer emotionalen Ansprache schweigend neben ihm saß. »Ich bin sicher, dass wir es schaffen werden.«

Abrupt stand seine Mutter auf. »Ich habe Kopfweh«, verkündete sie indigniert. »Entschuldigt mich bitte.«

Mit diesen Worten wandte sie sich ab und verließ schnellen Schrittes den Speiseraum.

»Und was nun?« Erschrocken schaute Annie ihn an.

»Keine Ahnung«, erwiderte Oliver leise. Das war nicht das Ergebnis, auf das er gehofft hatte. Er gab sich einen Ruck und lächelte Annie aufmunternd an. »Ich schätze, jetzt gehen wir erst mal nach Hause. Und dann storniere ich meinen Flug.«

»Nach Hause?«, fragte sie und lächelte endlich.

»Ja.« Er nickte und schlang seinen Arm besitzergreifend um sie.

Kapitel 12

»Mutter ist völlig außer sich! Ich dachte, wir wollten alles erst in Ruhe besprechen. Und dann platzt du einfach damit heraus! Was hast du dir bloß dabei gedacht?« Oliver hatte Catherine selten so verärgert erlebt.

»Es tut mir leid. Sie hat mir kaum eine Wahl gelassen.« Noch immer begann es, in ihm zu brodeln, wenn er an ihren Vorschlag zurückdachte. Hatte sie ernsthaft geglaubt, dass Annie und er sich darauf einlassen würden? Oder war sie schlichtweg verzweifelt gewesen? Oder ... er stockte. Oder wollte sie gar, dass Annie sich darauf einließ und dadurch seine Achtung verlor? Konnte seine Mutter so perfide sein?

Er schüttelte den Kopf. Wie auch immer, es hatte nicht funktioniert. Und seitdem herrschte Funkstille zwischen Mutter und ihm. Zweimal hatte er versucht, sie zu erreichen. Zweimal nur die Mailbox erwischt. Jetzt wusste er auch, warum. Offenbar hatte Mutter die ganze Zeit mit seiner Schwester telefoniert.

»Hast du inzwischen mit William geredet?«

»Ja.« Sie atmete tief durch. »Er findet die Idee gar nicht so schlecht. Ich meine, es wäre für Henry eine große Chance. Und eine Bürde«, fügte sie nach einer kurzen Pause hinzu.

»Na ja, wenn er groß ist, kann er den Titel noch immer an seinen Neffen weiterreichen«, versuchte Oliver sich an einem Scherz.

»Sehr witzig. Dafür müsste er erst einen Neffen haben.«

»Ihr habt ja noch genügend Zeit, für ein paar Geschwister zu sorgen.«

»Ich denke, wir beenden das Thema an dieser Stelle lieber«, sagte Catherine mit einem Schmunzeln in der Stimme. »Meine Familienplanung möchte ich lieber mit meinem Mann als mit meinem Bruder erörtern. Auf jeden Fall sind wir uns einig, dass der Titel Henry mehr Türen öffnen als verbauen würde, unabhängig davon, wie er irgendwann damit umgeht.«

»Danke«, sagte Oliver erleichtert.

»Eigentlich haben wir ja zu danken. Im Gegensatz zu dir können wir bald ein Leben in Saus und Braus führen.«

Oliver lachte auf. »Verwöhne mir meinen Neffen bloß nicht zu sehr.« Dann wurde er ernst. »Hast du Mutter denn überzeugen können?«

»Es war ein recht einseitiges Gespräch. Lass ihr Zeit, sich an den Gedanken zu gewöhnen.«

Was anderes blieb ihm wohl auch nicht übrig.

Das Klingeln der Türglocke ließ Oliver instinktiv herumfahren, obwohl er wusste, dass Annie ihm im Laden den Rücken freihielt.

»Wenn man vom Teufel spricht«, raunte er überrascht. »Ich muss Schluss machen, Mutter ist da.«

»Halt mich auf dem Laufenden!«, hörte er noch seine Schwester rufen, dann trennte er die Verbindung.

Seine Mutter ging zielstrebig auf ihn zu, ohne Annie, die auf halbem Weg unsicher innehielt, auch nur zu beachten.

»Können wir irgendwo ungestört reden?«

»Sicher.« Oliver räusperte sich. »In meiner Wohnung?«

»Gut.«

Er versuchte, in ihrem Gesicht zu lesen, doch ihre Miene war so undurchdringlich wie Fort Knox.

»Du kennst ja den Weg.« Oliver streckte einladend den Arm aus. »Kann ich dir einen Tee anbieten?«, fragte er, nachdem sie sich an seinen kleinen Esstisch gesetzt hatte.

»Nein. Ich hatte heute schon genügend Tee, außerdem möchte ich nicht lange bleiben.«

Nervös setzte er sich ebenfalls hin. Das klang nicht sonderlich vielversprechend.

»Ich kann nicht behaupten, dass ich deine Entscheidung gutheiße«, setzte seine Mutter ohne Umschweife an. »Aber du hast sie nun mal gefällt. Und ich kann dich zu nichts zwingen, was du so vehement ablehnst. Außerdem hast du hinter meinem Rücken bereits alles mit deiner Schwester geklärt.«

Oliver öffnete den Mund, um ihr zu widersprechen. Es klang ja so, als hätte er sie hintergangen.

Schweigen gebietend hob sie die Hand. »Spar dir die Worte, es spielt keine Rolle. Deine Entscheidung steht. Nur darauf kommt es an.« Sie atmete tief durch. »Ich habe mit deinem Vater gesprochen. Es hat ihn - wie auch mich - tief getroffen, trotzdem können wir beide nicht behaupten, dass es sonderlich überraschend kommt. Du hast deine Haltung schon vor rund vier Jahren deutlich gemacht, als du England verlassen hattest. Natürlich haben wir gehofft, du würdest deine Meinung ändern. Offensichtlich hast du das nicht.« Sie zuckte bedauernd mit den Schultern. »Dein Vater wird seinen Sitz im Parlament aufgeben.«

Oliver schluckte. Falls seine Mutter versuchte, ihm ein schlechtes Gewissen zu machen, tat sie das richtig gut.

»Er sieht einfach keinen Sinn darin, länger daran festzuhalten«, fuhr sie fort, als hätte sie Olivers aufgewühlte Reaktion nicht bemerkt. »Keiner von euch interessiert sich für Politik. Und auch Henry wird irgendwann seinen eigenen Weg gehen. Dafür wird Catherine schon sorgen. Die Zeiten ändern sich.« Sie seufzte. »Wir werden deinem Wunsch entsprechen und dich aus der Erbfolge ausnehmen. Ich habe die Bank bereits angewiesen, dein Konto wieder freizugeben. Darüber hinaus steht dir kein Anteil mehr am Familienvermögen zu.«

Oliver nickte. Damit hatte er gerechnet. Niemals hätten sie ihn ungestraft davonkommen lassen.

»Dennoch.« Seine Mutter zögerte und zum ersten Mal schlich sich eine Spur von Wärme in ihren Blick. »Du bist und bleibst unser Sohn, Oliver. Und wir hoffen, dich hin und wieder bei uns zu sehen.« Sie erhob sich. »Mach's gut.« Sie legte ihre Hand auf seine Schulter, dann beugte sie sich zu ihm vor und küsste ihn auf die Wange.

Noch bevor Oliver die flüchtige Umarmung erwidern konnte, richtete sie sich auf. Er sah Tränen in ihren Augen glänzen.

»Auf Wiedersehen, Mutter«, sagte Oliver mit Nachdruck.

Dann hastete sie schon aus seiner Wohnung.

Oliver rieb sich mit den Händen über das Gesicht und ließ sich nach hinten gegen die Stuhllehne fallen. Er hatte gewonnen. Aber irgendwie fühlte sich der Sieg zugleich nach einer Niederlage an. Er hoffte sehr, dass sich die Gemüter irgendwann beruhigten. Und dass seine Familie auch Annie mit der Zeit willkommen hieß. Ihm war nicht entgangen, dass sich die Einladung seiner Mutter nur auf ihn bezog.

»Auf Wiedersehen!«, rief Annie Olivers Mutter nach, als diese an ihr vorbei zur Tür eilte. Täuschte sie sich oder wischte sich Lady Wardingham im Gehen über die Wangen?

Die Glocke bimmelte, die Tür fiel hinter ihr ins Schloss, ohne dass sie auch nur einen Blick für Annie erübrigt hätte.

Besorgt spähte Annie zur Treppe, die zu Olivers Wohnung führte, doch er war nicht zu sehen.

»Ich bin gleich wieder da!«, rief sie dem einzigen Kunden zu, der sich im Laden befand. Sie konnte einfach nicht länger unten, im Ungewissen bleiben.

Annie hastete die Treppe hinauf. Durch die angelehnte Tür sah sie Oliver zusammengesunken am Esstisch sitzen. »Darf ich reinkommen?«, fragte sie besorgt.

»Natürlich!« Oliver sprang auf. »Ist sie fort?«

»Wenn du deine Mutter meinst, dann ja.« Annie drückte die Tür hinter sich zu. »Was ist passiert? Was wollte sie?«

Oliver wirkte bedrückt, trotzdem bemühte er sich um ein Lächeln. »Ich hoffe, du hast dich noch nicht zu sehr an den Adelstitel und den langen Nachnamen gewöhnt. Beides gehört mir nicht mehr.«

Annie strahlte ihn an. Obwohl er ihr gerade erzählt hatte, dass er auf Ansehen und Macht verzichtet hatte, stieg perlendes Glück in ihr auf. Das alles war für sie ohnehin nie real gewesen, dieser Mann, der vor ihr stand, hingegen schon. »Bereust du es?«, fragte sie trotzdem.

»Nein.« Er schaute sie an und in seinen Augen konnte sie den Abglanz der Erleichterung und Liebe sehen, die sie selbst erfüllten. »Aber ich muss dich warnen«, fuhr er lächelnd fort. »Als Oliver Ward besitze ich kaum etwas außer diesem Buchladen und dem dringenden Wunsch, ihn spätestens innerhalb von drei Jahren sehr erfolgreich zu machen.«

Annie stellte sich auf die Zehenspitzen und schlang ihre Arme um seinen Hals. »Dann bist du genau der Mann, in den ich mich verliebt habe.« Ihre Lippen streiften zärtlich über seine und sie legte all ihre Liebe, Zuversicht und Trost in diesen Kuss. »Und über den Laden mach dir keine Sorgen, das kriegen wir beide schon hin.«

Ein Jahr später

Im Vorbeigehen nahm Annie ein Häppchen von einem der umstehenden Tabletts. Das zarte Blätterteiggebäck zerschmolz auf ihrer Zunge und hinterließ das feine Aroma von Honig und Nüssen. Grace hatte sich wieder selbst übertroffen. Annie lächelte zufrieden. Ein perfektes Detail an einem rundum perfekten Abend.

Das Books'n'Dreams war so voll, dass sie noch extra Stühle hatten herbeischaffen müssen, trotzdem hatten nicht alle Gäste einen Sitzplatz bekommen.

Die Autorin, die vorne an einem kleinen Tisch saß, verstummte und in der nächsten Sekunde wurde begeisterter Applaus laut.

Grinsend ging Annie zu Oliver hinüber und lehnte ihren Rücken an seine Brust. Sofort schlossen sich seine Arme um sie und die Spannung, die sie den ganzen Tag aufrecht gehalten hatte, wich aus ihrem Körper. Annies Füße summten und ihr Rücken tat vom vielen Herumstehen weh, trotzdem hatte sie sich selten glücklicher gefühlt als in diesem Moment. Die Veranstaltung war ein voller Erfolg, die ganze Arbeit der letzten zwölf Monate zahlte sich endlich aus.

Es war die vierte große Lesung, die sie mit einer unabhängigen Autorin veranstalteten, und von Mal zu Mal wurde der Anklang größer. Was natürlich nicht nur an den Lesungen, sondern am gesamten Konzept des Buchladens lag. Sie hatten es geschafft, das Books'n'Dreams zu einem Ort der Begegnungen, des Austauschs und Erlebens zu machen. Sie boten Themenwochen, Workshops und Leserunden an. Annie war es sogar gelungen, mit ein paar Buchmarketingagenturen in Kontakt zu treten, die sie bei Buchveröffentlichungspartys und Lesereisen einplanten.

Allmählich entwickelte sich der Laden zu einem - nicht mehr ganz geheimen - Geheimtipp in der Branche. Annie und Oliver hatten sich an ihrer Wahlheimat Silver Creek ein Beispiel genommen und versucht, aus einem relativ gewöhnlichen Buchladen etwas Einzigartiges zu machen.

Vermutlich schadete es ihrem Ansehen bei den Touristen auch nicht, dass Oliver in dem offiziellen Reiseführer von Silver Creek als waschechter Earl bezeichnet wurde. Er hatte zwar versucht, das korrigieren zu lassen, hatte gegen den Marketing-Verein aber keine Chance und hatte es schließlich schmunzelnd aufgegeben.

Natürlich war ihr Leben nicht nur rosig, es steckte eine Menge harter Arbeit hinter dem Erfolg. Und gerade in der Anfangszeit hatten sie viele Vorurteile überwinden und Überzeugungsarbeit leisten müssen. Annie war in die Planung und Organisation der Events so eingebunden, dass Oliver das Tagesgeschäft praktisch allein stemmen musste. Erst vor zwei Monaten hatten sie schließlich eine Aushilfe eingestellt, als sie sicher waren, dass der Laden dafür genug abwarf. Sie waren nämlich beide sehr stolz darauf, dass sie bis auf ein Mal im ersten Monat Olivers Notgroschen nicht angetastet hatten.

Langsam kam Bewegung in die Menge der Besucher. Sie erhoben sich von den Stühlen und die meisten steuerten tatsächlich die Verkaufstheke an, wo der vorgestellte Roman in großen Stapeln aufgebaut lag. Annie schloss die Augen und atmete tief durch.

»Das hast du großartig gemacht«, raunte Oliver ihr bewundernd ins Ohr, bevor er ihre Wange mit seinen Lippen streifte.

»Wir beide haben das«, gab sie leise zurück und versuchte, sich den Schauer, den sein Atem über ihre Haut rieseln ließ, nicht anmerken zu lassen.

Dennoch war ihre Reaktion Oliver nicht entgangen. Er ließ seine Lippen tiefer wandern. »Wie wär's, wenn wir jetzt einfach nach oben verschwinden?«, flüsterte er verführerisch. »Alle sind beschäftigt und Alice hat an der Kasse alles im Griff.«

Mit einem unterdrückten Kichern wand sich Annie aus seinen Armen. »Also wirklich, Mr. Ward!«, entgegnete sie mit gespielter Empörung. »Erst die Arbeit, dann das Vergnügen.«

»Ich finde, wir haben heute genug getan.« Er machte Anstalten, sie wieder an sich zu ziehen.

»Noch nicht ganz«, widersprach Annie bedauernd. »Ich möchte Miss Swansen gern noch verabschieden. Immerhin wollen wir sie im nächsten Jahr für eine Premierenlesung gewinnen.«

Es war bereits nach halb elf, bis der letzte Besucher die Buchhandlung verließ. Nachdem sich auch die junge Autorin wortreich und überaus begeistert verabschiedet hatte, seufzte Annie erschöpft. Es war ein fantastischer Tag gewesen, aber auch ein sehr anstrengender.

»Schließt du bitte ab, während ich die Stühle zusammenstelle?«, bat Oliver.

»Sicher.« Annie schmiegte sich kurz an seine Brust, genoss den warmen, vertrauten Duft und die Kraft, die ihr die Berührung spendete. Dann riss sie sich mühsam los. Ein wenig mussten sie noch durchhalten, danach gehörte der Abend ihnen beiden.

Annie verriegelte die Tür und hängte das Geschlossen-Schild ins Fenster. Sie drehte sich um ... und stockte. Sie hatte sich geirrt, es waren noch nicht alle Besucher gegangen. In einer Ecke des Ladens betrachtete eine Frau intensiv die Regale. Konnte sie so vertieft sein, dass sie nicht mitbekam, wie der Laden geschlossen wurde?

»Kann ich Ihnen helfen?«, fragte Annie freundlich.

Die Frau fuhr herum und zog sich gleichzeitig eine große Sonnenbrille vom Gesicht.

Annie klappte die Kinnlade herunter. »Lady Wardingham ...«

Sie und Oliver hatten seine Mutter seit ihrer Abreise vor ungefähr einem Jahr nicht mehr gesehen. Er hatte zu Weihnachten zwar eine Einladung erhalten, aber da sie Annie nicht eingeschlossen hatte, hatte Oliver es vorgezogen, die Feiertage bei Annies Eltern zu verbringen, die sie beide mit offenen Armen empfangen hatten. Annie wusste, dass Oliver der Bruch mit seiner Familie zusetzte, auch wenn er es nicht aussprach, und sie fühlte sich verantwortlich, obwohl sie eigentlich keine Schuld traf.

Aufmerksam musterte sie die elegante Frau vor sich und versuchte zu verstehen, was dieses plötzliche Auftauchen bedeuten konnte. Erst gestern hatten sie mit Catherine geskypt und sie hatte kein Wort darüber verloren.

Annie mochte Olivers Schwester sehr gern. Sie hatte vor knapp vier Wochen ein kleines Mädchen zur Welt gebracht und Annie rechnete es ihr hoch an, dass sie nach wie vor zu ihrem Bruder hielt und regelmäßig mit ihm telefonierte.

»Annie, wo bleibst du denn?« Oliver kam um die Ecke gebogen. Er blieb wie angewurzelt stehen und alles Blut wich aus seinem Gesicht. »Mutter?«, entfuhr es ihm fassungslos. »Was machst du hier?«

»Hallo Oliver. Annie.« Sie nickte den beiden höflich und etwas unsicher zu.

Trotzdem blieb Annie auf der Hut. Sie eilte an Olivers Seite und er zog sie fest an sich.

»Kann ich dir irgendwie helfen, Mutter?«, fragte er nun deutlich gefasster.

»Der Laden ist wirklich schön«, erwiderte sie ausweichend, dennoch hörte Annie eine Spur aufrichtiger Anerkennung in ihren Worten.

»Danke. In diesem Bereich haben wir im letzten Jahr so gut wie gar nichts verändert«, bemerkte Oliver trocken.

Seine Mutter presste kurz die Lippen zusammen und Annie widerstand nur mühsam dem Impuls, Oliver einen Rippenstoß zu versetzen. Was auch immer Lady Wardingham hergeführt hatte, es musste wichtig sein und es schien sie einige Überwindung zu kosten.

»Ich wollte euch das hier geben.« Sie holte einen edel schimmernden Umschlag aus der Handtasche und reichte ihn Oliver.

»Was ist das?«, fragte er überrascht.

»Eine Einladung zu Charlottes Taufe.«

Annies Blick huschte nervös zu Olivers Gesicht. Sie hatten sich schon gewundert, dass Catherine nichts gesagt hatte. Annie wusste, wie gern Oliver seinen Neffen und seine Nichte endlich in natura sehen würde. Aber solange sie selbst nicht willkommen war, wollte er seine Eltern nicht besuchen. Er wollte sie gleichzeitig aber nicht noch mehr kränken, indem er nur zu seiner Schwester fuhr. Also hielt er sich komplett von seiner Familie fern.

War seine Mutter nun hier, um dafür zu sorgen, dass er diese Einladung nicht ausschlug?

Langsam öffnete Oliver den Umschlag und holte eine stilvolle und zugleich zuckersüße Karte hervor. Fast schon gelangweilt klappte er sie auf, doch Annie spürte, wie viel Kraft ihn diese ruhige Fassade kostete.

»Die Einladung ist an uns beide gerichtet.« Oliver schaute seine Mutter verwundert an. »Hat Catherine sich durchgesetzt?«

»Das musste sie gar nicht. Das war mein Vorschlag.«

»Tatsächlich?« Oliver klang skeptisch. »Wieso?«

Auch Annie kaufte ihr den plötzlichen Sinneswandel nicht gänzlich ab. Zwölf Monate lang war sie vollkommen ignoriert worden und jetzt wurde sie zu einem so bedeutenden Fest wie einer Taufe eingeladen?

»Weil du unser Sohn bist«, sagte seine Mutter mit Nachdruck. »Weil wir dich zumindest hin und wieder sehen möchten. Und weil du deinen Standpunkt klar genug gemacht hast. Offenbar bist du nicht bereit, ohne Annie auch nur einen Fuß auf englischen Boden zu setzen.«

Oliver nickte, als hätte er sich so etwas bereits gedacht.

Annie kämpfte ihre Enttäuschung nieder. Sie wurde also nicht akzeptiert oder gar willkommen geheißen. Man sah sie eher als ein erforderliches Übel an.

»Dafür hättest du nicht extra herkommen müssen«, bemerkte Oliver. »Die Post funktioniert ziemlich gut. Was möchtest du wirklich hier?«

Lady Wardingham seufzte, dann huschte ein schmales Lächeln über ihre Lippen, als hätte sie damit gerechnet, dass er sie durchschaute. »Ich möchte mich bei euch entschuldigen.«

Ungläubig starrte Annie Olivers Mutter an.

»Ich habe euch unterschätzt«, fuhr Lady Wardingham hastig fort, als wollte sie es schnell hinter sich bringen. »Sowohl was eure Beziehung angeht als auch hinsichtlich dieses Ladens.« Sie schaute Oliver an. »Ich hätte nicht gedacht, dass du hier glücklich werden könntest. Ich dachte, du verschwendest bloß deine Zeit.« Ihr Blick wanderte weiter. »Wir haben es dir nicht gesagt, aber wir haben Henry in der Erbfolge nicht vorgezogen.«

»Was?«, entfuhr es Oliver entgeistert. Sein Griff um Annies Hüfte wurde stärker, als brauchte er Halt, um nicht umzufallen.

Seine Mutter hob Schweigen gebietend die Hand. »Wir wollten dir den Rückweg offenhalten, damit du zurückkommen konntest, wenn das alles hier«, sie machte eine umfassende Geste, »vorbei war.«

»Ich gehe aber nicht zurück!« Olivers Stimme zitterte vor Emotion.

Annie erging es nicht besser. Wollte seine Mutter ihn wieder zur Rückkehr zwingen? Jetzt, nachdem sie so viel erreicht hatten? Hatten sie sich all die Zeit zu unrecht sicher vor ihr gefühlt?

»Das weiß ich. Jetzt.« Lady Wardingham lächelte entschuldigend. »Wie gesagt, ich habe euch unterschätzt. Ihr habt euch hier etwas aufgebaut und ihr haltet so eng zusammen, dass kein Blatt Papier zwischen euch passt.« Sie deutete auf ihre dicht aneinandergeschmiegten Körper. »Ihr geht euren eigenen Weg.« Sie streckte ihre Hand nach Oliver aus und nach einem kurzen Zögern ergriff er ihre Finger.

Annie wurde schwindelig vor Erleichterung. Sie hielt den Atem an, in dem Bestreben nichts zu tun, das Olivers Mutter ihre Meinung noch mal ändern lassen könnte.

»Ich habe immer nur das Beste für meine Kinder gewollt«, fuhr diese fort »Und egal, wie schwer mir das fällt, muss ich wohl akzeptieren, dass dein Glück nicht dort liegt, wo ich es immer gesehen habe, Oliver.«

»Danke, Mutter«, sagte er ergriffen. Ungelenk beugte er sich zu ihr und umarmte sie.

Sie wirkten beide nicht, als hätten sie damit sonderlich viel Erfahrung.

Annie biss sich auf die Unterlippe, um die Tränen der Rührung zurückzuhalten. Sie wusste, wie viel Oliver diese Versöhnung bedeutete.

Langsam lösten sie sich voneinander und Lady Wardingham

wischte sich verstohlen über die Wangen. Sie räusperte sich. »Außerdem wollte ich dir das hier geben.« Sie reichte ihm einen weiteren Umschlag.

Gespannt schaute Annie zu, wie Oliver ein zusammengefaltetes Blatt Papier herausholte. Sie hatte absolut keine Ahnung, was es enthalten könnte.

Wortlos starrte Oliver darauf. Es sah aus wie ein Kontoauszug. Annies Blick blieb an einer Zahl mit beeindruckend vielen Nullen hängen.

»Was ist das?«, fragte Oliver reserviert.

»Deine Einkünfte aus den letzten Jahren.«

Langsam ließ er das Blatt sinken. »Das verstehe ich nicht.«

Seine Mutter zuckte unwirsch mit den Schultern. »Du hast das gleiche Recht auf deinen Anteil wie Catherine auf ihren. Wir haben ihn für dich verwahrt, weil ...«

»Weil ihr gehofft hattet, dass ich ohne dieses Geld hier scheitern und zurück nach England gehen würde?«, vollendete Oliver ihren Satz.

»Wir wollten dir dein Exil zumindest nicht noch schmackhafter machen.« Sie sah ihn entschuldigend an. »Da du nun ohnehin nicht zurückkommen wirst, gibt es keinen Grund, es dir weiter vorzuenthalten. Du magst nicht länger den Titel erben oder das daran geknüpfte Vermögen, aber du bist noch immer ein Wardingham.« Stolz blitzte in ihren Augen.

»Und daran sind keine Bedingungen geknüpft?«, vergewisserte sich Oliver vorsichtig.

Annie dachte an seine gemütliche kleine Wohnung über dem Buchladen, in der sie sich beide sehr wohl fühlten. An ihr schlichtes, unkompliziertes Leben.

Seine Mutter schloss für einen Moment die Augen, als müsste sie sich sammeln. »Keine Bedingungen«, bestätigte sie schließlich widerwillig. »Natürlich hoffe ich, dass du über kurz oder lang zu einem angemessenen Lebensstil findest. Doch die Entscheidung darüber liegt bei dir.« Sie zögerte. »Ich habe allerdings eine Bitte. Ich möchte dich, *euch*«, korrigierte sie sich schnell, »etwas regelmäßiger sehen.«

Oliver lächelte. »Das lässt sich einrichten. Danke, Mutter.« Er schaute sich um, als würde ihm jetzt erst auffallen, dass sie noch immer mitten in seinem Buchladen standen. »Möchtest du etwas trinken? Sollen wir zu uns nach oben gehen?«

»Nein, es ist schon spät. Mir steckt der Jetlag in den Knochen und ihr habt euch den Feierabend redlich verdient.«

»Sehen wir uns noch, bevor du abfliegst?«

Sie lächelte, aufrichtig und warm. »Das hoffe ich sehr. Immerhin möchte ich ein paar Tage bleiben. Vielleicht könnt ihr mir etwas von der Umgebung zeigen. Ich war noch nie in dieser Gegend und die Landschaft soll sehr reizvoll sein.«

»Das machen wir gern. Wenn du möchtest, hole ich dich morgen um zehn bei Miss Dorothy ab.«

»Ich freue mich darauf. Gute Nacht.«

»Gute Nacht, Mutter.« Oliver küsste ihre Wange, dann brachte er sie zur Tür.

Mit einem riesigen Grinsen im Gesicht erwartete Annie seine Rückkehr. In Gegenwart seiner Mutter war sie zu überrascht und eingeschüchtert gewesen, nun konnte sie ihr ungläubiges, glückliches Lachen nicht mehr zurückhalten.

Oliver schien es ähnlich zu gehen. Er lief auf sie zu, riss sie in seine Arme und wirbelte sie schwungvoll herum. »Was für ein Abend!« Er lachte befreit. Dann stellte er sie ab und küsste sie stürmisch.

»Ich bin vollkommen baff!«, gestand er ihr überwältigt.

»Ich freue mich so für dich!« Annie drückte ihn fest an sich.

»Für uns!«, korrigierte er sie sanft. Ein glückliches Funkeln schlich sich in seine Augen. »Wie es aussieht, kann ich dir endlich deinen großen Traum von einer Englandreise erfüllen. Wir hängen einfach noch ein paar Tage an die Tauffeier dran und ich zeige dir all die Orte, die du bislang nur aus Büchern kennst.«

Annie strahlte ihn verliebt an. »Das klingt wundervoll!« Sie verschränkte die Hände in seinem Nacken und zog seinen Kopf näher zu sich heran. »Aber das ist gar nicht mein großer Traum«, sagte sie schelmisch.

»Ach nein?« Olivers Lippen verharrten nur wenige Millimeter über ihren. »Und welcher dann?«

Annie versank in seinen meerblauen Augen, tauchte vorbehaltlos ein in ihre liebevolle, unendliche Tiefe. »Der, den wir hier gerade leben«, gestand sie leise und küsste ihn voller Zärtlichkeit.

Das Books'n'Dreams hatte ihr wahrlich alle Träume erfüllt. Selbst die, die ihr nicht einmal bewusst gewesen waren.

Ende

Über Ellen McCoy

Ellen McCoy wohnt mit ihrem Mann und ihren zwei kleinen Töchtern in der Nähe von Köln. Sie ist eine absolute Leseratte und liebt es, in schönen Geschichten zu versinken.

Ihre „Alaska wider Willen"-Reihe schaffte es auf Anhieb in die Top Charts der Online-Shops und auf die Bildbestsellerliste.

Als Elvira Zeißler schreibt die Autorin auch romantische Fantasy. Die historische Familiensaga „Tage des Sturms", die sie als Ella Zeiss veröffentlicht hat, gewann den Kindle Storyteller Award 2018.

Gern können Sie ihre Facebook Lesergruppe „Buchwelten voll Gefühl und Magie" besuchen oder ihren Newsletter abonnieren unter www.elvirazeissler.de/newsletter.

Bisher erschienen:

„SchneeSturmKüsse – Verliebt in Silver Creek"
„Unsäglich verliebt – Alaska wider Willen"
„Verliebt und zugeschneit – Alaska wider Willen"
„Hin und weg verliebt – Alaska wider Willen"
„Das Glück hat viele Seiten" (veröffentlicht als Ella Zeiss)

Romantische Fantasy:

„Ein Cupido zum Verlieben"
„Echte Männer küssen besser"
„Seelenband"

Weitere Infos unter:

www.elvirazeissler.de
www.facebook.com/groups/BuchweltenVollGefuehlUndMagie
www.instagram.com/elvirazeissler
www.youtube.com/user/ElviraZeissler

Buchempfehlung

Die Geschichte von Beth und Richard:
Eine winterlich-romantische Liebeskomödie zum Schmunzeln,
Träumen und Dahinschmelzen.

Beth Andrews weiß genau, wie ihr Traummann sein sollte, leider ist dieser weit und breit nicht in Sicht. Als sie kurz vor Weihnachten auch noch ihren Job verliert und ihr Wagen in einem Schneesturm liegen bleibt, scheint sie am Tiefpunkt ihres Lebens angekommen zu sein. Gestrandet in Silver Creek ist sie auf die Hilfe von Richard angewiesen - einem Mann, der abweisend und zynisch ist und allein in einem ehemaligen Hotel haust. Mit dieser Frau, die unverhofft vor seiner Tür steht, möchte er nichts zu tun haben, da sie ihn an das Leben erinnert, das er aus gutem Grund für immer hinter sich ließ.

Doch der Schnee und das liebenswert verrückte Silver Creek bringen so manche festgefahrene Haltung zum Wanken ...

Eine romantische Liebeskomödie über verpasste Chancen und große Träume.

Meg Leary möchte nichts sehnlicher, als ihre Heimatstadt North Pole hinter sich zu lassen. Aber das würden ihr ihre Eltern niemals verzeihen.

Ryan Miller kommt nur nach Alaska, weil er Beth, die er seit Jahren heimlich liebt, auf dieser Reise für sich gewinnen möchte. Als sich ihre Wege zufällig kreuzen, fasst Meg einen verzweifelten Plan. Sie will Ryan helfen, Beth zu erobern, wenn er ihre Eltern im Gegenzug davon überzeugt, sie endlich ziehen zu lassen.

Damit ist das Gefühlschaos jedoch vorprogrammiert, denn Liebe geht bekanntlich ihren eigenen Weg ...

Buchempfehlung

Bücher berühren die Seele. Sie erden uns und lassen uns gleichzeitig fliegen.

Ein Laden voller verstaubter Bücher in einem Dorf in der Eifel. Was hat Tante Marlies sich nur dabei gedacht, ausgerechnet Hannah ihr Geschäft zu vererben? Seit zehn Jahren hat sie kein Buch mehr angerührt, und das aus gutem Grund. Zum Glück ist mit dem attraktiven Geschäftsmann Ben schnell ein Käufer gefunden. Alles könnte so einfach sein - würde der örtliche Buchclub sich nicht mit allen Mitteln gegen den Verkauf wehren. Auch Hannah erliegt bald wieder der Magie der Bücher. Rasch entbrennt ein Kampf um die Zukunft des Buchladens, bei dem zwischen Hannah und Ben heftig die Funken fliegen.

Eine Geschichte über alte Wunden und neue Träume - und eine Liebeserklärung an das Lesen.

Buchempfehlung

Berührend, humorvoll und durch und durch romantisch!

Nach einer weiteren Enttäuschung hat Sam von Männern die Nase definitiv voll und schwört der Liebe endgültig ab. Das kann Coup - ein Engel der Liebe - natürlich nicht so auf sich sitzen lassen. Kurzerhand geht er eine Wette ein, dass er es schafft, bis Jahresende den Richtigen für Sam zu finden. Den passenden Kandidaten scheint er auch schon gleich parat zu haben, denn Sams schüchterner Nachbar Patrick ist ganz offensichtlich in sie verliebt.

Und doch erlebt Coup die Überraschung seines Lebens, als er feststellt, dass sein sechster Sinn ausgerechnet in diesem einen Fall versagt ...